單讀 One-way Street

极　　　乐
生活指南

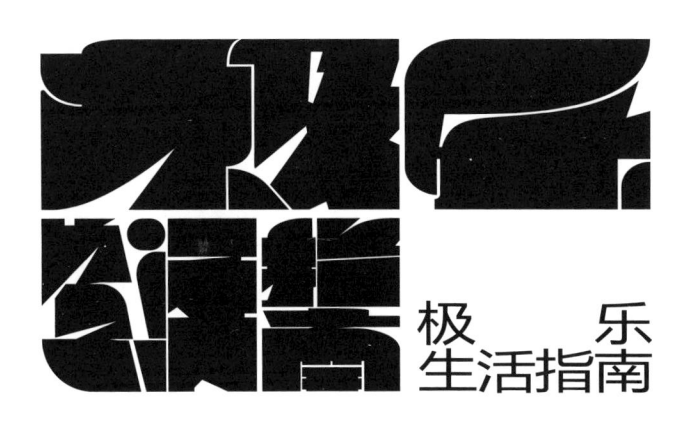

孔亚雷　著
THE GUIDE
TO　ECSTASY

上海文艺出版社

前言

不知为什么，整理这部书稿时，我常会想起格伦·巴克斯特（Glen Baxter）的那幅插画：背景是复古的杏黄色，一位身穿风衣头戴礼帽、仿佛出自美国五六十年代低俗小说的私家侦探，正在开枪射击——不过对象不是罪犯，而是桌上花瓶里的一束红色郁金香，我们看到其中一枝的花茎被精确地击断，花朵飞向空中，溅起几点血滴——不，是花瓣。

这是我最爱的画作之一（我希望有一天能为它写个短篇小说，名字就叫《郁金香侦探》），但它与这本书有什么关系？难道是因为，收录在书里的这些文章，与画中那位侦探看似荒诞的行为，有某种内在的联系？

的确，如果说经过长年的写作，我多少形成了某种自己的方式，那就是像侦探一样写作。一种解谜式写作。也就是说，就像侦探一开始不知道凶手是谁，我也不知道最后自己会写出什么。写作，就是解开谜团。对于小说，故事，或者说叙述本身，就是一个谜。而对于文学评论，则可以归结为一句话：为什么某部作品会如此打动我？

那就是接下来这些文章的由来：对一种盲目而神秘的、谜一般的爱的解答。有时这种爱到了如此强烈的地步，以至于我从一个读者变成了译者，所以我几乎每翻译一本书都会写一篇详尽的后记或导读。但不管是纯粹的书评还是译者记，它们都源于赞美，都是对这种赞美的追击（就像侦探追击郁金香）：为什么《斯通纳》既悲伤又抚慰人心？《2666》里隐藏着什么谜底？到底何为《光年》中生活的本质？当我们谈论卡佛时，我们在谈论什么？硬汉派侦探的绝望与希望，塞萨尔·艾拉的虚空与充实，杰夫·戴尔的焦虑与欢乐，菲利普·拉金的无情与深情——这种自相矛盾，是怎样在文学（及人生）中，被美妙地融为一体？

只有通过写作，通过反复的重读和思考，从而缓慢精细地写出一篇评论，我才能得出答案。对我来说，那正是写作的迷人之处，也是价值所在：获得唯有通过写作——没有任何其他途径——才能发现的秘密。

K．Y．L

2021.10.9

目录

001　神秘主义入门
015　古老的光
027　白色污迹
041　标本博物馆
045　2666：一篇书评
069　爱丽丝漫游卡罗尔奇境
077　爱丽丝漫游冷酷仙境
087　让·艾什诺兹公园中按顺时针排列的十五部小说
097　植物的欲望
103　六部半
113　当我们谈论卡佛时，我们在谈论什么
127　神圣的冷漠

135　死比爱更冷

153　菲利普·拉金：事后烟

169　保罗·奥斯特笔记簿

183　科恩的诗与歌

211　八十部小说环游地球：艾拉博士的神奇写作

235　极乐生活指南

261　W. G. 塞巴尔德：作茧自缚

293　秋日之光

323　附录

神秘主义入门

当诗人写起散文,结果常常令人惊讶——令人惊讶地好读。它们似乎天生就有一种优雅的放松(想象一名拳击手度假时卷入一场群殴):漫无目的,却又极为精确;充满信息量(地点、人名、书名、音乐名、引文);并且不时闪耀出神秘而美妙的格言和警句。这样的例子有:布罗茨基,奥登,米沃什。现在我们可以再加上一个名字:亚当·扎加耶夫斯基。扎加耶夫斯基是谁?也许我们可以试着用他的一首诗,《自画像》,来回答这个问题。

  在电脑、一支笔和一台打字机之间,
   我的半天过去了。有一天半个世纪也会这么过去。
  我住在陌生的城市,有时候跟陌生人

谈论对我是陌生的事情。

我听很多音乐：巴赫、马勒、肖邦、肖斯塔科维奇。

我在音乐中看到三种元素：软弱、力量和痛苦。

第四种没有名字。

我读诗人，活着和死去的，他们教会我

坚定、信仰和骄傲。我试图理解

伟大的哲学家们——但往往只抓住

他们宝贵思想的一鳞半爪。

我喜欢在巴黎街头长时间散步，

观看我的同类们被嫉妒、愤怒

和欲望所驱策，充满活力；喜欢追踪一枚硬币

从一只手传到另一只手，慢慢地

磨损它的圆形（皇帝的侧面像已被擦掉）。

我身边的树木不表达什么

除了一种绿色、淡漠的完美。

黑鸟在田野踱步，

耐心地等待着，像西班牙寡妇。

我已不再年轻，但总有人更年老。

我喜欢沉睡，沉睡时我就停止存在；

喜欢骑着自行车在乡村道路上飞驰，杨树和房屋

在阳光灿烂的日子里溶化成一团团。

有时候在展览馆里画对我说话，

反讽会突然消失。

我爱看妻子的面孔。

每个星期天给父亲打电话。

每隔一星期跟朋友们见面，

从而证明我的忠诚。

我的祖国摆脱了一个恶魔的束缚。我希望

接着会有另一次解放。

我能帮得上忙吗？我不知道。

我肯定不是大海的儿子，

像安东尼奥·马查多写到自己时所说的，

而是空气、薄荷和大提琴的儿子，

而高尚世界的所有道路并非

都与迄今属于我的生活

交叉而过。[1]

很显然，这是一首好诗（我经常情不自禁地重读它），但却并不适合回答"扎加耶夫斯基是谁？"这个问题。也许正因如此它才是一首好诗。因为就像扎加耶夫斯基在一篇散文里所说的，"在诗里，我们期待着诗"。我们不应该期待一首诗回答某个问题——任何问题。但尽管如此，

---

[1] 黄灿然译自亚当·扎加耶夫斯基的诗集《神秘主义入门》(*Mysticism for Beginners*)，引自《外国文学》2007年第5期。

如果我们将一些扁平的信息与这首《自画像》相结合，还是可以得出一个更立体的扎加耶夫斯基。这些信息包括：他1945年出生在当时属于波兰、现属乌克兰的古城利沃夫；他年轻时曾是个激进派，无论在政治上还是在文学上，但现在年届七旬的他，更倾向于与这个世界（以及上帝）和解；他可谓某种"主动意义"上的流亡作家，一位国际公民，曾长年生活工作在德、法、美等国——但不管在哪里，他都用波兰语写作；他的主要身份是诗人，但他的散文随笔同样广受推崇（苏珊·桑塔格在一篇长书评中称他的散文令人感到"势不可当的慰藉"），而最终让他进入大众视野的，是《纽约客》杂志在9·11事件后所刊发的他的一首诗：《试着赞美这遭损毁的世界》。

试着赞美这遭损毁的世界（赞美这遭损毁的世界吧……／以及重重迷失、消散又返回的／柔和之光）。这也许不是扎加耶夫斯基最好的诗，但无疑是他最好的标题（之一）。同时它也让人想起几首别的名诗，比如米沃什的《礼物》（如此幸福的一天／……我知道没有一个人值得我羡慕／任何我曾遭受的不幸，我都已忘记），或者辛波斯卡的《可能性》（我偏爱写诗的荒谬／甚于不写诗的荒谬……我偏爱自己对人的喜爱／甚于自己对人类的爱）。我们不难发现这三首诗有几个共同点。它们都来自同一个国家，一个"地理小国"和"诗歌大国"：波兰。它们都充满了对现代诗而言——更不用说后现代了——极其

"危险"（庸俗）的大词：赞美。幸福。不幸。荒谬。人类。爱。奇特的是，在它们这里，这些"大词"都显得如此自然、妥帖，毫不造作，甚至有某种优雅的克制。这是一种偶然吗？还是一种必然？——为什么**总**是波兰？

在某种程度上，扎加耶夫斯基的这部随笔集，《捍卫热情》，可以说是对这个问题的回答。这部集子主要包括两篇点睛的长篇文论，《捍卫热情》和《粗鄙与崇高》，以及对影响作者的几位文学和思想导师的特写，他们分别是尼采、恰普斯基、赫贝特和米沃什。这两篇文论可谓是对一种"波兰式文学观"的精妙阐释，这种文学观的特点是敢于拥抱"热情"与"崇高"，但又能免于陷入媚俗与矫饰，而与之相对应的，是当代写作普遍性的"贫乏、苍白和贫血"，是"崇高风格的式微、粗鄙、冷淡、反讽、会话体的呈压倒性优势"。这种文学观——用作者形容赫贝特的话来说——"没有先入为主的偏见，没有关于这个世界的先验的理论。代替教条（的）……（是）一种对于意义的灵活、非受迫性的寻求，就像一个在黎明时穿过意大利小镇的人"。[1] 这是个神秘而孤寂的比喻——我们可以想象出那样的画面：黎明时分的意大利小镇，古老的房屋，弯弯曲曲的石头街道，清晨所特有的灰蓝色天空，远处突

---

[1] ［波］亚当·扎加耶夫斯基著，李以亮译：《捍卫热情》，花城出版社，2015年。

然响起的教堂钟声,让你不禁停下脚步……"我感到了所有事物散发的光芒。"扎加耶夫斯基写道。

所有事物散发的光芒——也许那就是波兰人的秘密所在。为什么我们的当代艺术对诸如"美""幸福""真理"这样的词会感到如此不安,像躲避某种瘟疫般避之不及?("我听说在某些欧洲国家美这个词被严格禁止。"扎加耶夫斯基说。)因为它们的来源可疑。因为它们大部分——即使不是全部——都源于幼稚、虚伪、教条和媚俗。而对于波兰则不同,因为"美,在极权主义国家是一个特殊问题",因为诗人们"来自这样一个国家,在它的现代历史上,因为失败远多于胜利而被人广知"。国土和文化都饱经蹂躏和磨难,长期被笼罩在死亡和流落他乡的阴影下,使波兰诗人发现了"美""热情""崇高"这些词更本质、更纯正的源头,那就是"活着",那就是"生存"——或者,更确切地说,**存在**。"我们已经学会仅仅因为事物存在而尊重它们,"扎加耶夫斯基写道,"在一个充满疯狂的意识形态和乌托邦废话的时代,事物以其微小却顽强的尊严持续存在。"所以,在波兰人那里,与以"美"为代表的那些大词紧密相连的,不是空洞抽象的口号式概念,而是事物本身细微、具体而奇异的存在,是"所有事物散发的光芒"。这些事物包括:打字机、巴赫、散步、皇帝侧面像被磨掉的一枚硬币、黑鸟和绿树、顾盼、微笑、鹅卵石和星星、高高抬起下巴的少女、飞向高处仿佛纹丝不动的知更鸟、洋葱、玻璃杯、铁轨、白色浴缸、手表的嘀嗒，以及夜半突如其来的清醒。

我们可以想象，这种光芒绝不是明亮、刺眼和炫目的。它自然而宁静，同时又闪烁而神秘，它会让你想起那些以描绘日常事物而著称的荷兰油画大师，比如维米尔和哈莫修依，或者那位孜孜不倦地画些瘦长瓶子的意大利隐士，莫兰迪（"即使在夜里，物体也在值班"，这是扎加耶夫斯基的一首诗，《乔基奥·莫兰迪》的第一句）。当然，还有扎加耶夫斯基的精神偶像，他的波兰同乡（又一个），画家兼作家恰普斯基。对恰普斯基其人其作的特写，《劳作与名声》，是这部随笔集中最精彩的篇章之一。扎加耶夫斯基指出，在恰普斯基那里，"手推车，收拾咖啡馆桌子的侍者，长椅上的怀孕女人——是比总统的宫殿更为有趣的视觉艺术题材"。"他以一种野生、间接、惊讶的、无政府的方式，观察巴黎和他的居民。不是《自由引导人民》，而是一个坐在地铁站长椅上的黑人妇女"，或者"验光等候室里的三个病人"——"视觉是没有等级制的"，扎加耶夫斯基随后总结道。

艺术也是——**应该是**——没有等级制的。艺术也应该是无政府主义的。事实上，当初我们之所以需要反讽，正是为了抵制艺术上的等级和专制。而现在呢？正如扎加耶夫斯基所敏锐察觉到的，反讽正在成为另一种专制。对媚俗的消毒处理正在变成一种新的媚俗（这也许可以解释为什么现在的文学中充斥着一种刺鼻、单调的消毒剂味道)。"有时候在展览馆里画对我说话,／反讽会突然消失。"这两句诗几乎是对反讽的一种反讽,它令人感动,并带来奇妙的欣慰和释然。是的,当所有事物都散发出平等的无政府主义光芒时,反讽就会显得多余。在《捍卫热情》中,扎加耶夫斯基进一步明确地宣布,"热情与反讽,并非两个对称性的概念。只有热情才是文学建筑的基础材料。反讽,当然必不可少,但它只是后来的……它更像门和窗户,没有它们,我们的建筑会是坚实的纪念碑,却不是可以居住的空间。反讽在我们的墙上敲打出非常有用的洞,但是没有墙,它只能穿孔于虚无。"

这种虚无,或者说这种病态的反讽,其最大特征就是无原则地怀疑一切。正如齐奥朗在他日记里所说的,"我每天进入怀疑,就像别人走进办公室"。的确,这种野蛮简陋的"怀疑一切"正在变成一种办公用品,一种转基因的官僚主义。但是,对一切**确定**观念的质疑、挑战和揭示,难道不正是艺术存在的根本原因?不正是创造性力量的源头活水?对此,扎加耶夫斯基清醒而机敏地指出,"怀疑"与"不确定"绝不是一回事。怀疑是轻率的,不确定是审慎的。怀疑是残暴的,不确定是悲悯的。怀疑是呆板的,不确定是灵巧的。怀疑是冷的,不确定是暖的。怀疑是无趣的,不确定是幽默的。如果不确定是"一个在黎明时穿过意大利小镇的人",那么怀疑就是一个端着冲锋枪一边走方阵一边敬礼的纳粹士兵。

在这里，扎加耶夫斯基向我们透露了波兰人的另一个——也许是更为核心的——秘密，那就是"不确定"。仅有"所有事物散发的光芒"是不够的，仅有平等、具体而骄傲的存在是不够的，我们还必须认识到，"我们在这里的存在与我们的信念绝不会获得绝对、永久的认可，不管我们多么渴望它"。这是极权政治赐予波兰诗人们的又一件"礼物"：对所谓"绝对真理"的清醒认识。追寻真理是一回事，**确认**真理是另一回事。这是一个**好奇心**的问题。前者让我们永葆好奇心，充满想象力，让我们珍视所有微小而神圣的生存；而后者却让人丧失好奇心和想象力，让人变成血腥的独裁者，盲从的战士，以及麻木不仁的愚民。我们为什么会对"美""热情""崇高"这样的词——除了一些波兰或波兰式的特例——感到近乎本能的厌恶和恐惧？因为与这些词紧密相连的，是政治化的"确定性"，是皇帝新衣般的"绝对真理"。但这并不是那些词的错。这是我们的错。是我们用各种成见——反讽是其中之一——污染了这些词。（就像菲利普·罗斯在小说《垂死的肉身》中写的，性本身并没有错，错的是我们对性的看法。）而波兰人则将它们还以本来面目。扎加耶夫斯基反复提醒我们，"不确定与热情并不冲突"——真正的热情，是对这个世界"不确定性"的赞美和展示；同样，平凡与崇高也并不冲突，但那并不是因为平凡借助反讽被崇高化了，而是因为"我们从（平凡）中感到了也许会出现意外的事件，神秘的、有英雄气概的、超常的事件"，因为"平凡就像平静的、低低流淌的河流的表面，水面上有微妙的水流和漩涡，预示着可能或不可能到来的激流和洪水"。可能或不可能到来的超常事件——这才是"崇高"的本质，而不是那些虚空的政治理想。关于这点，已经不可能比扎加耶夫斯基说得更好，"'崇高'的出现是为了回应最后的事物，"他告诉我们，"它是对神秘、对最高之物的反应……是一种形而上的谦逊，有关幽默，有关如何学着向美与崇高的事物敞开"。

"敞开"，显然是"不确定"的另一种说法。只有保持敞开，才能感受到所有事物、所有词语散发的光芒，才能像面对天气一样面对所有可能性，才能既热情又冷静，既崇高又平凡。这也许就是为什么波兰会制造出世界上最迷人的政治诗人——这个头衔不能说不贴切，但显然过于狭隘：因为他们同时也是风景诗人、抒情诗人、哲学诗人和口语诗人。对他们来说，"政治"和"雪""面包""灰尘""蓝衬衫"都是不分等级的一种存在，即使这种存在有时更令人伤感。扎加耶夫斯基对恰普斯基的描述有一种总结性，它同样也适用于其他的波兰人——米沃什、辛波斯卡、赫贝特，或者他自己："这个类型的人一生都有一种感觉，有时是辛酸，但也不排除有一种令人愉快的忧郁，认为神秘包裹着所有最重要的东西——时间、爱、邪恶、美、超越——他们还在，但已经苍老而疲倦了——这些都是那么不可理喻，就跟在他们青春年少时一样。"

这句话不仅可以描述"这个类型的人"，也可以用来描述这个类型的诗——这些波兰人的诗。它们既散发出青春的活力，又带着某种年老的平静（以及倦意）；它们有一种奇妙的、"令人愉快"的忧伤；它们总是让人感到一种淡淡的、理所当然的神秘——神秘不仅包裹着所有最重要的东西，也包裹着所有——至少从表面上看——不重要的东西：鸟鸣、草莓、汽车，指甲的生长，海水的咸味。那么，我们可以说这是一群神秘主义者吗？或者可以说，"神秘"，就像"敞开"，是"不确定"的又一种说法？我想波兰人会委婉而温柔地表示异议。相对"神秘"这个词，他们更倾向"不确定"所象征的透明和中立。他们甚至会表示自己没有资格成为一个真正的神秘主义者，因为即使对于神秘本身——他们也同样是不确定的。他们顶多算得上神秘主义的入门者。事实上，他们的意思是——虽然他们不愿直说——我们，我们这个世界，顶多也只能是个入门者。保持这种入门者的初级状态，以一种幽默的、形而上的谦逊面对万事万物背后那"最后的事物"，也许是最清醒，也是最明智的态度。这种态度，在扎加耶夫斯基的另一首诗——也许是他最好的诗之

一——《神秘主义入门》[1]中,得到了微妙而完美的体现:

> 天气和煦,阳光丰沛。
> 小咖啡馆露台上的德国人
> 大腿上托着一本小书。
> 我看到了书名:
> 《神秘主义入门》。
> 忽然间我理解了那些打着尖利的
> 唿哨巡回于蒙蒂普尔西亚诺
> 街道之上的燕子,
> 和来自东欧,所谓中欧的
> 羞怯的旅人压低的谈话,
> 和站在稻田里的——昨天?前天?——
> 仿佛修女似的白鹭,
> 和拭去那些中世纪建筑轮廓的
> 平常而缓慢的黄昏,
> 和任由风吹日晒的
> 山丘上的橄榄树,
> 和我在卢浮宫看到并赞赏的
> 《无名王子》的头,

---

1 引自[波]亚当·扎加耶夫斯基著,李以亮译:《无止境》,花城出版社,2015年。

和传播花粉的
蝴蝶翅膀似的彩绘玻璃窗，
和在公路旁边练习
演说的小夜莺，
和任何一次旅行、任何一次观光，
都只是神秘主义入门，
初级课程，一场被延期的考试的
前奏。

古老的光

当我读《斯通纳》时发生了一些神秘的事。不,也许没那么神秘。因为(正如神秘主义者经常宣称的那样),那更接近某种体验,而非事件。没有任何奇异的事发生。正好相反,那种"体验"往往出现在最普通最日常的时刻:在周六的晨光中做咖啡;在空荡荡的高速上开车;牵着孩子的手送他上学……这时你突然想到了它。不是某个具体的句子或场景,而是作为一个整体,虽然你还没有读完(或者应该说,**尤其**当你还没读完)。你仿佛被一道光照亮了。一道独属于你的光。那道光穿透了你的胸口。你感到一阵无以名状的,宁静的,生的喜悦。米沃什的《礼物》中的两句诗可以完美地描述这种喜悦:"这世上没有一样东西我想占有/我知道没有一个人值得我羡慕。"

那只有一瞬间——但已经足够。

不够的是,你会忍不住去想(正如**非神秘主义者**经常会做的那样),为什么?为什么这种充满宗教感的体验竟会源于《斯通纳》这样一部小说?这样一部几乎毫无神秘可言、与宗教也毫无关系的小说。事实上,《斯通纳》很可能是我们近年来读过的最平淡无奇的故事,其内容可以用不到一百字概括——它恰好也是这部小说的开头:

> 威廉·斯通纳是1910年进的密苏里大学,那年他十九岁。求学八个春秋后,正当第一次世界大战拼杀犹酣的时候,他获得了哲学博士学位,拿到母校的助教职位,此后就在这所大学教书,直到1956年死去。[1]

这88个字就足以埋葬斯通纳的一生。而它也正是整部小说的全部内容:斯通纳的一生。你会发现,很难找到比斯通纳更为简洁而纯粹的人生。他成年后的几乎所有时间都在大学校园里度过,他在其中求学、恋爱、教书、结婚、写作,直到死去。他的生活波澜不惊,以任何时代的标准看,都显得平凡而平稳——没有参加过战争,没有犯罪、坐牢或任何其他形式的冒险;虽然出过一本书,但并没有成名;虽然婚姻不和,但也没有离婚;唯一的女

---

[1] [美] 约翰·威廉斯著,杨向荣译:《斯通纳》,上海人民出版社,2016年。

儿健康顺利地长大成人。而他那石头般沉闷、内敛而坚忍的个性（就像"斯通纳"这个名字的英文Stoner——意为"石头人"——所暗示的），加上衣食无虞的大学终身教职，更增添了其人生的稳固度。

这种稳固因他所处时代的动荡而显得更为奇特和醒目。1910—1956年可谓一个标本式的历史阶段：人类在自相残杀和自我毁灭方面达到了一个前所未有的高潮。它囊括了两次世界大战，和一次以美国为首、继而席卷整个资本主义世界的经济大崩溃。但在《斯通纳》中，这些世界大事只是以一种轻描淡写的方式被不经意地提及，它们与斯通纳的日常生活呈现出一种既遥远又贴近的平行关系，仿佛舞台上作为背景的白噪音：当他获得哲学博士学位时，"第一次世界大战拼杀正酣"；1929年春天他低价卖掉了父母留下的农场，"那年十月，股票市场不景气，本地一些报纸登了不少有关华尔街的消息"；而就在他女儿格蕾斯"结婚前五天，日本轰炸了珍珠港"。当然，这些灾难对斯通纳也并非毫无影响。几乎是象征性地，他分别失去了青年时代的挚友（一战时战死于法国）、他的银行家岳父（因经济崩溃自杀），以及他的新婚女婿（二战中牺牲在一座太平洋小岛）。但它们并未撼动斯通纳——或者说，以斯通纳为代表的众多普通人，斯通纳们——最日常，同时也最本质的生命内核。

那个内核就是爱，就是对爱的**期望**——以及这种期望的注定落空。从这个意义上说，斯通纳是另一种标本。一种个体心灵的标本。他人生的简明与安定，是为了能更清晰地凸现出这种心灵标本的微妙之处。与充满戏剧化、激烈变动的时代标本相比，它虽然显得庸常而单调，但却更加深邃而持久，甚至也更为神圣和必要。因为这种对爱的渴望（及落空）几乎贯穿了我们所有的日常体验，就像空气与呼吸——是一种我们看不见却离不开的生存动力和法则。1965年，通过《斯通纳》，约翰·威廉斯用一种暮色般的缓慢，为我们描绘了这种无可挽回的失落。

这种缓慢首先来自斯通纳本人。自始至终，他就像一团安静、孤单的深蓝色影子。他似乎从未年轻或灵巧过。他出生于美国中西部的一家小农场，他对父母的形容同样也适用于他自己：即使在他们很年轻的时候（那时他还是个小男孩），他就觉得他们"已经老了"。斯通纳也是如此。"十七岁的时候，在农活的重压下，他已经开始驼背。"十九岁上大学后，"他一年四季都穿着那套不变的黑色平绒套装"。他高大、瘦削、慢条斯理，在学校图书馆用笨拙的大手"尽可能小心翼翼"地翻动书页。甚至在最忘情的时刻，他也无法纵声大笑，他只会"别扭地微笑着"，或者"尴尬地咧嘴笑笑"——对他来说，笑容就像一件拿错的外套。他身上似乎有一种与生俱来的苍老，这使他散发出某种自相矛盾的双重气质：既迷茫又平静，既迟钝又敏感。他渴望着爱，但又不清楚该去爱什么，或如何去爱——即使他实际上已经在爱。是教英国文学概论的阿切尔·斯隆提醒了他。当斯隆告诉他应该继续攻读博士，并将最终成为一名教授严肃文学的大学老师，斯通纳迷惑地问他为什么这样确定。斯隆回答说，"是因为爱，斯通纳先生，你置身于爱中。事情就这么简单"。

爱就这么简单。简单是爱最根本的特质之一——爱的发生常常如此自然而神奇，几乎犹如天赐。不简单的是爱的持续。斯通纳的经历向我们细致入微（并令人心碎）地展示了这种"简单"和"不简单"，这种努力让爱持续不变的艰难——或者更确切地说，是**不可能**。我们这里所说的"爱"是广义上的，其最基本也最重要的类型包括：爱情，亲情，友谊，爱好（包括专业的和业余的，对象包罗万象，可以是音乐、绘画、诗歌，也可以是拳击、钓鱼或收藏古董餐具）。如果说斯通纳最初的——也是最终的——爱是文学，而且这份爱是在某种懵懂无知的状态下产生的，他对人生中的第一次爱情却有一种直觉式的清晰。她名叫伊迪丝，她"嘴唇细薄，绷得紧紧的"，"皮肤有些透亮，能够呈现任何刺激引起的颜色和热度变化的痕迹"，有一双"他能想象得出来的最淡的蓝眼睛"。他们缓慢、庄重地在冬夜的街巷中散步，他们的恋爱顺利得令人感到既欣慰又不安——而这种不安（主要是我们的，而不是斯通纳的）不久便得到了证实：以一场失败的蜜月为前奏，"不出一个月，斯通纳就知道自己的婚姻失败了。

古老的光　019

不到一年，他已经不抱改善的希望"。伊迪丝在恋爱中所表现出的那种谜一般的、不乏魅力的神经质，在婚姻的化学作用下变成了如间歇喷泉般的性冷淡、忧郁症和歇斯底里。她甚至对自己的女儿也不闻不问——"所以，在出生的第一年，格蕾斯·斯通纳只认得父亲的触摸，声音，以及疼爱"。

在爱情熄灭后，女儿格蕾斯成为斯通纳生活中微弱而唯一的光源。不过，随着她渐渐长大，这片光变得越来越明亮、温暖。六岁的格蕾斯已经显得高高瘦瘦，眼睛是紫罗兰般的深蓝色，"她既安静又开心，对什么东西都欢欢喜喜的，给她父亲一种类似怀旧的敬意感"。她常常坐在书房里，陪着斯通纳批改作业、读书或写东西。那是1929年。那年圣诞节家中只有他们父女俩（伊迪丝因父亲自杀而回娘家待了几个月），他们互赠礼物，"那天的大部分时间，他们都坐在那棵小树前，说着话……看着黑绿色的冷杉上的金丝线一闪一烁的，就像埋好了的火"。正是在这期间，"威廉·斯通纳开始意识到两件事：开始知道格蕾斯在他生活中具有多么核心的重要地位；开始明白自己有可能成为一名好老师的"。

然而，就像"埋好了的火"，很快，伊迪丝就从他手里夺走了格蕾斯，并顺带也夺走了他的书房（他被赶到一条狭窄的玻璃门廊上）。他们父女间原本那种温煦而沉静的默契一去不返。几乎紧接着，他对工作的热爱也遭到了打击：一名叫沃克的残疾学生的恶意纠缠，系主任劳曼克思的偏见与阴险，而斯通纳石头般坚硬的回应更增加了这种打击的力度。并且这还是一种双重打击：他喜欢劳曼克思。因为"从劳曼克思的狂妄，不拘一格，开心的尖酸劲中"，斯通纳认出了自己大学时代的好友、死于一战的戴夫·马斯特思的影子，但由于沃克事件，他们缔结友谊的可能性，从本来就微乎其微，最终降低到零。

约翰·威廉斯的叙述语调孤寂、淡漠、从容。它带着一种超然的怜悯和爱惜，以至于幽默和反讽都显得多余、毫无必要。这种语调既来自斯通纳，又来自比他更高的**某处**。一方面，除了在讲台前上课，几乎任何人多的场合——从婚礼到派对到会议到退休晚宴——都会让斯通纳陷入一种梦游般的走神和"失焦"状态："一切好像都是一团模糊，他似乎在透过一层薄雾看东西"；人们的低语声"如波涛汹涌"；"各种颜色和模模糊糊的形状在眼前活动，好像在一个框子里"。另一方面，仿佛某种光线幽暗却色彩层次丰富细腻的电影画面，我们会反复地从"更高的某处"凝视着他孑然一身的身影："他收拾好一本书和几页纸，走出办公室，穿过更显黑暗的走廊……他慢慢步行回家，发觉每走一步都带着沉闷的声响，在干硬的雪地上咔嚓咔嚓地踩过去。"这个身影落寞、伤感，但并不悲痛，其中没有廉价的煽情或悬疑——虽然它散发出一种不可言喻的、日常性的神秘，就像爱德华·霍珀的油画。

这种神秘往往与沉思有关。霍珀和威廉斯都是描绘沉思的大师。在一个雪夜，斯通纳关掉桌上的灯，坐在办公室暖烘烘的黑暗中（我们似乎能看见在被雪地所反射的幽蓝中他一动不动的侧影，那种寂静而充满思绪的霍珀式场景）。"自己的生活是否值得过下去，是否有过生活"？他不禁想问。他打开桌旁的窗户，深深吸了口外面的冷空气。"他倾听着冬夜的寂静，好像感觉到了被雪细腻、复杂的细胞组织吸进去的各种声音……他感觉自己被向外拉着走向那片白色，那片白色延伸到他目力所及的远方，而且它也是黑暗的一部分，在黑暗中闪耀着，同时也是清澈无云、没有高度或深度的天空的一部分。"于是，他一时感觉自己的灵魂飞出了在窗边坐着不动的身体，"一切——平坦的白色，树木，高高的圆柱，夜晚，遥远的星辰——似乎都渺小和遥远得不可思议，好像这一切都逐渐缩小到变成某种虚无"。随后，这种近乎神游的虚无感被散热器的哐啷一声击碎了。("他怀着不情愿得有些奇怪的轻松感，再次拧亮台灯。")同样，仿佛某种对位法，在实际生活中，斯通纳的这种中年虚无和麻木也被令人安慰地击碎了——被一次完美的婚外恋。

"情欲和学问，真的是全都有了，不是吗？"凯瑟琳对斯通纳说。她的话是对这次恋情的精妙概括。他们在一起的大部分时间都待在凯瑟琳那间半地下室的小公寓。在那里他们主要只做两件事：文学与做爱。凯瑟琳全神贯注地写她的论文,"纤细苍白的脖颈弯弯的,从习惯穿着的那条深蓝色睡袍里流动出来";而斯通纳则蜷在某个角落读书。"有时他们会从书本上抬起眼睛,朝对方笑笑,然后接着读书。"有时他会"起身站到凯瑟琳后面,把胳臂轻轻搭在她的肩膀上。她会竖直身子,把头往后靠在他的胸脯上"。于是他们静静地做爱,之后躺一会儿,接着继续看书研究,就好像"他们的爱情和学问是同一个过程"。

那个孤寂的声音告诉我们:"在他们一起度过的那些日子,斯通纳发现自己又回到曾经拥有但却被迫抛弃的书房里。"我们可以把这句话里的"书房"换成"爱"——斯通纳发现自己又回到曾经拥有但却被迫抛弃的爱里。爱,就像书房,会形成一个完美而自足的小世界:与马斯特思的酒吧长谈;与伊迪丝的一见钟情;与女儿的温馨时光……但最终一切都像多米诺骨牌般一个接一个地依次倒下。凯瑟琳是最后倒下的那片。在他四十三岁那年的圣诞节,他们在一座偏僻的山地度假村一起待了十天。这十天只用了两页,写得朴素、优雅而节制,但它却像一个小小的、密度极高极纯的核心,赋予整部小说——斯通纳的整个人生——以重量。因为它是爱的典范:无与伦比的美好,但注定转瞬即逝。而且这份爱因其完美和纯粹而更必须及时熄灭——以免受婚姻和时间的腐蚀。他们像死一般安静地分手了:"他再也没有见到过凯瑟琳·德里斯科尔。"

古老的光　023

这种句式我们并不陌生，它在斯通纳的人生里不断响起，前后呼应，就像遥远而微弱的回声。"现在他已经很少见到女儿。""此后二十多年，他和劳曼克思谁也没有再跟对方直接讲过话。"爱情。亲情。友情。最后都渐渐黯淡成一缕失望，一片苍凉。如果我们稍加观察，就会发现，对文学——或者说艺术——的爱依然是最恒久，最不会令人失望的。这种爱"在词语细腻、奇妙、出其不意的组合中，在最漆黑和冰冷的印刷文字中自动呈现出来"，忘我投入的传业授道，缓慢而持久的阅读、研究与写作，这种爱贯穿了斯通纳的一生。正如最初让他恍然心动的文学启蒙，莎士比亚的诗句所暗示和预示的："目睹这些，你的爱会更加坚定，／因为他转瞬要辞你溘然长往。"文学的坚定，更显出其他世俗之爱的脆弱与无常。这听上去像是对尼采那句名言的再次确认："我们拥有艺术，才不会死于真实"。但不，这里还少些什么——艺术仍有令人不满之处。这种难以言传的不满，在斯通纳故事的尾声，通过他一生中最重要的两种爱——文学与凯瑟琳——的结合，得到了最好的诠释：当他多年后打开凯瑟琳出版的书，也就是他们的爱情中介，那部关于文艺复兴悲剧的学位论文，当他看到扉页上的献辞（"献给威·斯"），他先是"眼睛模糊了，一动不动坐了很长时间"，然后一口气把书读完。"他从阅读的内容中看到了她本人"，而且"她竟如此逼真"，"好像就在隔壁房间"。他凝视着她的幻象，任由自己被喷涌的失落感席卷而去。最后他"亲切地笑了","他突然想到,他都快六十岁了,应该能够不受这种激情和这种爱的力量左右"。

这是书中最动人的场景之一。这也是一个总结性的场景,一个爱的总结。以一种极其自然但又出乎意料的方式,斯通纳突然仰起头,将视线投向了"更高的某处",投向"没有高度或深度的天空",那里是所有爱和力量的起源:

> 可他还是难以超越,他知道,而且永远超越不了。在麻木、冷漠、孤绝的背后,这种力量还在,强烈而稳定,它永远都在那里。年轻时他不假思索自由地释放这种力量,他曾经把这种力量投到阿切尔·斯隆展示给他的知识中——那是多少年前?在求爱和婚后的最初那段盲目、愚蠢的日子里,他曾把这种力量投放给伊迪丝。他曾把这种力量投给凯瑟琳,好像以前从未投放过。……这是一种激情,既非心灵也不是肉体的激情,它就是一种综合了二者的力量,好像它们不过是爱的材料和具体内容。对一个女人或者一首诗,它只是说:看哪!我活着。

我活着。这与斯通纳身患绝症后,在弥留之际发出的感慨形成了一问一答。"你还期望什么呢?他想。"——我活着。我活过。难道这还不够?难道你期望只有光没有黑暗?只有幸福没有痛苦?难道你期望有绝对的纯洁和正直?难道你期望爱能完美无缺,永恒如新?难道你期望所有期望都不会变成失望?难道你还没意识到,这一切——光与暗,幸与不幸,纯洁与肮脏,渴望与失望——都不过是同一样东西的不同侧面,它们相辅相成、不可或缺。

这样东西就是"活着"。

我突然明白了读《斯通纳》时那种神秘体验的来源。我突然明白了为什么它总伴随着一些日常的、小而确定的幸福:晨光中的咖啡,疾驰的快感,孩子的小手和童音……是因为斯通纳人生中所有那些小而确定的不幸。那种澄静、安宁却又充满生命力的喜悦,正源于对斯通纳那些失落与苦涩的超然审视——没有阴冷而永恒的黑暗,也就没有那道将你穿透的、温暖而古老的光。它们本是一体。

白色污迹

像许多作家那样，在哈维尔·马里亚斯位于马德里市中心的书房里，摆着一张他偶像的照片。照片上是一个皮肤光滑的胖子——那并不是他崇拜的某位作家，那是年轻时的希区柯克。如果你熟悉马里亚斯的作品，你就不会感到吃惊。因为他的小说中充满了希区柯克式的悬疑、背叛与谋杀，而这种黑洞般的谜团又往往以一种极具马里亚斯个人风格、绵延数页、富于乐感的超级长句，出现在小说的开头（这已经成了他的文学品牌标签，就像某种高辨识度、具有诱惑力的Logo）。在《迷情》中，一个出版社女编辑发现，每天跟她在同一家咖啡馆吃早餐的陌生男子被人枪杀于街头；在《明日战场勿忘我》中，一个男人在与一个已婚女人首次偷情时，那个女人突然死在他怀里；而这本他最负盛名的代表作，曾获国际IMPAC都柏林文学

奖的《如此苍白的心》,是这样开始的:

> 我并不想知道但最终还是知道了,两个女孩中的一个,其实那时已不再是所谓的女孩,在蜜月旅行刚回来后不久,走进浴室,面对镜子,敞开衬衫,脱下胸罩,拿她父亲的手枪指向自己的心脏,而她父亲当时正与其他家人和三位客人在餐厅吃饭。女孩离开餐桌后大约五分钟,他们听到一声枪响,父亲并没有立即站起来,而是在那儿呆了几秒,他一动不动,嘴里还含满食物,既不敢咬也不敢吞,更别说吐回盘子;最后他终于站起来跑向浴室,那些紧随其后的人注意到,当发现女儿躺在血泊中的身体,双手捧住头时,他还在不停地把嘴里的肉从一侧移到另一侧,不知该怎么办好。……[1]

这是一个精彩绝伦、没有切换的连续长镜头——长达五页的一整段构成了小说的第一部分。这个令人惊颤的开场中只出现了两次"我"。第一次是第一句话的第一个字,第二次是最后一句:"大家都说兰斯,那位姐夫,死者的丈夫,我的父亲,运气太差了,这是他第二次成为鳏夫。"

---

[1] [西]哈维尔·马里亚斯著,姚云青、蔡耘译:《如此苍白的心》,上海文艺出版社,2015年。

秘密已含苞欲放。它是如此诡异而美丽，你几乎无法不被其吸引，无法不渴望其盛开。然而，接下来将是漫长的等待。这是马里亚斯的又一个文学标签，或者说拿手好戏：离题与插叙。他热衷并擅长突然但又无比自然地改变叙事方向，置已经展开的谜团于不顾，转而去讲述另一个——至少从表面上看——与之无关的故事。于是，在开头离奇的自杀场景之后，马里亚斯以一种不可思议的敏捷，只用短短几句话，就既预示了人物关系（"我"的母亲就是"两个女孩"中的另一个，即死者的妹妹），又完成了时空转换（随后我们便被带入另一个故事，一次发生在"我"蜜月旅行——请注意，同样是蜜月旅行——中的奇遇）："那些都是很久以前的事了，当时我还未出生，也没有任何可能出生的渺茫机会。而正是从那一刻起，我才有可能来到这世上。如今，我已经结婚了。"

类似的"折断性叙事"在小说中多次发生。这不禁让人想到许多后现代小说或电影（比如波拉尼奥和大卫·林奇）。乍看起来，马里亚斯的长篇小说似乎也跟他们一样，是由一些平行并置的短篇拼贴而成（而且也同样散发出几乎过于强烈的、品牌化的个人风格），然而当你读完整部小说，或者当你读第二遍（这很有必要），你就会意识到为什么他书房里摆的照片是希区柯克，而非大卫·林奇。因为他的作品虽然披着后现代的外表，但其本质却是古典的、希区柯克式的，隐藏着优雅而精确的对应、平衡与完整——犹如一个封闭宇宙：我们可以把这些表面上似乎关联不大的故事看成一颗颗星球，虽然它们彼此独立，但却共同受制于某种无形的、看不见的暗物质，正是由于这种暗物质所辐射出的强大引力，它们才能各自悬浮于半空，并以其为中心，构成一个完美运行的天体系统。

这种暗物质，就是出现在小说开头的那个秘密。而除了这个一开始就存在但却若隐若现的核心秘密，这部小说里还充满了许多其他大大小小的秘密。这是部秘密之书。在叙事者"我"，胡安的婚宴后台，他父亲兰斯给了他一个忠告："如果你有什么秘密，千万不要告诉她。"同时他还预言说——以一种过来人的口吻——"我猜你和路易莎将都会有秘密。……当然，你只会知道你自己的秘密，如果你知道她的秘密，那就不是秘密了。"在小说最炫目的一幕（那一幕我们后面还会谈到），当众多秘密汇聚于一点，父亲的话，如同推迟抵达的雷声，再次回响在胡安脑中。马里亚斯接着写道：秘密没有自己的个性，它由隐瞒和沉默来决定，或是由谨慎和遗忘来决定。这里我们可以再加上一句：它也由等待来决定。因为所有的秘密都既竭力隐藏又期待被揭开。因为没有等待就没有秘密。是的，"如果你知道她的秘密，那就不是秘密了"。但如果你不知道她（或者他）**有**秘密，那也就不是秘密了。秘密与等待就像一枚硬币的两面。这是部秘密之书，因此这也是部等待之书。事实上，稍加观察我们就会发现，贯穿首尾、支撑起小说整体结构的，正是三个有关等待的故事——而且，这是三次真正的、实际意义上的等待。

第一次等待便是前面提到过的"蜜月奇遇"，或者，更准确一点说，是一次"错遇"：暮色中的哈瓦那，一位在街道上等人的性感女子（已经等了一个小时），把站在酒店阳台上的胡安错当成了另一个人——她一直在等的那个人，于是开始对他破口大骂（"你到底在那儿干嘛？""我要杀了你这婊子养的！"）；而此刻，在胡安身后，他身体不适的新婚妻子路易莎正在光线渐渐变暗的房间里昏睡。不久，误会终于澄清，她等的是住在胡安隔壁房间的另一个男人，随后，凭借穿墙而过的争吵碎片，我们与胡安一起得知，他们是一对情人，而那个名叫米丽娅姆的女子正在焦躁地等待着（所以，这里有双重等待）从情妇升级为妻子。

第二次等待发生在纽约。蜜月旅行之后，作为联合国一次国际会议的口译员，胡安要在纽约待八个星期。在那期间他借住在老友贝尔塔家里。他们在大学时代上过几次床，但现在的关系更像一对无话不说的兄妹。一天夜里，为了贝尔塔通过杂志征友结识自称"在高曝光领域工作"的神秘情人比尔，胡安不得不在高层公寓下面的大街上消磨几个小时，一直要等到贝尔塔发出暗号（关灯）才能上去。（"等待的时候"，马里亚斯在此写道，"你可以感觉到分秒，每一秒钟似乎都是一个个体，而且稳固结实，就像一个接一个从手中滑落到地上的卵石"。）在等了四个多小时后，胡安变得越来越不安（他担心贝尔塔已经被杀受害），正当他准备不顾一切上去察看的时候，那个神秘比尔出现在大楼门口——然后灯灭了。

第三次等待是全书最灿烂夺目的时刻——如果我们把整部小说看成一次绚丽的烟花表演。这次是在马德里，一个雨夜，胡安从纽约归来才一周。他刚与路易莎做完爱，之后进书房待了一会儿。他望向窗外，"看着弯曲路灯的一束束光芒照耀下的雨丝，雨丝一片银白流泻下来"。这时他发现在路的拐角，在对面建筑物的屋檐下，有一个男人正在仰望着他们卧室的窗户。

虽然看不清他的脸，但胡安立刻认出了那个男人是谁——那是他的童年好友，他父亲的忘年交，也是第一个向他披露小说开头那个自杀谜团的人：小古斯塔尔多易。他是在等待某种暗号吗？难道在胡安身处纽约的那八周里，小古斯塔尔多易与路易莎之间发生了什么？紧接着，马里亚斯再次向我们展示了他那无可比拟的时空挪移手法：

> 他等待着、探究着，如同一个恋爱中的人。有一点像米丽娅姆，有一点像几天前的我。米丽娅姆和我分别在大西洋两边的不同城市，而小古斯塔尔多易在我家街道的角落。我没有像一个恋爱中的人

那样等待过，但我跟小古斯塔尔多易等待过同一样东西——

那样东西就是**黑暗**。或许小古斯塔尔多易也在等待灯灭，胡安心想，正如自己那夜在纽约街头等待贝尔塔的公寓灯灭。接下来的十几页是整部小说最精妙、最令人震颤的部分：以胡安的意识流为视角，三次等待（或者可以说，书中所有的等待）交织、缠绕、融为一体，仿佛某种全息图像，每一个碎片——每个场景、段落，甚至句子——都彼此折射，互为镜像，反映出整体。胡安决定赐予小古斯塔尔多易黑暗，他关掉屋里所有的灯：

> 于是，我知道我们所有的窗户都处于没有灯光的黑暗中。我又从我的窗户往外看。小古斯塔尔多易还在朝上看，脸抬得很高，白色的污迹朝向黑暗的天空。虽然有屋檐遮蔽，雨滴还是拍打着他，落在他的脸颊上，或许混合着汗水而不是泪水。从屋檐下垂落的雨滴通常落在同一个地方，使得那里的土壤变松，直到雨水渗透进土壤内，形成一个洞或变成一条沟渠。洞与沟渠就如同贝尔塔的私处，我见过和录过像的；或是路易莎的私处，仅仅几分钟前我还停留过的地方。我心想：现在他会离开了吧，一看到灯都关了，他就会离开吧。就像好多天以前，

看到贝尔塔的灯熄灭了,我就不再等待了。如果是这样,那就是一个约定的暗号。我当时也在纽约的街道上待了好一会儿,就像现在的小古斯塔尔多易,也像较久之前的米丽娅姆。只是米丽娅姆并不知道在她头上有两张脸或是两块白色污迹和四只眼睛在看着她——我和吉列尔莫的眼睛。现在的情形是,路易莎不知道街上有两只眼睛窥视着她,却看不到她。而小古斯塔尔多易也不知道我在黑暗中往下瞧着他,从高处监视他;而这时候,雨在路灯的辉映下如水银一般流泻而下。相反地,在纽约,我和贝尔塔知道彼此身处何地,或者能猜到。他现在会离开了,我心想。

马里亚斯出色的场景描写常令人想到希区柯克的电影画面。穿低胸圆领黄衬衫、白裙子的米丽娅姆很像《晕眩》中金·诺瓦克扮演的朱迪,不是吗?她们同样身材丰满,同样性感而粗俗("她的双腿是如此粗壮,如此引人注目,使得高跟鞋反而像是被包在里面;每当她左右走动一番后回到原来的位置,双腿就像被牢固地嵌在地面上,又像是一把折刀扎在湿润的木板上")。在纽约深夜街道上守候的胡安则让人想起《火车怪客》里的反角布鲁诺("像一个诙谐的醉汉一样贴在路灯上","手中拿着报纸在一束光的照耀下阅读")。而上述的马德里雨夜更是典型的希区柯克式镜头：路灯光下的银白雨丝，街角戴帽子的男人身影，从阴暗的窗后向下窥视。但马里亚斯所做的不仅是向自己的偶像学习和致敬，同时他也在超越。即使是希区柯克（或者其他任何再好的导演），也无法进行如此轻盈、多层次，既微妙又美妙的意识与时空切换。鉴于这部小说的销量及影响（它在欧洲卖了数百万册），并且至今没有——当然，也**无法**——被拍成电影，我们也许可以说，它是文学在这个影像时代的一次小小胜利。

* * *

《如此苍白的心》是马里亚斯的第七部小说（写于1992年，他四十一岁时），或许也是他迄今最完美的作品。充满奇思妙想，半戏谑、半严肃的超长句和超长段落，对角色心理如微雕般精细的描摹，画面感极强的多角度场景调度——我想没人会反对把马里亚斯称为炫技派作家。但必须声明：这里的"炫技"完全是褒义。因为他的小说虽然语言繁复、结构精巧，在技巧运用上摇曳多姿、令人惊叹——但更令人惊叹的是，同时这一切又显得极其自然，毫不牵强，几乎找不到任何编造的痕迹（即使我们知道它必定是**编造**的）。也许这是因为他使用的编造材料不是"事件性巧合"，而是"情感性巧合"，前者很容易让我们觉得虚假、设计感过强，后者则更为巧妙而坚实。

前面所说的三次等待就是最好的例子。这三次等待之所以能被如此精巧而又自然地串接起来，并最终与小说中核心的自杀谜团产生微妙的共振与回音，除了时间上的特殊性和连续性（它们依次发生在蜜月中，蜜月后的一次长期出差期间，以及出差归来），还因为它们有几个情感上的共同点。它们都与某个秘密有关。它们都与爱——或者更确切地说，与对爱的背叛——有关。它们都发生在幽暗中。而且，更具象征意味的是，它们都包含着某种距离上的落差（既有物质的，也有精神的）：楼上与楼下，俯视与仰视，误解与猜疑。如果再考虑到书中几位主要人物所从事的职业，这种象征意味就显得更加清晰。

胡安、路易莎和贝尔塔都从事翻译和口译工作，服务对象主要是各种国际组织会议和国际办公机构。然而，这份工作不仅没有听上去那么有趣和重要，而且"无聊至极"，因为——胡安语带讥讽地告诉我们——"世界几乎所有国家的所有元首、部长、议员、大使、专家和代表人员，都无一例外地使用令人费解的一成不变的行话。所有的演说、呼吁、抗议、鼓动人心的演讲和报告也都一成不变地令人昏昏欲睡"。这种讥讽以黑色喜剧的形式，在对胡安与路易莎相识场景的描述中达到了极致（那也是书中最精彩的插曲之一）：当时胡安正在为英国和西班牙的两位高层官员做口译，而路易莎是坐在他身后的所谓"督译员"，出于一时的心血来潮（以及对路易莎的暗生情愫），胡安竟然恶作剧般地将"您需要我为您点杯茶吗"翻译成"请问，您国家的民众爱戴您吗"。随后，也正是由于胡安的错译，才导致了英方女高官对莎士比亚《麦克白》的引用。

"如此苍白的心"这个标题同样出自《麦克白》。在麦克白谋杀了熟睡中的苏格兰国王邓肯之后，他妻子把死者的鲜血涂抹在旁边仆人们的脸上以陷害他们，并对麦克白说，"我的双手也跟你的颜色一样了，但是我却羞于让自己的心像你那样变白"。最终，你将会察觉到，小说开头那匪夷所思的谜团与莎士比亚这个已成为原型的经典谋杀故事之间隐约的对应。（当谜底在书尾终于被揭开，它产生的效果可以与最好的侦探小说媲美：既在意料之外，又在意料之中。它像一道强光，穿透了整本书，照亮了从第一句话起的每个句子、每个细节、每次离题和插叙，使它们的存在变得更加清新、深刻，而且必要。）你也将渐渐察觉到，真正苍白的并不是心，而是**翻译**。"翻译"，和"秘密"一样，是这部小说的另一个中心词。一切皆翻译。一切都需要翻译。无论是爱情、亲情、友谊，还是政治和国际会议。而翻译的本性决定了它的局限和无能，因此一切都注定要充满误解、背叛和失落。这种翻译，或者说沟通的苍白无力，弥漫在小说的每个角落：兰斯对儿子胡安的欲说还休；那些带有象征意味的等待；贝尔塔不得不通过交换录像带来寻找爱人；甚至最后的秘密揭晓也是以偷听的形式加以展现。一切皆翻译，一切又都不可能真正被翻译。

但我们仍然要翻译。就像虽然必有一死，但我们仍要坚持活下去。虽然难免有误解与背叛，但我们还是忍不住要寻求真爱。虽然政治肮脏、充满阴谋，但我们仍然在继续开会、投票、签署协议。这种悖论是人生——以及整个世界——存在的方式。或者，用另一位电影导演布列松的话说，"正是因为我们无法真正沟通，才使沟通变得可能"。

* * *

白色往往用来象征纯洁。但在马里亚斯对三次等待场景的描述中，"白色污迹"这个词醒目地出现了好几次。它被用来形容小古斯塔尔多易在雨夜中朝上仰望的脸，以及米丽娅姆眼中胡安和她情人的脸。这是个奇妙的比喻——极具镜头感，同时又意味深长。白色污迹？它不禁让人想起"白色谎言"(white lie)——我们称之为"善意的谎言"。每个人都说过白色谎言。每个人都有自己的秘密。每个人的脸，以及心，都像一块白色污迹。尼采说，一个成熟的人将会发现，真理不仅与美与善有关，也与恶与丑陋有关。真爱同样如此。真爱也可能——很可能——包含着污点、谎言和秘密。当然，正如兰斯所说，

"你只会知道你自己的秘密"。所以我们永远只对他人的秘密感兴趣，只会为他人的秘密而等待、而痛苦。路易莎与小古斯塔尔多易之间究竟有没有发生过什么？胡安很想知道，我们也很想知道（但终究我们和胡安都没能知道）。不过，我们却在无意间得知了另一件小事，另一个秘密。

那发生在胡安婚后驻纽约出差期间，就在贝尔塔准备去赴与神秘情人比尔的约会之前，在第二次等待开始之前。贝尔塔一边对镜化妆，一边问胡安有没有安全套可以借给她。安全套？对此叙事者"我"，胡安的反应是：他毫不迟疑地、很自然地回答道，我的盥洗包里应该有吧！——"仿佛她要的是一对镊子"。

标本博物馆

请想象这样一座博物馆。不,不是那种太空基地般庞大耀眼的国立博物馆,而是一座古老安静,多少有点破败的小型私人博物馆。它藏在旧城区人迹罕至的一个角落,周围绿荫掩盖,三层的水泥楼房,墙角长着青苔,每扇窗玻璃都灰蒙蒙的。就像一座荒废的科研所。但它的确是个博物馆——而且依然对外开放。推开不起眼的木门(门出人意料的厚重),你走进去。里面很昏暗。空气里有股淡淡的霉味。唯一的光源是每件展品上方投下的射灯。这是一座标本博物馆。各种各样的标本——从蘑菇、听诊器、巧克力到羽毛、骨头和乐谱,甚至还有一截无名指——像珍宝一样被放置在玻璃柜中央。在射灯光晕的笼罩下,它们仿佛静静地飘浮在幽暗中。它们似乎被剥去了日常附着的功能性,从而展现出某种奇异的本质,某种神秘莫测的美。气氛宁静而诡异。你渐渐开始觉得轻微的恐惧和不安。呼吸不畅。你俯身凝视某件标本。在你的目光下,如同不停拉近的电影特写,它开始无限扩大、旋转,直到占据整个屏幕,直到漩涡般将你倏然吸入,直到你与它融为一体,你变成了它……

你放下书。

小川洋子的小说就像这样一座博物馆。在她的小说世界中,无论人物、场景还是语言,都显得简明、洁净、美丽,并散发出略带寂寞和哀伤的微光。就像一件件精致的标本。或者用她小说中的话说,"就像是被锐利刀刃切断的时间剖面,一切都安之若素"。比如这部中篇小说集:在标题小说《妊娠日历》中,读大学的妹妹以日记形式记录了姐姐的怀孕过程,描述了姐姐如何从极度厌食(觉得通心粉的白色奶油酱"像内脏的消化液")到发疯似的爱吃妹妹烹制的葡萄柚果酱;在《学生宿舍》中,即将去瑞典与丈夫定居的年轻妻子经常在脑中听见一种无法形容的声音("那声音总是不期而至,就如同微生物突然间在透明培养皿里的培养液中描绘出精巧的斑点"),那声音总让她想起曾经住过的学生宿舍,在不知不觉间,她渐渐与宿舍的残疾管理员,四肢中只剩下右腿的"先生",发展出一种奇特而暧昧的关系;《傍晚的配餐室和雨中的游泳池》中的"我"同样是一位年轻女子,她刚搬到一座滨海小城,即将迈入一场"所有人都反对"的婚姻,一个下雨天，她新居的门铃突然响了（门铃声"像动物的哀号一般刺耳"），拜访者是一对四处传教的神秘父子。

这些故事都有一种飘浮感。它们仿佛被某种"锐利刀刃"切断了与现实世界的联系，静静地飘浮在半空。故事场景几乎是全封闭的，其中的人物则都像被"判了缓刑"，在静静等待什么的发生。就像一截截被密封起来的"时间剖面"，这些故事似乎完全隔绝了世俗空气的腐蚀。然而，在这真空般的氛围中，弥漫着一种宁静的暴力：剖面被切割得越光滑，纹理越清晰，你越能感受到刀刃的锋利。刀刃虽然缺席、不在场、看不见，但却因此更令人不安和心寒。在《日记》中，那是姐姐腹中日益隆起的婴儿，它正在不停地被葡萄柚果酱中的毒素所伤害；在《宿舍》中，那是远在瑞典的丈夫，也是离奇失踪的寄宿生；而在《游泳池》中，由未来辐射出的孤寂与忧伤深深切入了一个陌生男子的童年回忆。这种暴力既没有缘由也没有结果：《日记》在胎儿出生时戛然而止；《宿舍》中我们始终无法确定"先生"是否谋杀了寄宿生；而《游泳池》中的未婚夫从未露面。就像琥珀，这种暴力——或者说暴力感——被冻结在晶莹剔透的语言冰块中，变成了标本。

标本究竟意味着什么呢？在小川洋子的另一部代表作《无名指的标本》[1]中，标本师这样回答："所有标本都

---

[1] ［日］小川洋子著，颜尚吟译：《无名指的标本》，浙江文艺出版社，2018年。

由我们管理、保存……当然，委托人可以随时来看自己的标本。不过，绝大多数人都不会第二次踏进这里。……封存、分离、结束，这正是标本的意义所在。没有人会把自己常常惦记怀念的物品拿来这里。"而当与标本师有畸形爱恋关系的女助手想为自己做一个标本时，标本师问她："你最悲伤的回忆是什么？"所以，标本的意义不是纪念，而是逃避，是把最悲伤的回忆密封起来，遗弃到心最偏僻的角落，永远不再相见。封存、分离、结束。然而，我们会渐渐察觉，事实上，这些被压抑在平滑表面下的隐秘回忆与情感，正是故事中所有残酷的终极源头。但这种因果关系不是直接呈现的，而是隐约地，游离地，闪烁地。如同穿越遥远时空而来的微弱星光。如同某种人生的蝴蝶效应。因此，在她的另一部长篇《冻结的香气》中，当女主人公得知自己冷静优雅的男友突然自杀时，她虽然极为震惊，"但不知为什么，在那个瞬间，我意识的某一个角落却能够接受"。这也是小川洋子所有作品给我们的感觉。那些充满悬疑，不可思议，仿佛毫无来由的神秘事件，在她笔下散发出清冷残忍的超现实光晕，却又出乎意料地令人信服：在某个瞬间，让我们意识的某一个角落能够接受，并怦然心动，我们仿佛悟到了什么，但又说不清那到底是什么——就像一个在梦中解开的谜。

2666：一篇书评

作者说明

为了转达对罗贝托·波拉尼奥的崇敬及热爱，我决定按《2666》的小说结构（甚至风格）来写这篇书评。《2666》共分成五部分：1.关于评论家的部分；2.关于阿玛尔菲塔诺的部分；3.关于法特的部分；4.关于犯罪的部分；5.关于阿琴波尔迪的部分。所以这篇书评也将分成五部分。谨此说明。

1. 关于评论家的部分

K第一次读罗贝托·波拉尼奥的小说是在2007年，在美国亚马逊网站。那本书是《荒野侦探》。亚马逊网站有一个功能，你可以读到很多书的前几页。K因此读了好几百本英文小说的前几页。当然，其中就包括《荒野侦探》。他立刻被小说那既冷漠又伤感，既清醒又疯狂，充满黑色幽默和朋克电子乐节奏的语言所倾倒。他决定不惜一切代价——虽然这个说法有点夸张——把它搞到手。几个月后，他收到了从美国寄来的书。他把书放在随身带的包里，放在床头，放在厕所，总之，放在任何可以读的地方。他很快就读完了。

有些事你只有在结束之后才能做出判断。比如做爱质量和小说结构（虽然事先会有预感）。K惊喜地发现，《荒野侦探》的结构跟它的语言一样骇世惊俗。这部厚达672页的小说里，没有正常意义上的主人公，没有线性的叙事线索，甚至没有开头和结尾。它由一个十七岁诗人的长篇日记（其中弥漫着荷尔蒙、性爱、大麻，当然，还有诗歌的气味）和上百段随心所欲的第一人称访谈（从作家到妓女到律师到乞丐到杀手，无所不包）组成。而这群庞杂而零碎的材料之间只有一个松散的连接点，那就是贝拉诺和利马，两个神秘诗人，两个"本能现实主义"诗歌运动的发起人。整部小说就像一面天空那么大的镜子被砸成了无数碎片：一片美丽而性感的混乱。一座宏伟的虚无。一种葬礼式的狂欢。

K决定将它列入"爱不释手"级。事实证明，热爱它的并不止他一个。2007年底它被评为《纽约时报书评》年度十大图书及亚马逊网站年度编辑选书，而在被翻译成英文之前，它早就获得过拉美最高文学奖，罗慕洛·加列戈斯国际小说奖。苏珊·桑塔格称波拉尼奥为"真正罕有的天才"。最常被评论家拿来和他相提并论的作家是马尔克斯。而最常拿来和《荒野侦探》相提并论的——可以想见——是《百年孤独》。

英雄所见略同。但严格地说，K并不是评论家。虽然他发表过一些不错的书评，但他的评论对象仅限于外国文学。这部分原因是他基本不读中国小说。另一部分原因是，K认为自己主要是个小说家。他出版过一部小说（反响和销量都很一般），也翻译过一部美国小说（比一般好一点）。也许可以这样说——我想K会同意这种说法——K不俗的文学品位主要来自对中国当代文学的憎恶和对世界文学的狂热。在寻找（并享受）世界新文学方面，他就像一只灵敏而不懈的猎犬，或者一头专门擅长找松露的猪。

所以，不难想象，当《荒野侦探》的中文版2009年出版的时候，他已经读过了五部罗贝托·波拉尼奥的小说（分别是小长篇《美洲纳粹文学》《遥远的星辰》《智利之夜》《护身符》和短篇集《地球上最后的夜晚》，都是英文译本），并在翘首以待第六部，也是最长最重要的一部，《2666》。当《2666》英文版终于发行的时候，他买了两本。一本平装一本精装。一本放在城里,一本放在乡下(他在乡下租了座农舍用来度周末)。当他看完(两遍)长达912页的《2666》之后,我们可以毫无疑问地说,K已经是中国最权威的波拉尼奥专家——虽然事实上并无权威可言,因为当时在中国,无论是作家还是读者,几乎没有人知道波拉尼奥是谁。

2. 关于波拉尼奥的部分

罗贝托·波拉尼奥的父亲是一名卡车司机(专职)兼拳击手(业余),母亲是一名数学老师(专职)兼统计学家(业余)。他似乎颇为自己父亲的拳击手身份(虽然是业余的)而自豪。这体现在两点上:一,在《2666》中对拳击有相当篇幅的描写(这点我们后面还会谈到)。二,在一篇名为《地球上最后的夜晚》的短篇小说中,他描述了一个名为B的年轻人和他的退休拳击手的父亲的一次驾车旅行。关于他母亲的职业他没写过什么。

波拉尼奥1953年——用他自己的话说,"就是斯大林和迪伦·托马斯死的那一年"——出生于智利的圣地亚哥。1968年,他们全家迁居墨西哥城。1973年,二十岁的波拉尼奥回到智利,随即被皮诺切特独裁政府逮捕入狱,罪名是"外国恐怖分子"。在要被处决之前,两名狱警认出他是他们的高中同学——于是他们放了他（多年后他把这次经历写成了一篇对话体的短篇小说《侦探》）。这是他生命中第一个转折点。他从一个社会主义革命者变成了一个诗人。1975年，他和桑迪耶戈在墨西哥城展开了一场诗歌运动，取名为"现实以下主义"。跟世界上所有打着各种旗号的诗歌运动一样，这场洋溢着激情（诗歌、流浪、革命）和迷醉（毒品和性）的运动也随着其首领青春的消逝而寿终正寝。不一样的是，它将有一座令人吃惊的墓碑，那就是《荒野侦探》。但一直要等到九十年代，也就是波拉尼奥快四十岁的时候，他才开始考虑打造这座纪念碑——他决定开始写小说。而在此之前的十几年里，他浪迹欧洲，他做过的工作包括：洗碗工，搬运工，摘葡萄工，营地看守员，废品收购员，等等。"除了三四种任何有一点尊严的人都不会干的工作以外，"他在一篇标题为《自画像》的短文里说，"我做过世界上所有的工作。"他做的最后一份（成为职业小说家之前）工作是在西班牙加泰罗尼亚地区的一个海滨小镇贩售廉价饰品。他在小镇上定居下来，娶了当地一名女子卡罗琳娜为妻，当1990年他们的第一个孩子（儿子，叫劳塔罗，名字取自一位反抗西班牙人入侵智利的马普切族酋长）出生时，他意识到，无论作为小贩还是诗人自己都无法给最爱的人提供有力的经济保障。所以你可以说，他是为了钱开始写小说。这并没有听上去那么可怕——为什么写作并不重要，重要的是写得好不好。波拉尼奥写得极好。但他并非人们传说中的天才。虽然几乎完全是无意识地，但他的大半生似乎都一直在为写小说这件事做准备，事实上，当他开始写的时候，他已经具备了成为一个伟大小说家的所有条件：他有超凡的语言天赋（别忘了他是个诗人）；他有丰富的人生阅历（也就是说，经历过足够多的折磨和痛苦）；他有一个中型图书馆的阅读量（他有一句名言：对于一个真正的作家，他唯一的故乡就是书店）。这是他生命中的第二个转折点。他从一个浪子变成了一个丈夫（然后是父亲），从一个诗人变成了一个小说家。

于是他开始疯狂地写小说。像宇宙大爆炸一样写。像火山喷发一样写。像被困在监狱（或精神病院）里一样写。像神灵（或者魔鬼）附体一样写。像知道自己快死了一样写。短短十年间，他出版了九部长篇小说，四部短篇小说。每一部都是杰作。他获得了几乎所有重要的西班牙语文学奖。1998年，当《荒野侦探》出版时，他已被视为拉美最好的小说家之一。但他的世界性声誉还没有到来——要等到2007年，《荒》的英文版出现——而他已经等不到了。2003年，也就是美国发动伊拉克战争的那一年，年仅五十的波拉尼奥在巴塞罗那死于肝脏功能衰竭。

死是他生命中的第三个转折点。

当然，对于任何人，死都是生命中一个转折点。因为已经没有生命。但对波拉尼奥不一样。他的生命仍然存在——而且是更加持久、更加强有力的存在——通过他的作品。事实上,他正是死于他的作品。在去世前的几年里,他一直在超负荷地写作一部大部头的巨作。他知道,这部小说将集他所有的文学精华于一体,它将吸走他的灵魂和生命,换句话说,它将代替他活下去。这部作品在他死后才整理出版。而随着2009年其英文版的发行,由《荒野侦探》而掀起的波拉尼奥旋风达到了最高点(跟它比起来,《荒》就像一次热身),它席卷全球,所到之处,无坚不摧。

这就是《2666》。

3. 关于《2666》的部分

在波拉尼奥去世前(他显然知道自己将不久于人世),他叮嘱他的出版商将《2666》分成五部单独的书分别出版。他们甚至商定了出版的时间(一年一本)和价格。他这样做的原因是他担心如果作为一个整体出版,这部书会因为太厚而不利于销售,而他希望他的家人能有一个相对稳定的经济保障。但最终,在各方商榷下(他的家人、生前好友和出版商),他们决定将其作为一卷本出版。这部分原因是经济上的压力在减小(因为《荒野侦探》在欧美的成功)。但更主要的原因是:波拉尼奥本来就是把它们当成一部书来写的。也就是说，它本来就**应该**是一部小说（而不是五部）。

但正如上面这个小故事所提示的，组成《2666》的五部分彼此显得如此独立，以至于你可以把它们看成五部单独的小说。然而就像南美秘鲁纳斯卡平原上的史前神秘巨画，当身处其中的时候，你只能看到一些独立的、似乎没有关联的雕刻，只有当你翱翔在高高的天空中向下俯瞰，你才会发现：它们构成了一幅巨大完整的图案。《2666》也是一样。我们只有飞到足够高的空中去俯视整部小说（也就是说，要读完一遍甚至两遍），才会发现，那些百科全书词条般，那些无限星光般，那些仿佛随心所欲天女散花般的无数故事、情节和插曲，组成了一幅巨大而清晰的图案。

所以，让我先带你飞到空中去观赏一下（在你读完一遍甚至两遍之前，而且，幸运的是，伟大小说的标准之一就是：剧透将丝毫无损于它的美好——任何事情都将无损于它的美好）。

一，关于评论家的部分。四个文学爱好者，分别在不同的地点（英法西意），不同的时间（但都在八十年代），疯狂地迷上了同一个神秘的德国小说家，本诺·冯·阿琴波尔迪。说他神秘，是因为除了他的十几部小说，找不到任何与他有关的个人信息，没有照片没有简历没有家庭更没有传记。除了都热爱阿琴波尔迪之外，这四个人（三男一女）还有以下几个共同点：他们后来都成了德国文学评论家；他们之间都交错发生过或柏拉图或色情片式的爱恋关系；他们都决定前往墨西哥边境一个名叫圣特莱莎的小城，其原因来自两条传言，一是阿琴波尔迪要得诺贝尔文学奖，二是有人在那儿见过他。这部分在两个评论家（法国的和西班牙的，他们都和英国的女评论家上过床，甚至三人一起上过）在圣特莱莎无所事事的等待中结束。当然，他们没有找到阿琴波尔迪。

二，关于阿玛尔菲塔诺的部分。这个人物作为配角曾在第一部分里出现过。他是个智利人，在圣特莱莎的一所大学任哲学教授。他译过一本阿琴波尔迪的小说，也负责接待来寻找阿琴波尔迪的几个欧洲评论家。这部分主要描述了他人生中的三大问题。一个发生在过去（但一直影响到现在）：他妻子多年前因为迷恋一位发疯的诗人而离家出走；两个发生在现在（但影响着将来）：他怀疑自己也正处于发疯的边缘（因为他总是幻听），他担心自己十七岁的女儿罗莎的安全（因为圣特莱莎发生了一系列妇女被杀案）。

三，关于法特的部分。奥斯卡·法特有三种身份（或者说特质，印记）：美国男性黑人，纽约某杂志记者，刚刚丧母。他到圣特莱莎是为了采访一场拳击比赛（作为对父亲业余拳击手身份的致敬，波拉尼奥在这部分对拳击有令人叹为观止的描写）。也正是在圣特莱莎，法特身上又增加了两种身份：一是想深入调查系列谋杀案的正义使者，二是想把阿玛尔菲塔诺的女儿，罗莎，带离危险的墨西哥的爱恋者。

四，关于犯罪的部分。这是全书最长的一部分，可能也是最枯燥（同时最可怕）的一部分。因为构成这部分的主体是一份份警察档案式的死亡记录，波拉尼奥用毫无感情色彩的警察笔录式文体，记录了1993年至1997年间发生在圣特莱莎的上百起妇女被杀案件。若干平行的小故事穿插其间：一个陌生人不断用各种污秽方式亵渎各个教堂；检察员和精神病院女院长成为长期稳定的性伴侣；女众议员的闺中密友被杀及她由此发现的杀戮黑幕（几乎是一种政府行为）；以及最终出现的，显然是清白的谋杀嫌疑犯，克劳斯·哈斯。

五，关于阿琴波尔迪的部分。在相隔近四百页之后，阿琴波尔迪这个名字再次出现。作为小说的最后一部分——与小说第一部分形成完美的对称和呼应——它是对阿琴波尔迪之谜的慷慨解答：它是一部阿琴波尔迪传记。它从1920年阿琴波尔迪出生，一直写到他动身去墨西哥的前一天（那时他已经八十多岁），几乎覆盖了整个二十世纪。或者，我们也可以说，在某种意义上，他**就是**二十世纪。他从一个出生在大海边、热爱潜水、仿佛大自然之子般的孩子，依次变成一个普鲁士男爵破落庄园里的少年仆人，一个最终成为战败国俘虏的青年士兵，一个在战争中最大收获就是读了一部神秘俄国小说手稿的文学读者，一个自杀的女精神病人的丈夫，以及最后，一个隐士般的小说家。但他究竟为什么要去圣特莱莎呢？原因很简单。克劳斯·哈斯是他的亲外甥。他要去救他——哪怕他根本不知道该怎么救。

现在，亲爱的游客（读者），你们看，我们已经飞到了足够的高度，请往下看。看见了吗？多么清晰！多么庞大！多么震撼！

很明显，《2666》是由两个同心圆组成的巨大环形。第一个圆是首尾衔接的第一和第五部分。第二个圆是里外对接的第二和第三部分。而它们的圆心，就是第四部分，或者，更确切地说，是那数百起残杀暴行的发生地：圣特莱莎。它就像一个黑洞。小说的每一部分、每个故事、每个人物、每道光线，都被狂暴地、无可抗拒地、宿命地吸入其中。

而2666，就是这个黑洞的代称。因为和黑洞一样，虽然这个神秘数字是整部小说中一切的起源、结束和中心，但却是无形的、看不见的——除了标题，书中没有任何地方提到这个数字。但如果我们把搜索范围扩大到波拉尼奥的全部作品疆土，然后仔细寻找，我们将会发现，这个数字曾经出现在他生前出版的最后一部，也就是紧靠在《2666》之前的一部小说，《护身符》中：

这时格雷罗居民区特别像凌驾万物之上的一座墓地，但不像1974年的公墓，也不像1968年的陵园，也不像1975年的坟场，而是像2666年的丧葬之地——一个遗忘在死者或未降生之人眼皮下的公墓，一个想忘却一点什么、结果却遗忘了一切的死亡眼皮下的公墓。[1]

所以，如果我们要给这幅巨大的图案取一个名字，如果我们要用一个更直接更具体的词来代替隐喻性的2666和黑洞，那么有一个非常贴切的，我们每个人——以及这整个世界——都必将面对的词：**死**。

4. 关于厨房的部分

对于作家来说，食物和文学有很多共同点。比如它们都需要鲜活的材料。它们都需要精心搭配和制作。它们都需要想象力。它们都需要把握好微妙的分寸。它们都需要兼顾口味和营养。它们都需要做到形式与内容的完美结合。而为了做到这一切，它们都需要经过长期的实践和训练。

---

1 [智] 罗贝托·波拉尼奥著，赵德明译：《护身符》，上海人民出版社，2013年。

除此之外——至少在作家看来——它们还都是生存的必需品。

或许这就是为什么很多作家都对厨艺感兴趣。（《纽约客》专栏作家亚当·戈普尼克说，"我认识的所有作家都梦想成为厨师"。）也许在有意无意之间，作家还意识到，食物和文学一样，都与生命——或者说死亡——有一种既美好又心碎的关系。那就是，虽然我们必有一死，虽然世界终将归于尘埃，但只要一息尚存，我们就会渴求食物与艺术，并进而渴求好的食物与艺术，渴求**做出**好的食物和艺术。毕竟，如果我们仔细想想，这是我们唯一的，也是最明智的选择。

或许这也是罗贝托·波拉尼奥把自己的写作比作"文学厨房"的原因。在一篇名为《一个小说家的隐秘生活》的小文章中，他这样描述他的文学厨房：

> ……地球上所有生物都在长桌上挤成一团，灭绝的和即将灭绝的；里面光打得不匀，有些地方是防空探照灯，有些地方是火炬，自然，还有大片的黑暗区域，那里唯一能瞥见的就是渴望或者险恶的阴影，以及一个大屏幕，透过你的眼角，你可以看见屏幕上的默片或幻灯片，在梦里或者噩梦里我在我的文学厨房里走来走去，偶尔还会生火给自己做个煎蛋，有时甚至做片吐司。然后我就醒过来，筋疲力尽。

这简直就像一帧大卫·林奇的电影画面，不是吗？也许正是因为出自这样的文学厨房，你会发现，在《2666》里，充满了这种梦境般的林奇式场景。波拉尼奥用他冰冷的、带有金属感的语言，营造出明暗交错的光线，勾勒出形态各异的阴影，拍摄出幽灵闪动的画面，并在某种意义上，展现出了"地球上所有生物"。但是，在他的文学厨房里，波拉尼奥不仅感觉到了食物和文学的共同点，他也清醒地意识到了它们的不同点。

它们最大的不同点就是——食物比文学更重要。食物比文学更有用。

你也许会说，啊，这谁都知道。但没那么简单。事实上，我们知道，食物比**一切**都重要。不，好像有哪里不对劲，让我们再想想，食物比**一切**都重要？同样，在《2666》里，波拉尼奥用两个近乎讽刺的小故事（都与食物有关），也向我们提出了这个问号。

第一个故事出现在第三部分。法特前去采访美国六十年代兴起的黑人革命团体黑豹党的前领袖西曼，他现在靠写食谱书和做讲座为生。法特描述了西曼在教堂的一场讲座。讲座的其中一个主题是"食物"。"**食物**。西曼说，正如各位知道的那样，多亏了猪排，我才能起死回生。"出狱后，革命失败的西曼提心吊胆得过且过。"直到有一天，"他说，"我想起有些东西还没忘。做饭的手艺我没忘。我没忘了怎么做猪排。"于是他写了一本叫《跟巴里·西曼一起吃猪排》的畅销书。"这本书把我的名字又传播开来。"他说。"我学会了把烹饪与回忆结合起来的写作方法。我学会了把烹饪和历史结合起来的写作方法。我学会了把烹饪和感谢结合起来,把烹饪与这么多善良人帮助我而产生的不知所措的感觉结合起来。"

第二个故事则引人注目地出现在整部小说的结尾。这是个关于三味冰激凌的故事。在黄昏时分汉堡的一座公园里,一位老绅士主动向阿琴波尔迪(他正在吃三味冰激凌)搭话。"请允许我自我介绍一下,"他说,"亚历山大·三味冰激凌——这种冷饮的创始人就是我的祖先……"但他的这位祖先并非一个厨师,而是一个学者,或者,更确切地说,是一个作家。他撰写和出版过一些"至今看来依然有魅力、很明快"的有关旅行和园艺的小册子。"对,"老绅士说,"他想到了身后事。想到了半身塑像、骑马塑像、永远收藏在图书馆里的最大号书。但他永远没想到的是他会因为三味冰激凌的名字而载入史册。"然后他问阿琴波尔迪对此做何感想。"我真不知该怎么想。"阿琴波尔迪说。最后老绅士总结说:"已经没人记得那个植物学家的亚历山大,没人能想起来那位模范园丁,没人阅读他的作品了。但是,人人都会在某个时候品尝过三味冰激凌……多神秘的遗产啊!"

这是两个奇妙的故事:既好笑又伤感,既绝望又温暖。但它们并没有对前面的问号做出回答。因为不可能有回答。因为，从某种角度说，那个问题本身就是答案。或者，我们也可以从波拉尼奥的文学厨房里找到一个不是答案的答案。

同样在那篇小文章里，波拉尼奥最后写道：

> 在我理想的文学厨房里，住着一个战士，他的某些声音（灵魂出窍的声音，不会投下阴影的声音）叫作家。这名战士永远在战斗。他知道最终，不管怎么做，他都会失败。但他仍然在水泥建的文学厨房里游荡，并直面他的敌手，既不求饶，也不手软。

事实上，在《2666》里，就有这样一个战士，或者说，有这样一个战士发出的声音。那就是阿琴波尔迪。

5. 关于阿琴波尔迪的部分

从表面上看，阿琴波尔迪更像一个隐士，而不是战士。

在小说开头的第一部分，在四个评论家先是着迷，后是研究，最终踏上追寻之旅的过程中，虽然阿琴波尔迪这个名字被多次反复提及（小说的第一句话就是：让－克劳德·贝耶迪第一次读本诺·冯·阿琴波尔迪的著作是在1980年……），但几乎所有人（包括四个评论家和我们，当然，也许除了波拉尼奥）都对他一无所知——除了他的小说。而对**我们**来说，情况更为糟糕（但也更迷人，更有想象空间），因为实际上，我们只有十几个小说标题。《达松法尔》。《花园》。《皮面具》。《分叉的分叉》。《遗产》。《铁路之美》。《欧洲河流》。《盲女》。《比特丘司》。《忘川女》。《圣托马斯》。如此而已。

不，我们还知道有关他的两件事。我们知道最近——200X年——他可能会得诺贝尔文学奖。我们还知道，有人说在墨西哥一座犯罪率极高的边境城市，圣特莱莎，见过他。但这两件事都是传言，因而都无法确定。在这两点上评论家们知道的并不比我们多。而且，随着时间的推移，我们将比评论家们知道得更多。因为我们是读者，我们将继续推进，而他们四个将永远被固定在第一部分。

但我们必须耐心。因为要到四百多页后，小说的最后一部分，这个名字才会再次出现。不过，我们的耐心会获得相应的回报：我们将获知有关阿琴波尔迪的一切。从他的出生，童年，少年，青年，一直到那些谜一般的小说标题——犹如遥远的回声——再次一一出现。但我们依然不知道他为什么会去圣特莱莎。直到小说快接近尾声，阿琴波尔迪的亲妹妹，洛特出场，这个小说最初的谜团才得到解答（从而形成一个完美的环形）。答案很简单，也很自然：因为洛特的儿子，也就是阿琴波尔迪的外甥，克劳斯·哈斯，被陷害成为圣特莱莎系列谋杀案的嫌疑犯。洛特恳求哥哥去救她的儿子。当然,他答应了。但他该怎么去救呢?说到底,他能做什么?一个八十多岁的老人。一个四海为家的隐士。一个小说家。

但无论如何,他还是决定去救。即使他知道最终,不管怎么做,他都会失败。

这是一个漂亮的——既出人意料,又合情合理——情节设计。但同时,这也是一个意味深长的象征和隐喻。在《2666》的创作笔记里,波拉尼奥提到这部小说有个"秘密中心",它藏在整部作品的"有形中心"之下。这个"有形中心"显然就是圣特莱莎。而波拉尼奥则借书中一个人物之口说,"那里藏着世界的秘密"。那个秘密是什么?是罪恶,暴力,杀戮,是最终要将一切光明和温暖吸入死亡和虚无的黑洞,是2666。这就是世界的秘密,或者说,真相。那就是:**最终,不管怎么做,我们都会失败**。

但我们依然要与之对抗。因为事实上,这是我们唯一的选择,也是我们生存的意义所在。因此法国哲学家克里斯蒂娃指出,面对当今这个黑暗残暴的世界,已经不是"我思故我在",而是"我反抗,所以我存在"。因此波拉尼奥说,要做一个"永远在战斗"的战士,要直面敌手,"既不求饶,也不手软"。这也正是波拉尼奥自身的写照。虽然笼罩在死亡的阴影下,但从他最后的写作(也就是《2666》)里我们看不到任何恐惧、焦躁和迟疑,它就像米开朗琪罗的壁画,不仅宏伟而壮观,而且每一个细部都无比精致。同时，尽管《2666》里充满了末日般的黑暗和绝望，但始终都有某种对抗力量，像一股暗流，贯穿整部作品。它和小说的"秘密中心"，也就是世界的恶，形成一种力量上的对峙和平衡。而这股暗流的来源，不是大自然不是国家也不是宗教，而是一个小说家。一个隐士般的小说家。一个孤独的战士。而他的唯一武器，是他用语言编织的故事。

任何头脑清醒的人都能看出，这个武器就跟堂吉诃德的长矛一样脆弱、一样无用。是的，也许我们可以说，阿琴波尔迪就是当代的堂吉诃德，甚至，《2666》就是一部二十一世纪的《堂吉诃德》（所有散文体的虚构作品都是《堂吉诃德》主题的变奏，特里林说）。而且，跟堂吉诃德的力量来自骑士小说一样，阿琴波尔迪的力量也来自小说——并最终以小说的形式重现。如果我们来看一看，书这种东西是怎样将他生命的各阶段连缀起来，将是一件很有趣的事。

《欧洲沿海地区的动植物》。这是阿琴波尔迪生命中拥有并迷恋的第一本书。显然，这是一本非虚构读物。但这与他的童年经历是一致的。因为"他不像男孩，像海藻"，因为他不像人类，而更像某种"欧洲沿海地区的动植物"，因为他还几乎没有体会到任何作为人类特有的痛苦，但是——当然——他很快就会体会到。

他读的第二本书，中世纪日耳曼诗人埃申巴赫的《帕西法尔》，就是这种痛苦的产物（虽然跟后来相比，这种痛苦根本不值一提）。首先他讨厌学校，这导致他十三岁辍学。然后他讨厌工作，这导致他成了一个日渐衰败的普鲁士男爵别墅里的仆人。而这又导致男爵的外甥，胡戈，成了他的文学启蒙人。他告诉阿琴波尔迪（那时叫汉斯），自己每次重读歌德、席勒和荷尔德林都会流泪。"汉斯啊，"他说，"会流泪的，会流泪的。明白吗？"《帕西法尔》是来自别墅的图书室。

但是，严格来说，阿琴波尔迪的第三本书，也是对他影响最大的一本，并不是真正的书，而是一部手稿。它没有名字。它是阿琴波尔迪参加二战期间，在俄国一个小村庄里无意中发现的。是一个名叫鲍里斯·安斯基的俄国作家留下的混杂着自传、科幻和元小说的笔记簿。他把它看了无数遍。它陪伴他度过了战争。可以说，没有它就没有阿琴波尔迪这个作家（他的这个笔名也来自这部手稿）。

接下来就是阿琴波尔迪自己写的书。不得不承认，他在出版上的经历几乎像个童话。在遭到几次退稿之后，一位汉堡颇有声誉的文学出版家布毕斯先生接受了他的第一部小说，《鲁迪斯科》。这没什么。然后毕布斯又出版了他的第二部、第三部和第四第五部小说。这也没什么。但是，如果你看到下面的销售数字，你就会觉得有什么了。《鲁迪斯科》：350册；《无边的玫瑰》（他的第二部小说）：205册；《皮面具》（第三部）：96册。阿琴波尔迪遇到了一个梦一般的出版商。而且,我们会看到,毕布斯将成为他毕生唯一的出版商。幸运的是,随着一部部作品的出版,它们的销量开始渐渐上升,阿琴波尔迪开始有了一批不多但稳定的读者。不过,评论家不喜欢他。当毕布斯向一位权威的文学评论家询问时,对方支吾着说,"他不像是……德国作家。当然,他用的是德语……也不像美洲作家。更像非洲的。更确切地说是亚洲。……好多地方更像波斯的。……马来,马来西亚"[1]。

但阿琴波尔迪好像并不在乎评论家的意见。事实上,他不在乎任何人的意见——也许除了他自己。他晚上继续在一家低等酒吧做看门人,白天则飞快地写小说。写完一本就寄给毕布斯,然后接着写下一本。

跟堂吉诃德一样,阿琴波尔迪并没有太多考虑自己行为的后果。他们都只是在做自己想做的事。或者说,不得不做的事。跟我们大部分普通人一样,他并没有特意想过要通过干什么来对抗这个世界的恶——虽然我们确实都在对抗。只不过有人通过做菜,有人通过相爱,有人通过生儿育女,还有人——为数稀少——则通过写作。其实,如果我们稍加观察就会发现,在彻底隐入写作之前,阿琴波尔迪也不自觉地试过别的方法。比如以恶制恶:他在俘虏营里掐死了一个残杀过近千犹太人的德国军官,但这只

---

[1] [智]罗贝托·波拉尼奥著,赵德明译:《2666》,上海人民出版社,2012年。

能让他始终担心警察会因此找他的麻烦。比如爱情：他深爱的女人——患有某种程度的精神分裂——最终死于肺炎或者溺水或者自杀（更准确地说，是死于三者结合）。所以，最后，他什么都没有了，他只剩下了写作。

于是，毕布斯先生——他去世后是他的遗孀——开始收到阿琴波尔迪发自欧洲各个角落的书稿。威尼斯。希腊的伊卡利亚岛。没听过的小城。他隐姓埋名，四处漂流。"多年来阿琴波尔迪的家，他唯一的财产，就是他的手提箱和打字机。"波拉尼奥写道，"手提箱里放着衣服，一叠纸和两三本他正在读的书。他右手拎手提箱，左手拎打字机。衣服穿旧了就扔掉。书哪里读完就留在哪里。……他和别的德国作家几乎没有任何关系。"

不仅如此。他也不拍照片，不接受任何采访（更别说参加书籍推销），并拒领任何文学奖项。他与外部世界（或者说公众）的唯一联系，就是一部接一部的小说。这些作品就像一股地下暗流，开始细弱，但慢慢却越来越壮观——全世界无数读者都在阅读它们，甚至反复阅读（其中就有那四个评论家）。

阅读也是一种对抗。对抗这个世界的罪恶、肮脏和死亡。而且这种反抗方式是如此简练而便捷。也许这就够了。无论是对于读者，对于阿琴波尔迪，还是对于波拉尼奥，对于所有真正的小说家。至于诺贝尔奖，至于身后事，至于半身塑像、骑马塑像、永远收藏在图书馆里的最大号书，想想三味冰激凌好了。

在《2666》的最后一个场景，"公园里的灯光忽然亮了，尽管之前有过短暂的漆黑一片，仿佛有人给汉堡的某些居民区蒙上了黑色的毛毯"。那位老绅士，三味冰激凌创始人的后代对阿琴波尔迪叹了口气："多神秘的遗产啊！您说呢？"阿琴波尔迪表示同意，并起身告别。很快，我们的阿琴波尔迪，我们的老堂吉诃德，就走出了公园——你甚至能看见他高大、缓慢的背影。然后是小说的最后一句：第二天他去了墨西哥。

爱丽丝漫游卡罗尔奇境

1863年的一个夏日午后，英国牛津，一位留着卷发、面容清秀的年轻男人正在给一个十岁的小女孩拍照。

"爱丽丝，"那个年轻人说，"你能把衣服再往下拉一点吗？对，就这样，让肩膀完全露出来。眼睛看着镜头，不要笑得太厉害，要微笑，一种挑衅似的微笑，就好像你**什么都不怕**。"

他按下了快门。他把这幅照片命名为《扮成小乞丐的爱丽丝·里德尔》。

这个名叫爱丽丝·里德尔的小女孩是牛津大学基督堂学院教务长里德尔的二女儿，她有两个姐妹。那个给她拍照的叔叔，也是她们三姐妹最要好的大人朋友，是她父亲的同事——牛津大学基督堂学院的数学讲师。他的名字叫查尔斯·路德维奇·道奇森。不过，两年后——也就是1865年——他将会有一个新的名字：刘易斯·卡罗尔。

1865年，一本署名为刘易斯·卡罗尔的童话小说，《爱丽丝漫游奇境》，在英国出版。这本薄薄的小书随即引起了巨大轰动。据说维多利亚女王读完后下令说，此人的下一本书一定要给我送来。结果送到女王手上的是一部论述行列式的数学专著。关于这名有点口吃、内向腼腆、业余爱好摄影的大学数学老师如何变成了一名童话作家，最经典的版本是：他和里德尔三姐妹在泰晤士河上泛舟时（很可能刚刚给她们拍过照片），信口编了一个小女孩掉进兔子洞的故事，因为三姐妹听得太入迷，故事就越编越长，直到最后变成了一本像模像样的小书，而书中那个小女孩的名字，以及人物原型，都来自他最喜爱的摄影模特，里德尔三姐妹之一的爱丽丝·里德尔。

在刘易斯·卡罗尔的内心深处，爱丽丝·里德尔，这个十岁的小女孩，究竟占据着什么样的地位？一个令人满意的小摄影模特，一个可爱的朋友女儿，一个给他带来写作灵感的小缪斯，还是一个掺杂着情欲的迷恋对象？或者几者兼而有之？这是一个谜。一个无聊的谜。过去近一个世纪的时间里，就像他笔下爱丽丝漫游其中的奇境一样，他自己的人生也成了另一个充满谜团的奇境，卡罗尔奇境。而现代的爱丽丝们，那些好奇而缺乏耐心的现代读者，在导游——哗众取宠的学者，低级趣味的媒体——的带领下，像游览某处风景名胜一样漫游着卡罗尔奇境。在那里，最有名也最引人注目的一个景点就是：恋童癖之谜。

卡罗尔到底是不是一个有恋童癖的性变态？支持"是"的证据有：他拍摄了大量身体暴露的儿童照片；他终身未婚；1863年里德尔一家突然与他断交，而他的家人原因不明地毁掉了这一时期的日记及资料。支持他"不是"的证据有：最新出版的卡罗尔传记，《刘易斯·卡罗尔之谜》的作者杰妮·伍尔芙认为，那些在现代人看来有些"不正常"的儿童摄影作品在维多利亚时代是很常见的，特别是在**道德上**，因为在维多利亚时代的观念里，青春期之前的孩子相当于是"无性别"的（从某种意义上，我们倒可以说他那些风格独特的肖像照是现代时装大片的先驱）；而他终身未婚是由于性格过于害羞和内向，他不善于同成人打交道，那也正是他喜欢同孩子们交往、喜欢给孩子们拍照的原因。

既可以支持他"是"，也可以支持他"不是"的证据有：他曾编过一本数学益智题集，名为《供不眠之夜思考的枕边益智题》，因为"做这些题不用纸笔，脑袋挨在枕头上想就行"。"而且，"他强调说，"睡前做做这些题，可以免得想一些不干不净的事。"这至少可以说明两件事：一，他在睡前曾想过不干不净的事；二，他曾压制自己不去想那些不干不净的事。而同样是在杰妮·伍尔芙的新书里,她披露了一份首次发现的卡罗尔的银行账目,账目显示他曾向制裁虐待儿童的机构捐款,伍尔芙认为这说明"他意识到了这个问题,并对此感到厌恶"。感到厌恶?为什么不能是感到内疚呢?

所以,你看,所谓的这些证据,就像《爱丽丝漫游奇境》里爱丽丝与柴郡猫的对话一样。"请您告诉我,要从这儿出去,该走那条路?"爱丽丝问。"那取决于你想要去哪儿。"柴郡猫说。所以,刘易斯·卡罗尔到底是不是恋童癖?在某种意义上,那取决于你怎么想。如果你觉得他是(就像某些居心叵测的学者和媒体),那么他就是;如果你觉得他不是(就像包括我在内的亿万爱丽丝迷),那么他就不是。

不过,让我觉得奇怪的是,在各种证据当中,人们似乎忽略了最重要的一个证据:他的作品。即使从最苛刻的角度评价,他的作品也当得起"伟大"这个词。有一种说法,世界上被引用次数最多的三种英语作品分别是《圣经》、莎士比亚戏剧和《爱丽丝漫游奇境》。从博尔赫斯到村上春树,从德里达到曼古埃尔,从蒂姆·波顿到玛丽莲·曼森,这本书(以及它的续集《爱丽丝镜中奇遇》)几乎迷倒了所有人。从古典到现代到后现代,各种理论、思潮、哲学观点几乎都可以从这两本小书里找到绝妙的对应。用美国哲学家古德曼的话说,"这两本书可以解释这个世界上发生的**一切**，从古到今，当然，也包括未来"。

总之，它就像一个奇迹。一个以童话形式出现的神谕。为什么刘易斯·卡罗尔会写出这样一部奇妙的书呢？这也是一个谜。卡罗尔奇境里的又一个谜。一个迷人但却乏人问津的谜。对此有一个神秘的解释：卡罗尔的出生地，英格兰柴郡霍尔顿区的戴尔斯拜瑞村，正是世界闻名的麦田怪圈的频发地之一，而且据称该地经常出现神秘光球、磁场紊乱等奇异现象，所以不能排除卡罗尔的奇特作品受到了高等文明的影响。说实话，我很喜欢这个解释。它让我想起有人问萧伯纳是否相信《圣经》是圣灵写的，萧伯纳回答说："所有百读不厌的书都是圣灵写的。"（我们完全可以把"圣灵"替换为"外星人"。）不过我还有一个不那么神秘的解释。

如果你看过那幅名为《扮成小乞丐的爱丽丝·里德尔》的照片，你一定也会像我一样惊呼："对！那就是**爱丽丝！**"对，那就是漫游奇境和镜中世界的那个爱丽丝的神情：带着点孩子气的桀骜不驯，散发出幽默的戏谑，有一副面对这个世界——不管那是充满荒诞感、有三月疯兔和猪婴儿的奇境世界，还是几乎同样荒诞（或者更加荒诞）的成人世界——满不在乎的表情。我想，那其实也是卡罗尔的表情——内心表情。正如包法利夫人就是福楼拜，我们也可以说爱丽丝就是卡罗尔。善良、好奇、骄傲、幽默、自我怀疑、打破固定思维、不屈从权威的小爱丽丝,正是卡罗尔内心自我的投影,在虚构里,她是漫游奇境的爱丽丝,在现实里,她就是爱丽丝·里德尔和像爱丽丝·里德尔的那些孩子。那就是为什么他喜欢和爱丽丝·里德尔们打成一片,那也是为什么他能写出《爱丽丝漫游奇境》(当然我也不否认"圣灵"很可能也起了某种作用)。因为他就像一个擅长数学的小孩子,凭借孩子般本真的眼光,加上作为数学家特有的逻辑和反逻辑能力,刘易斯·卡罗尔用一个表面上很简单的童话,囊括了这个表面上很复杂的世界。

鉴于我不是蒂姆·波顿和约翰尼·德普的影迷,而且考虑到其剧本完全不忠于原著,所以我对电影版的《爱丽丝漫游奇境》毫无兴趣。但我会好好再看一遍书,就像我每年都会做的那样。我也建议你去看看。我相信任何看过并热爱这部童话的人,都会坚信:刘易斯·卡罗尔没有做过任何伤害孩子的事。这部美妙而伟大的童话本身就是最有力的证据。退一万步说,就算他有过什么不干不净的想法,那又怎么样?我相信,他成功地压制住了自己内心涌起的黑暗——如果真有那种黑暗的话——通过写作,通过数学益智题,通过近乎疯狂地写信(刘易斯·卡罗尔曾在1879年声称:"我生活的三分之一时间好像是花在收信上,而其余三分之二的时间则用于回信。"一份记录表明,刘易斯·卡罗尔在他活着的最后三十七年间,曾收发了九万八千七百二十一封信件），甚至——也许——通过给孩子们拍照。美国前总统卡特在大选前接受《花花公子》杂志访问时说，"我常常带着淫欲的目光去看女人，在内心我其实已经犯了通奸罪，我希望上帝和选民能原谅我"。正如上帝和选民原谅了卡特一样（他在接受采访后不久即顺利当选），我想上帝和读者也会原谅卡罗尔——即使他在睡前确实有过片刻阴暗的想法（事实上，又有谁没有过呢？）。

因此，我们正确也是正常的态度或许应该是：去不胜珍惜地阅读一百多年前这个害羞男人所写的美妙作品，然后，就像《爱丽丝镜中奇遇》的红心王后皱着眉头对爱丽丝所说的，"你应当以优雅的言辞致谢"。

爱丽丝漫游冷酷仙境

"我是真的!"爱丽丝说着就哭了起来。

"假的就是假的,哭也没办法变成真的。"特威度迪说,"再说,也没什么好哭的。"

"如果我不是真的,我就不会哭了。"爱丽丝破涕为笑,她感觉这一切都很荒谬。

"我想你不会以为那些是真眼泪吧?"特威度迪用十分轻蔑的口气打断了她。

这是《爱丽丝镜中奇遇》里的一段对话。我正在读波德里亚的《冷记忆》,所以这段话很自然地让我想起了他那著名的"幻觉理论":这个世界的一切都不是真实的,都是某种超仿真的拟像,一切——无论是战争、生命,还是大海、冰镇啤酒、托尔斯泰——都是幻觉。而这又让我想到了《黑客帝国》（事实上，你很难不想到）："救世主"尼奥显然就是一个未来版的爱丽丝。他突然发现自己身处的世界是由一台超级计算机——也就是所谓的"母体"，MATRIX——控制的虚拟图像（爱丽丝进入镜中世界），于是，为了摆脱机器的控制，寻找真实的世界，他展开了历险之旅（我是真的！）。而当他终于找到了MATRIX的"系统设计师"，对方却告诉他这一切——包括他的历险，甚至他自己本身——都只是另一个更庞大的程序的一部分（我想你不会以为那些是真眼泪吧？）。然而，众所周知，《黑客帝国》故事的灵感源头不是爱丽丝，而是波德里亚。导演沃卓斯基兄弟是波德里亚的超级粉丝（他们要求演员在看剧本之前先去看波德里亚的书），在电影里他们用一个细节向波德里亚做了小小的致敬：主人公尼奥手里拿着一本波德里亚的著作，《仿真与拟像》。据说他们甚至曾经邀请波德里亚出演电影中"系统设计师"的角色，但——很遗憾——被礼貌地拒绝了。

如果波德里亚接受沃卓斯基兄弟的邀请，那么他就又多了一个身份：演员。正如有句评论说，"波德里亚永远不会得到确认，这就是他的诱惑"。这个1929年出生于法国兰斯一个普通公务员家庭、2006年死于巴黎一间普通公寓的男人，一生都在难以确认的各种身份间游移不定。当然，他是哲学家，但很多时候哲学家这个称号对他而言似乎过于严肃，也过于无趣。毫无疑问，他是作家，但仅仅称他为作家似乎又显得太轻浮（再说，在法国，又有谁不是作家呢？）。他是个大学学者，但最终却连教授也没当上。他是个社会学家，但早早就脱离了社会前线。他甚至还是个摄影家（二十世纪九十年代末，他在世界各地举办了一系列独具风格的摄影展）。他自称是"知识的恐怖主义者"（多么抽象的身份！），要用"理论的暴力"去攻击原有的哲学体系。而在他的笔记式回忆录《冷记忆2》中，他则将自己描述为"20岁时为荒诞玄学家 —— 30岁时为境遇主义者 —— 40岁时为空想家 —— 50岁时为横跨一切家 —— 60岁时为病毒家和转喻家 —— 这就是我的历史"[1]。

这是典型的波德里亚式的自我总结。暧昧，含糊不清，有一种冷淡的诱惑，一种低调的卖弄。在波德里亚那里，悖论不是例外，而是真理。也许我们可以把上面那句话修改一下：波德里亚永远**不想**得到确认，这就是他的诱惑。这就是时代的诱惑：这个时代也不想得到确认。从某种意义上，波德里亚可以说是这个时代的哲学代言人。虚拟。碎片。多样化。混乱。游戏。物质至上。这些是波德里亚的关键词，同时 —— 很显然 —— 也是我们这个时代的关键词。

---

[1] [法] 让·波德里亚著，张新木、王晶译：《冷记忆2》，南京大学出版社，2009年。

不过，波德里亚哲学理论的核心内容其实并不新鲜。客体世界对于主体的侵入，客体世界权力的不断增长和主体权力的逐渐枯萎，这只是一个人类古老主题的新说法。这个古老的主题就是对自我——作为主体的自我——的迷惑和追寻。我是谁？我为什么在这里？我与这个世界到底是什么关系？从《奥德赛》到《爱丽丝镜中奇遇》，从博尔赫斯到村上春树到保罗·奥斯特，我们从未停止过对这个主题的挖掘（即使明知根本不可能有结果）。甚至早在1921年，罗素就在《心的分析》里写道："世界可能在几分钟之前被创造，但却拥有记得虚拟往事的人类。"然而，随着互联网和媒体的飞速发展，随着全球化情不自禁地到来，是波德里亚将这一古老主题推向了极致，他宣称客体已经彻底战胜主体，所谓的自我已经消亡，人类已经或终将完全生活在客体的统治之下。《黑客帝国》则将波德里亚的观点做了最有效的传播。电影里有一句广为流传的台词，抵抗军首领孟菲斯带着尼奥参观不受MATRIX控制的芝加哥废墟时说："欢迎来到真实的荒漠。"我们可以把这句话套用在波德里亚身上，但跟孟菲斯正好相反，他对所谓"真实的荒漠"毫无兴趣（因为**真实**根本就不存在），他只关注——也只能关注——这个虚拟的冷酷仙境，他、他所有的著作（甚至包括他的摄影作品）似乎都在对我们说："欢迎来到冷酷仙境。"

如果我们把波德里亚那些理论性的代表作，比如《象征交换与死亡》《完美的罪行》《仿真与拟像》等，看成是在向我们阐释"冷酷仙境是怎样形成的"，"为什么我们要——并且不得不——来到冷酷仙境"，那么他的系列回忆录《冷记忆》（1—5）就是他在这个冷酷仙境里兴之所至的漫游——就像爱丽丝那样。这使《冷记忆》在波德里亚的作品里显得相当特别。实际上，较之一套书（一共有五本），它们更像一叠以书的形式出现的私人笔记本。打着"回忆录"的旗号，波德里亚似乎惬意地彻底放弃了理论性著作中不可缺少的主题和系统性，他随意而放松，不带任何目的和责任地四处游荡，他谈论女人、美国、南极洲、色情电影、梦、迈克尔·杰克逊、玫瑰、天主教、猫、阿尔法·罗密欧跑车……他摘引、转述、编造、比喻、胡思乱想、自言自语……就像爱丽丝不断有各种奇遇一样，他也不断记录下自己那些奇遇般的句子。

他提到雪：日常的经验就像雪花那样落下。它是非物质的，晶体的，微型的，它掩埋了所有凹凸之处。它消除了声音，吸收了思想和事件的共鸣，风有时也会以意外的强度将经验驱散。

他谈到语言：空间就是让一切不位于同一个地方的东西。语言就是让一切不意味同一样东西的东西。

他发出奇妙的感慨：要是能从侧面观看太阳，那会是多么美妙的事啊！

他把思考与性联系起来：笛卡儿自己承认，每天只思考两三分钟。剩余时间，他骑马，生活。而每天思考十四小时的现代思想家们，又是些什么人呢？正如巴尔特在谈论性的时候所言，在日本，性只表现在性事中，其他任何地方都没有，而在美国，却是哪里都有性，只是性事中没有性。因此，我们也可以对思想做出如下评价：在笛卡儿那里，思想存在于思考中，其他任何地方都没有，而在现代世界中，思想无处不在，就是思考中没有。

他描述水：水本身是肃静的，却只期盼着发出声音。水本身是静止的，却只期待着流动。

正如你所看到的，我必须抑制自己继续引用这些句子的欲望——它们太迷人了。这些懒散的段落短的只有一句，最长也不超过一页。它们像格言，又不是格言。它们像玩笑，又不是玩笑。它们像诗，又不是诗。它们好像说出了什么，又好像什么都没说。它们既合理又荒谬，既疯狂又清醒，既认真又无聊。它们闪烁着，星星点点，仿佛一面碎成无数片的镜子，你已经不可能指望它们拼凑出什么完整的镜像。它们一如既往地展示着波德里亚对于碎片美学的爱好。它们给人一种感觉：要么是这个世界本身早就已经碎了，要么是波德里亚刚刚把它打碎了。

在评论作家卡内蒂时，他说"令我激动的不是他作品的整体，而是其中的一些部分。这部分就像是语言短暂命运的一个核心，一种发出片刻光芒然后就消失的致命粒子。同时，它使得即时转变观点、幽默和激情成为可能"。这段话难道不是更适用于他的《冷记忆》吗？而在谈到自己的另一本著作《致命的策略》时，他说"你几乎可以将每一段都变成一本书……我想把事情简化……去掉一些东西……在空间之中产生真空，这样就会发生碰撞和短路"。

是的，你**几乎**可以将下面这段话变成一本书。

  当她跳了一夜舞，于凌晨五点时睡到我的身边，这是一段美妙的时刻。我假装睡觉，她是知道的，在她的身体里还回荡着晚会之夜的回声，现在静静地躺在我身旁，可是晚会的音乐还在她体内继续爆发。被单下面一冷一热，处于她那疲倦的、因灯光和运动而过度兴奋的身体和我的身体之间。而我的身体很卑微，一动不动，用我那微温的身子吸引着她。某种嫉妒感加重了这种奇特的并列：一个身体跳过舞，另一个身体睡过觉。但是，一个身体的表面电荷消失在另一个身体的梦的深处。相反的情形也很美，当我回到家，躺在她熟睡的身体旁边。庆典的兴奋熄灭在另一个人的热量中，熄灭在他那同谋般的寂静中，就像夏末沙滩上的寂静，阳光还很温暖，但已经无人享用。[1]

是的，这几乎就是一本小说。或者，你甚至可以说，这**就是**一本小说。通过一种松散的形式，却达到了一种奇异的密度。或许，这正是波德里亚在当代小说家和艺术家那里更受欢迎、更受追捧的原因：因为他的风格超越——或者说覆盖——了他的观点。（在一次采访中他高兴地说："我的语言形式几乎比我用这语言表达的内容更为重要……这不是观点的问题——早已经存在太多的观点了！"）和那些对他哲学观点的混乱和破碎大肆攻击的哲学家不一样，这个时代的小说家和艺术家看重的不是观点，而是风格。事实上，只要我们稍加观察就会发现，如今这个世界根本就不需要观点。观点就像真实荒漠里的废墟。而在这个后现代的冷酷仙境里，风格几乎就是一切。因此，从这个意义上说，《冷记忆》不仅是波德里亚可读性最强的作品，同时也是他最重要的作品。《冷记忆》里快照式的段落，与他色彩鲜艳、构图独特、充满奇异感的摄影作品形成了一种对位和呼应，奇妙的是，这些理论的边角料似乎比他的理论站得更稳，更令人着迷，更波德里亚化。它们那冷漠的温柔，那充满自我感的雪、笔

---

[1] [法] 让·波德里亚著，张新木、李万文译：《冷记忆1》，南京大学出版社，2009年。

记本和汽车，那被折射的冷酷仙境的无数破碎镜片，那爱丽丝般天真而忧伤的好奇……以至于到最后，"波德里亚"这个词让我们想到的更接近于一种颜色，一种氛围，一种笑容，而不是一种哲学。

我看了好几遍《冷记忆》。但我觉得似乎永远不可能把它们真正看完。因为你可以从任意一页开始，在任意一页结束。你可以看一小时，也可以看一分钟。但始终留在我脑海里的，是《冷记忆2》里第56页的一段话，或者说，是一幅图像（一幅**虚拟**图像）。它提醒我，不管这一切是真实的还是虚假的，不管我们到底有没有真正的自我，我们都只能在这个有早晨、下午和夜晚的世界里继续活着。它就像一个有迈尔斯·戴维斯的爵士乐伴奏的电影长镜头：

> 确实，早晨的时光是最美的。然后，便是烟雾，下午是呆滞的情绪。傍晚时分，华灯初上，又显出大楼紫色的身影。

让·艾什诺兹公园中按顺时针排列的十五部小说

有时候——虽然这种情况很少见——某个作家一出道便如此成熟，便找到了独属于自己的风格，以至于其处女作就是代表作，或代表作之一。比如让·艾什诺兹。1979年，三十二岁的他在"法国新小说"的大本营，午夜出版社，出版了自己的第一部长篇小说，《格林威治子午线》。这至今仍然是他最好的作品之一。此后他又出版了十四部小说和一部短篇集（这些作品的中文版，最近终于以非常优雅的形式集中出版），但水平几乎没什么提高——这样说并没有任何贬义，相反却是一种赞美——因为已经不需要提高：从《格林威治子午线》开始，它们就已经达到了（并始终保持在）一个难以企及的高度。

对于这套文集，我们也许可以借用艾什诺兹本人一个奇妙的短篇标题，《卢森堡花园中按顺时针排列的十二个女人》，来加以概括：让·艾什诺兹公园中按顺时针排列的十五部小说。而如果把这些作品看成一种时间表盘，那么毫无疑问，《格林威治子午线》——正如这个标题本身所暗示的——应当处于零点（或十二点）的位置。它既是开端，又是结束。正是它引出了一个封闭的风格圆环（就像埃舍尔绘制的那条咬住自己尾巴的蛇）。它以某种全息碎片的方式，映射出所有的艾什诺兹元素：侦探，冒险，旅行，地理感，人类学，恋物癖，黑色小说，碎片化，谜，即兴表演，节奏，爵士乐，以及，最重要的，也是将以上各种元素缝合在一起的——电影。

在《子午线》的开头，我们看到一对年轻男女徘徊在一座荒凉的海岛上。这是几页新颖、游离而又极具画面感的场景描写。但随后我们就被告知：这段场景来自一卷电影胶片。（不知为什么，对此我们既感到意外，又似乎在意料之中；既觉得惊喜，又觉得遭到了戏弄。）"所以这不是小说，这是一部电影。"艾什诺兹接着写道——这几乎是一个文学宣言（同时也是预言）。所以，当然，这还是一部小说。但显然是另一种小说。一种新型小说。

让我们不要简单地称其为"电影化小说"。小说叙述的电影化，或者说视觉化，比我们以为的要古老得多。想想荷马史诗的场景调度。想想托尔斯泰的镜头感。再想想康拉德的那句名言：我的首要任务是要让读者看见。是的，看见。但看见什么呢？怎样看见呢？艾什诺兹的贡献在于，他能让读者用（而且只用）艾什诺兹的眼睛去看见——并不可自拔地沉迷其中。而这双奇异之眼，这种全知视角，这个挥之不去的、神秘而迷人、既庄重又戏谑、既兴奋又疲倦的画外音（正是它发出了上面那个文学宣言），就像来自一个初次抵达地球的外星人。

所以日光之下，充满新事。有时只需一个简单而奇异的动宾组合："天空中含着一颗太阳。""第二天和第三天构成了一个周末。""一件浅绿色衬衫，领口开得很低，发送出一种关于她胸部的精确而又珍贵的概念。"有时则是一种如奇迹般不可思议的比喻：被积雪覆盖的山峰"宛如一条撕破的、带有流苏的床单，上面到处都是愚蠢的洗衣工用炭笔留下的标记"。而办公室大桌子"几乎是沙漠；留在桌上的几件东西，把沙漠变成了水晶、皮革或纸板的绿洲"。

于是世界焕然一新。我们仿佛得到了一件奇妙的新玩具：一副艾什诺兹牌眼镜。我们的视线变得锐利而敏感。所有那些被日常性灰尘弄得模糊不清的事物——太阳、周末、电话、汽车、雨滴——都变得异常清晰、鲜明，好像我们是第一次**看见**。世界（包括我们自身）被飞速地"艾什诺兹化"。扑面而来、连绵不绝、令人应接不暇的缤纷影像。多动症或快步舞般的视角切换。语言节奏则如同查理·帕克演奏的爵士乐：激烈的宛转和悠扬。我们仿佛进入了一个电影《银翼杀手》中的世界：既复古又未来，既坚实又虚幻。那些事物和事件的色彩和质感是如此强烈而逼真，但同时又如此轻透而虚幻，就像它们是悬浮在空中的全息影像，我们可以轻易而神奇地刺穿它们——同时也被它们刺穿。

因为"这不是小说，这是一部电影"。因为这一切都是假的，都是编的，我们仿佛听见那个画外音在说。的确，跟许多后现代小说家一样，艾什诺兹对叙事的虚假感，或者说虚拟性——在技术术语上则被称为"元叙事"——显得毫不在意，并不时闪现出一种谨慎的骄傲。（例如，在介绍人物出场时，他经常会用一个漂亮的连词"因此"："因此，乔治·夏夫是一个比平均水平略高一点的男人。""因此，这就是弗雷德。"）但正如他的同行J. P. 芒谢特在评论他的第二部小说《切罗基》时所说的，"除了大量离奇古怪的谜互相掺杂在一起之外，真正的神秘之处在于它站得稳，令人着迷，而且好笑。可我们不知道为什么会这样，因为和所有当代小说一样，它也是由边角碎料拼凑而成"。

虽然事实上它站不稳。它只是让人**感觉**站得稳——这才是真正的神秘之处：那些边角碎料被打磨、组合（拼凑）得如此紧密而完美，以至于它就像一片流沙，表面平整而坚固，然而一旦踩上去，你就会无可救药地陷入其中，并越陷越深，直到被彻底吞噬。

同时被吞噬的还有故事和意义。也许这可以作为判断好文学的标准之一：其故事梗概会显得愚蠢。（因为好文学永远拒绝被总结、被压缩，因为好文学必须存活于每个段落、每个词句和每个标点中。）但尽管如此，艾什诺兹作品在故事梗概上所表现出的愚蠢程度仍然令人吃惊：一座神秘海岛上，一个疯狂发明家在制造一台万能机器（《格林威治子午线》）。一笔神秘的巨大遗产，谜底隐藏于一只会说拉丁语的鹦鹉（《切罗基》）。某个死人其实还活着，而某个活人其实已经死了（《一年》）。一次北极寻宝之旅加一次跨国公路追踪（《我走了》）。一个研究苍蝇的另类007，在执行任务时必须面对爱情抉择（《湖》）……还有必要再继续吗？凡尔纳式的科幻探险，硬汉派侦探，鬼故事，公路流浪，007间谍……艾什诺兹每写一部小说，都像逛进了一家名为"低俗小说"的杂货铺，他随手拿起某个别致的旧物件，然后带回去加以拆卸、涂抹、改造——总之，加以"艾什诺兹化"。如果说这些B级片类型的空洞性与游戏感为这种"艾什诺兹化"提供了一种迷人而舒适的改造空间，那么在进入二十一世纪后，出于厌倦，或出于技艺的提升，或两者兼而有之，他突然转向了一种新类型：传记小说。从2006年到2010年，他先后出版了三部传记小说，其对象分别是作曲家拉威尔（《拉威尔》），捷克长跑健将艾米尔（《跑》），以及电力科学家特斯拉（《电光》）。这一转变表面上似乎出人意料，但让我们来看看这一段：

一连好几个小时在床上辗转反侧，寻找最佳姿势，名叫拉威尔的肌体对名叫拉威尔之床的家具的理想化适应，最平稳的呼吸，脑袋在枕头上的完美姿态，让身体融化并随之跟床铺融为一体的状态，这一交融将打开一道睡眠之门。从此拉威尔就只需等待着睡眠前来夺走他，注视着它的到来，就像一个应邀者的到来。[1]

很显然，这不是拉威尔，这是艾什诺兹，或者至少是被"艾什诺兹化"的拉威尔。（同时，跟周末和胸部一样，这又是一个显得如此崭新的老东西：失眠。）而几乎紧接着，我们又看到了这样的句子："直到有一天……他终于一劳永逸地公开表达了自己对爱情问题的观点：这种情感，他评价道，永远不能提升到摆脱下流。"不管这句话是不是拉威尔说的，它都更像来自艾什诺兹笔下某个虚构的人物。至此，事情已经变得很清楚：无论何种类型，无论是幻想式的侦探冒险，还是基于真实的人物生平，对艾什诺兹来说，都不过是一种幌子，一种随手拈来（但又带着直觉性的品位和精确）的魔术道具，一种用来产生化学反应的媒质。重要的不是看见——不仅是看见，而是**怎样**去看见。这种艾什诺兹魔法，这副艾什诺兹牌眼镜，

---

[1] [法] 让·艾什诺兹著，余中先译：《拉威尔》，湖南文艺出版社，2017年。

在他2012年的作品，一部从广义上可被称为历史战争小说的《14》中，因其题材与风格间的惊人落差，而显得效果尤为强劲。比如这一段：

> 寂静似乎真的就想卷土重来了，不料一颗迟来的炮弹的弹片飞将过来，不知道来自哪里，更不知是如何而来，总之，就像是一句忘了说后又突然想起来的话。……仿佛是为了了结一桩个人恩怨，跟旁人毫无任何干系，它劈开空气，一路径直地奔向正努力挺身站立起来的昂蒂姆而去，不由分说，就干净利索地截断了他的右胳膊。[1]

因此这就是艾什诺兹的战争。这就是艾什诺兹的世界。在这里，所有爱情都是一见倾心（毫不费力），所有阴谋都如同儿戏，所有政治大事都像开玩笑。正如美剧《西部世界》，这个世界就像一个妙不可言的主题公园：一切皆游戏。情爱，杀戮，探险，一切。一切都被允许。你可以为所欲为。但与"西部世界"有着本质不同的是，前者是为了发泄人类最黑暗最肮脏的欲望，而艾什诺兹却是为了**嘲笑**那些欲望。于是前者追求的是真假难辨的刺激和代入感，而艾什诺兹的策略是冷酷而轻盈的虚拟和超然。

---

[1] ［法］让·艾什诺兹著，余中先译：《14》，湖南文艺出版社，2017年。

其结果便是意义的缺席。他到底想说什么？即使这些作品令人感到奇特的愉悦，我们也不难想象会有这样的抱怨。回答是：他什么都不想说。在艾什诺兹公园，最大的意义就是没有意义，就是对意义的蔑视、嘲讽及抛弃。（因为意义，在很多时候，不过是欲望的面具。）更重要的是，这种嘲笑和抛弃并非来自仇恨、愤世嫉俗或者无聊（就像另外一些法国新小说的代表作家，比如罗伯-格里耶和图森的某些作品那样），而是来自爱——对这个物质世界本身真正的、具体的爱。这个世界包括蓝色、手枪、钢琴、厨房、唱片、香烟、金发女郎、街道、蚂蚁、布料、潜水艇……以及拥有无限可能性来描绘这一切的：文学。一个极好的例子，来自《格林威治子午线》的结尾：

> 我们正在升高。我们的眼睛没有离开他们——他们正在变小——我们在慢慢地升高，直至很快就看到了整个船只，并在我们的长方形视野里看到了船只周围的大海。……它像解剖刀一样劈开大海，而海水在它的后面又合拢起来。航迹的那些白色凸起部分渐趋减弱，消退，海水也渐趋平静，直至恢复其变幻不定的、波纹滚动的光亮水面，同时，也以高速摄影的方式再现了一个创伤的演变过程，一个

创伤的愈合过程。[1]

我们感到愉悦,甚至欣慰,也许是因为艾什诺兹用他独特的爱,让世界上似乎最遥不可及的事物也能彼此相遇——从而再次让我们感受到那古老而美妙的真理:一切都是彼此联系的——床单与雪峰,办公桌与沙漠,伤口与大海。

---

[1] [法]让·艾什诺兹著,苏文平译:《格林威治子午线》,湖南文艺出版社,2017年。

植物的欲望

植物的欲望就是没有欲望。至少表面上看是这样。而我们已经通过各种途径——比如老子、禅宗和维特根斯坦——得知，没有欲望比有欲望更强大、更持久，甚至，更有生命力。

但这次，向我们重申这一点的，是法国文坛的坏小子，米歇尔·维勒贝克。在他的最新作品，获得2010年龚古尔奖的长篇小说《地图与疆域》的结尾，主人公杰德·马丁，一位知名艺术家，将他生命的最后十五年都献给了一部过于富有象征意味（以至于显得有点肤浅）的综合视频作品，其主要内容是一些"催眠般的长镜头，工业品似乎溺水于其中，逐渐地被不断增长的植物层面所淹没……同时，它们的表面渐渐风化，显露出微处理器、电池和内存条卡"。他的创作灵感来自多年前在德国鲁尔区的一次旅行。他惊讶地发现，当地那些废弃的旧冶金工厂，仅仅过了一个世纪，就已经完全被茂密的丛林所覆盖、所埋葬。小说的最后一句是：植物的最终胜利是彻底的。

但就维勒贝克来说，他首先让人想到的是动物，而不是植物。他是一头闯入法国文学宫殿的野兽，或者歹徒。而他的武器非常简单，极其古老，并且充满了动物本能，那就是性。

使维勒贝克获得国际声誉的，是他出版于1998年（那年他四十岁）的第二部小说，《基本粒子》。在我看来，它依然是维勒贝克迄今为止最好、最强有力的作品。小说的主人公是一对同父异母的兄弟，米歇尔和布鲁诺，前者是一名清心寡欲、几乎与世隔绝的科学家，后者则是一个信奉性解放（并身体力行）的浪荡子，故事以他们各自的叙述为线索平行推进。在这里，维勒贝克为我们贡献了文学史上——至少在我看来——最杰出的性描写之一。（遗憾的是，现有的中译本基本都将其变成了省略号，你只能读原版、英文版，或者等待新的中译本。）没有比喻。没有渲染。没有特写。没有任何扭捏和迂回。只有一种完全客观、中性、直接的描述。就像一份汽车驾驶说明书。它缺乏感情到了如此地步，以至于有时会让你产生强烈的感情（用书评家詹姆斯·伍德的话说，是一种"近乎高贵的伤感"）。这也是把它和真正的色情小说区分开来的重要，或许也是唯一的标准：后者会让你坚硬或者潮湿，让你始终处于一种做爱之前的前戏状态；而维勒贝克会把你带到做爱之后，让你疲软、失落，甚至——忧伤。造成这种效果的原因，除了他的说明书式笔法，还因为那些维勒贝克式的性场景，似乎都笼罩在死亡的阴影之中。

尽管性是生命的表现，但它也像是对死亡的一次次模拟和演习。当维勒贝克把这种演习与实战混为一体，便出现了《基本粒子》里最令人震撼的一幕：布鲁诺和他的情人，克里斯蒂娃，在地下俱乐部参与群交时，她突然感到背部一阵剧痛。布鲁诺立即停止了动作（同时也制止了其他几个人的动作）。他们从俱乐部直接去了医院。那显然是克里斯蒂娃最后一次做爱——她因为突发性骨病而半身不遂。她很快就死了。在小说的结尾，米歇尔最终研制出一种无性繁殖技术，从而制造出了一种超越动物性欲望——也就是说，类似于植物——的新人类，而布鲁诺，作为旧人类的代表，进了疯人院。

因此，我们不难看出，无论是《基本粒子》还是《地图与疆域》，其实都在探讨完全一样的主题。这个主题，与作者本人激进的姿态相比，几乎陈腐得令人厌倦。它用一句话就可以总结：欲望的最终失败是彻底的。只不过，面对人类的黑暗未来，维勒贝克用了一种极其讽刺、肆无忌惮、充满挖苦与攻击的语调，以表明自己对此不想作任何批判或反思，而只有绝望和无奈，以及——在很大程度上——幸灾乐祸。

现在让我们把视线重新回到杰德·马丁身上。我们会发现,维勒贝克不仅善于重复他的主题,而且善于重复他的手段。跟前几部作品一样,《地图与疆域》同样采取了两个对立人物的双线平行叙事。并且这两个人物都不像两个独立存在的人,而更像同一个人双重人格的分身,或者直接一点说,像维勒贝克本人的分身。不管是《基本粒子》里的科学家米歇尔和性瘾症患者布鲁诺,还是《地图与疆域》里的艺术家杰德·马丁和小说家维勒贝克,他们都像是作者本人的两个侧面。一半是宁静,一半是疯狂。一半是永生,一半是速朽。一半是植物,一半是动物。杰德·马丁代表的一半是宁静、永生和植物。虽然他拥有全巴黎最性感美貌的女人,虽然他的画作卖到上千万欧元,但自始至终,我们感觉不到他有任何欲望。他的欲望就是没有欲望。他的欲望就是绝望。而这种绝望又没有任何来由,所以很难令人信服。但不要紧。我们还有另一半。疯狂、速朽、充满动物性的另一半。鉴于布鲁诺的出色表现,我们没有理由不对这次亲自在小说中粉墨登场的维勒贝克本人抱有很大期望。但这次他使用的武器不是性,而是谋杀。他没有像写说明书那样直接、冷漠、干燥,而是间接、迂回、故弄玄虚。虽然他让自己在文本里被人碎尸万段,却只收获了一个二流的侦探故事。但也许正是由于以上原因,他终于荣获了龚古尔奖。因为很显然,至少在小说世界里，谋杀比滥交的历史更悠久、更普遍，从而也更安全。

但我依然要说，这是一部值得一看的小说。因为它清澈透明的结构。因为它平滑流畅的叙事。因为它对细节极具专业性的关注。而这些几乎快具有古典美的文学特质，配上维勒贝克独有的黑色幽默和谩骂，便产生了一种奇妙的混搭效果，一种风格化的品牌效应，一盘"维勒贝克沙拉"。难道我们还能要求更多？无论如何，它虽然无法触及灵魂，却能给我们带来适度的愉悦。所以——总之——跟当代的许多著名小说一样（比如《1Q84》），它值得一读，但不值得再读。

六部半

2007年，卡尔·奥韦·克瑙斯高犹如困兽。他身高一米九，金发，英俊，有三个孩子（一子二女），住在瑞典的海滨小城马尔默。他三十九岁。他是个挪威作家——小说家，准确地说。他出版过两部颇受好评的小说：《出离世界》（挪威文学评论奖）和《万物皆有时》（北欧文学奖）。他正在写第三部——那正是他困境的来源：他写不出来。他已经写了六年（从妻子怀上第一个孩子到第三个孩子出生），他知道自己要写什么（父亲的中年离家，父亲的死，自己青少年时期的第一次醉酒），他自信有才华和天赋，但是——他就是写不出来。一片空白。写作瓶颈。他被卡住了。阻碍他前进的清单中包括：纸尿布、睡眠不足、洗碗、洗衣服、做饭、打扫、香烟、酒、妻子、孩子、幼儿园、邻居、朋友、妒忌、虚荣、焦虑……一切。或者说，生活本身。生活本身让他无法继续写作——无法继续**虚构**，准确地说。他发现自己似乎失去了虚构的能力：他无法再去**编一个故事**。因为如果说"虚构"是一道光，那么现实生活就像黑洞，一切都被吸入其中，任何东西都无法从中逃逸。相比坚不可摧的现实，虚构显得可怜、可笑，甚至可耻。但虚构——哪怕是没什么故事的虚构——难道不正是一个小说家最基本的**责任**？更不幸的是（或者应该说，幸运的是），我们的克瑙斯高先生具有一种高强度的、近乎自虐的责任心，无论是作为儿子、父亲、丈夫，还是小说家。这也解释了为什么他会如此痛苦、焦躁、迷茫、坚持、绝望，直至最终，**顿悟**。

跟克瑙斯高笔下的其他许多时刻一样，这次顿悟被描绘得具有双重色彩：既日常又神秘。它来自最平凡的日常体验，却又带着一种淡淡的、半神启式的光晕：

> 当我坐在这里写下这些话的时候，我才意识到三十多年已经过去了。我在面对的窗玻璃中能模糊分辨出自己脸的映像。除了一只眼睛，它在闪烁，以及下方紧挨着它的那部分，微弱地反射出一点光亮，整个左脸都在阴影里。两道深深的皱纹切开我的前额，每边脸颊都被一道深深的皱纹横贯而过，这些皱纹似乎都被填满了黑暗，再加上严肃凝视的眼神，微微下垂的嘴角，很难不认为这是张阴郁的面孔。

是什么雕刻了我的面孔?

今天是二月二十七号。时间是晚上11:43。我,卡尔·奥韦·克瑙斯高,生于1968年,此刻写下这些话的时候三十九岁。我有三个孩子——维佳、海蒂和约翰——这是我的第二次婚姻,妻子叫琳达·博丝特默·克瑙斯高。他们四个正在我周围的房间里安睡,这是马尔默的一套公寓,我们已经在这儿住了一年半。

2007年2月27日晚上11:43。在克瑙斯高的**第三部小说**,长达六卷本(近四百万字)的《我的奋斗》中,这是个类似宇宙大爆炸的奇点时间。一切都由此开始(事实上,我们会在第二卷看到,虽然这段并不是真正的小说开头,但的确是他为这部巨型作品写下的第一段话)。一切都以此为轴心向外辐射、扩散、旋转。正是在这一刻,当他凝视着玻璃窗中自己幽灵般的面孔,当他写下"我,卡尔·奥韦·克瑙斯高",他产生了一个顿悟:既然生活让我无法虚构,那么我就来写写这个让我无法虚构的生活。既然纸尿布、睡眠不足、洗碗、洗衣服、做饭、打扫、香烟、酒、妻子、孩子、幼儿园、邻居、朋友、妒忌、虚荣、焦虑……一切都让我无法写作,那么我就来写写这让我无法写作的纸尿布、睡眠不足、洗碗、洗衣服、做饭、打扫、香烟、酒、妻子、孩子、幼儿园、邻居、朋友、妒

六部半 105

忌、虚荣、焦虑……一切。既然我无法虚构，我就不做任何虚构，姓名、时间、地点、事件——统统照搬现实。总之，这是一次对虚构，对"编故事"的彻底放弃，并且这种放弃因为精疲力竭而显得更为从容不迫。

于是它成了一场对自我的超级凝视。正如这个顿悟场景所暗示的，他久久注视着镜中自己的脸："是什么雕刻了我的面孔？"这无异于在问：是什么雕刻了我的生活（这令我无法再去虚构的生活）？这3600页的六卷本就是他的回答：是死亡（第一卷：父亲的葬礼），是爱（第二卷：恋爱中的男人），是童年（第三卷：男孩岛），是工作（第四卷：黑暗中的舞蹈），是梦想（第五卷：雨必将落下），是思考（第六卷：终结）。

这很容易让我们想到费里尼那部著名的电影，《八部半》。两者的主人公都是深陷中年困局的艺术家（一个是导演，一个是小说家），他们的危机都源于自身的创作（《八部半》中的导演圭多——他完全可以被看成是费里尼本人的分身——正在筹拍一部科幻巨片，而克瑙斯高则不停地说——以至于听上去就像某种咒语——自己要写一部《白鲸》式的杰作），而最重要的是，面对危机，他们最终采取了相同的解决办法，一个没有办法的办法，那就是**展示**危机本身。圭多在片中的名言是："我无话可说……但我还是想说"。他接着又说，"我要把所有东西都拍摄进去"。这几句话同样也适用于克瑙斯高：我没故事可写……但我还是想写——我要把所有东西都写进去。从"一无所有"到"所有一切",这两者之间有逻辑关系吗？D. A. 米勒在对《八部半》的精彩论著中曾这样写道："如果你无法拍摄所有一切,那么无就成了真正的完美。但如果像圭多一样,你不可能选择无,那么所有一切就是最好的替代。……（于是）我们似乎从一种消极的混乱转化为一种积极的混乱,从思想贫乏转化为取之不尽的个人总体性。"

但这种"取之不尽的个人总体性"很快就必须面对一个新的问题：这种极端的自我沉溺有什么意义？（用《八部半》中的新闻发布会上两个记者的话说,"你是不是太把自己当回事了？你真的以为你的个人生活能引起别人的兴趣？"）时间已经回答了这个问题。拍于1963年的《八部半》已成为名垂影史的杰作,而《我的奋斗》则是二十一世纪初最引人注目的文学现象之一,它让全球无数读者心醉神迷——简直就像一部成人版的《哈利·波特》,虽然它既没有魔法,也没有情节（几乎没有）。这也许再次说明了一个古老的真理,那就是不管我们愿不愿意承认,其实我们每个人都很把自己当回事,而我们最感兴趣的,永远是我们自己的个人生活。即使当我们在阅读**别人的生活**时,我们也是在为自己的生活寻求共鸣、对照,或者补偿。事实上,那正是阅读——尤其是阅读小说——最深层、最本质的原因,不是吗？而所谓文学,难道不正是为了更有效地制造这种共鸣、对照或补偿所产生的各种技巧的总称？所以《我的奋斗》的成功秘密并不是有些人认为的"自曝隐私"或"小说真人秀"，它真正的秘密在于，克瑙斯高似乎在有意无意之中发展出了一种新的文学技巧——由此我们的阅读共鸣被提到了一个新的、前所未有的高度。

我们已经多久没有如此全身心地、不知不觉地、无法自控地融入一个角色了？巴尔扎克之后？狄更斯之后？经历过乔伊斯、卡夫卡、贝克特、罗伯-格里耶、唐·德里罗的艰险崎岖，阅读克瑙斯高就像在空中滑翔，或冰面上滑行，轻快得几乎令人有罪恶感。他的叙述似乎带着一种速度感（这也许是因为他写得很快，据说他最多一天能写一万字），一旦踏入其中，我们便像登上了一辆风驰电掣的高速列车，但同时一切又如此清晰、安稳——这是一辆磁悬浮列车。他取消了与风格的摩擦。虽然他描写的对象极其琐碎包罗万象，但他使用的句子却是雷蒙德·卡佛式的，简洁、透明、流畅、极富节奏感，我们几乎要被它们席卷而去——那也正是它为什么会让人手不释卷，即使没有魔法没有虚构没有情节，即使喝一杯咖啡可以写上二十页，因为：你怎么可能跳下一辆飞驰的磁悬浮列车？

除了这种节奏感，这种白描式的速写手法，克瑙斯高叙事中的另一个惊人之处是"反讽"的完全缺失。在这里，语句的节俭克制与情感的毫无克制形成了鲜明对比。

他哭，他怨恨，他愤怒，他温柔，他嫉妒，他挣扎、奋斗（是的，即使这唯一带有一点反讽色彩的，来自希特勒的标题，《我的奋斗》，最后也显得无比贴切）……他几乎毫无掩饰地展现了人类所有的正常感情，而这对于现代小说是一件极不正常的事。如果我们说，《我的奋斗》是近五十年来最真挚的一部小说（它的确是）——那么这听上去更像是一种污辱，而不是赞美。因为"真挚"这个词——至少对现代小说而言（更不用说后现代了）——已经彻底沦为贬义。从本雅明到昆德拉，"反讽"已经成为现代写作的必备装置，其重要性就像避孕套之于做爱，因为只有这样才能阻止文学的艾滋病：媚俗。那么，克瑙斯高凭什么免疫？

凭借**放弃**。因为正如我们在一开头就看到的那样，《我的奋斗》并非源自某种希望、灵感或者创意，而是源自彻头彻尾的失败和绝望。2007年2月27日的那个晚上，当克瑙斯高决定彻底放弃虚构的时候，他知道那也意味着他要放弃所有伪装，所有伪善，甚至所有风格。这是一种近乎自暴自弃的，悲壮的"真挚"。有哪个作家会（敢）**在作品中**数十次地反复抱怨做家务让自己无法写作？有谁敢公开声称自己觉得父亲"还不如死了好"？这种"真挚"毫无媚俗迎合之意，它更像是一种对生活本身的复仇，一种"文学自杀"。但出乎意料的是，借助轻盈灵巧的叙述，这种毫无反讽、全盘坦白的"真情写作"获得了比内敛的

"零度写作"更为强劲的效果。我们变成了他。变成了他的眼睛，他的思想，他的孤独，他的爱。（当他抱着自己幼小的女儿感叹，"哦，天哪，她小小的心在跳！跳得多么强劲！"，我们仿佛也能感受到——不，摸到——她那小小的、温暖而强劲的心跳。）

《八部半》以导演圭多在新闻发布会上钻进桌子下开枪自杀而告终，而在《我的奋斗》最后一卷里，卡尔·奥韦·克瑙斯高"欣慰地宣布，我已不再是个作家了"。《八部半》里的"半部"代表着什么？那部令人绝望的，永远拍不成的科幻大片？还是这部没有故事，自我映射的电影本身？从某种意义上，我们也可以说《我的奋斗》的六卷本是"六部半"。那隐形的"半部"代表绝望、放弃和完美。那"半部"告诉我们，无论我们多么在意自己的人生，无论我们每个人多么情不自禁地把自己当回事，我们最终都将归于尘土，无足轻重。但我们应该把这种对自我重要性的放弃当成一种动力，一种反抗，一种安慰。就像克瑙斯高在第一卷，《父亲的葬礼》的结尾，当他最后一次面对父亲尸体时所写的：

> 现在我知道他死了。现在，曾经是我父亲的这样东西已经跟他躺在上面的桌子，或者摆放桌子的地面，或者窗户下方的墙面插座，或者通向他身边那盏灯的电线，毫无区别了。因为人类不过是世界

在永远不断制造的许多东西中的其中之一……而死亡，以前我总认为它黑暗、复杂，是生命中最重大的问题，其实不过是一条漏水的水管，一根风中折断的树枝，一件外套从衣钩滑落，掉落到地上。

当我们谈论卡佛时，我们在谈论什么

上世纪六十年代中期——1965，或者1966年——的一个周六下午，一个高大的年轻人焦躁不安地等在爱荷华城一家拥挤的自助洗衣店里。他已经等了快三十分钟。他接孩子的时间已经晚了——那天下午他妻子要上班（她在一家运动俱乐部做服务员），由他负责做家务和带孩子。他手里拎着一大篮刚刚洗干净的湿衣服，神经质地盯着面前摆成一排的烘干机，像等待发令枪响的百米赛跑运动员那样随时准备冲向下一台空出的机器。他已经错过了好几台——有人比他更快，更敏捷。这时终于有一台烘干机停了下来。它恰好就在他眼前。他目不转睛地看着里面那团静止的衣物（它们看上去就像躺在一个微型太空舱里）。根据洗衣店法则，如果半分钟内没有人来拿走这些已经烘干的衣服，他就可以自己动手取而代之。但就在这时，一个女人走过来,她打开烘干机,把手伸进去摸了摸。衣服还没干透,她觉得,于是她又塞了两枚硬币进去。他愣住了。洗衣店里回荡着风暴般的机器轰鸣声。他提着洗衣篮,默默地,笨拙地,几乎是神志恍惚地往后退了几步。那一刻他是如此失落,如此绝望,以至于差点流下了眼泪。

这个年轻人叫雷蒙德·卡佛。

近二十年后,他在一篇散文《火》中为我们描述了这个场景。"那一刻我意识到我所过的生活跟我崇拜的那些作家是何等的不同,"他写道,"我所理解的作家不是那种礼拜六会待在洗衣店的人,不是那种睡醒后时时刻刻要为自己孩子操心的人。"但是——怎么办?"我能这样继续下去吗?"他问自己。他指的继续是:继续一边养家糊口,一边坚持写作。"那一刻我明白自己必须做出一些调整。必须放低眼界。"他指的**放低眼界**是放弃写长篇巨作的野心,而将精力——极其有限的精力——集中到诗和短篇小说上。正如后来他在《论写作》中所说的,"进去,出来,不拖延,下一个"。这直接导致了他那简洁、锋利的写作风格的形成。也就是说,这种风格并非完全出于艺术上的考虑,更重要的原因是:他没有时间。自从十九岁结婚生下两个孩子后,卡佛在他一生写作生涯的大部分时间里,一直过着颠沛流离、极不稳定的生活,他不断地为房租、为孩子的校服,甚至为下一顿饭而担忧,他的世界几乎始终处于倒塌的边缘。跟写作《北回归线》时的亨利·米勒一样,他"必须随时准备停笔,因为他屁股下的椅子随时可能被抽走"。因此,有一次在谈及自己所受的文学影响时,卡佛否认海明威对他有什么影响,虽然很多人觉得他写得很"像"海明威。"影响,"他说,"真正的影响来自我的两个孩子。他们才是最重要的影响。是他们塑造了我的人生和写作。"

雷蒙德·卡佛一生总共只写了六十五篇短篇小说,几乎每一篇都是杰作。他的一生可以清晰地分为三个阶段。第一阶段:1938年,他出生在美国俄勒冈州的一座伐木小镇克拉茨卡尼,在华盛顿州的雅基马长大,父母都是蓝领阶层。这一时期的结束是以1957年他十九岁时结婚生子为标志。跟许多作家不同,这段时期——他的童年和青少年——对他的写作似乎毫无影响。"我大部分的小说材料都来自于我二十岁之后的经历。"他说,"我真的不太记得自己成为父亲之前发生过什么"。第二阶段:从1957年结婚生子开始,到1977年他与第一任妻子玛丽安·玻克离异为止。这二十年是卡佛生命中最潦倒困顿的时期,但也可以说,是他所有作品"材料"——让我们不要用"灵感"这个词——的来源。那些年里,他一边干着各种各样的"垃圾"工作——锯木工,清洁工,看门人,送货员,仓管员,甚至摘郁金香——以维持生计,一边艰难但不懈地尝试写作。而对他写作构成障碍的,除了艺术本身,除了那些付不完的账单，还有一个更可怕的魔鬼：酗酒。"我把经手的一切都变成了荒漠。"他说。这种局面一直到1976年才开始好转，那年他出版了自己的第一部短篇小说集：《请你安静些，好吗？》。他人生的第三阶段从1977年开始，直到1988年患肺癌去世。1977对于卡佛是转折性的一年，是一道人生的分水岭：他的第一部小说集获得了国家图书奖提名；他成功戒除了侵扰他多年的酒瘾；他与玛丽安·玻克离婚，开始与女诗人苔丝·盖拉赫一起生活（她陪伴他度过了生命的最后十一年）。用卡佛自己的话说，他开始了"第二次人生"。正是在这第二次人生里，他创作了两部极其优秀的短篇小说集：《当我们谈论爱情时我们在谈论什么》（1981）和《大教堂》（1983）。这两部作品，以及他去世几个月后出版的精选加新作集《我打电话的地方》，使卡佛当之无愧地进入了短篇小说大师的行列，和他站在一起的，是契诃夫、海明威和博尔赫斯。正如《费城问讯报》上的评论所说的，"他是我们这个时代——也是任何一个时代——最伟大的短篇小说家之一"。

那么，当我们谈论卡佛时，我们在谈论什么？两个经常出现的关键词是：极简主义，肮脏现实主义。极简主义是指卡佛那种简约而独特的文风。而肮脏现实主义是指卡佛小说里的人物大多是生活失败的蓝领阶层。但如果细致而深入地去分析卡佛的所有作品，我们就会发现，用这两个词来框定卡佛是不准确的。换句话说，卡佛的小说之所以如此动人，如此具有文学价值，最本质的原因并不在于——或者说并不仅仅在于——极简主义或肮脏现实主义，而是因为更微妙更深刻的别的什么东西。

在谈论那"别的什么东西"之前，我们可以先谈论一下极简主义和肮脏现实主义。

约翰·巴斯给极简主义下的定义是："极简主义美学的枢纽准则是：艺术手段的极端简约可以增强作品的艺术效果——正如罗伯特·勃朗宁的名言'少就是多'——即使这种节俭吝啬会威胁到其他的文艺价值，比如说完整性，或陈述的丰富性和精确性。"在我看来，这不过是海明威"冰山理论"的另外一种说法。很显然，短篇小说中极简主义风格的开创者不是卡佛，而是海明威。但就像前面说过的，卡佛并不认为自己受到了海明威什么影响。他甚至不认为自己是所谓的极简主义小说家。他多次公开声称自己不喜欢这种说法，并用一部基本上是反极简主义，但同时却完美无缺的短篇小说集《大教堂》对这种说法给予了有力反击。他为什么要这样做呢？毕竟"极简主义"是他的成名招牌。我想原因有两方面：一方面，现在我们知道——根据《时代》和《纽约客》杂志的报道，根据被披露的卡佛当年的信件，根据卡佛遗孀苔丝的说法——卡佛前期那些简洁有力的成名作，在某种程度上其实是他的文学编辑戈登·利什大肆删改的结果，有些甚至是在违背卡佛意愿的情况下。（虽然我们必须客观地承认，卡佛那些经过编辑的前期作品具有无可置疑的卓越的艺术价值，就像卡佛自己所说的，"不管怎么样，最重要的是，伟大的作品诞生了"。）另一方面，也许写《大教堂》时的卡佛觉得，过分风格化的极简主义文体对他来说终究不过是件工具，就像雕刻用的刻刀，他不希望人们把注意力过多地集中在刻刀上，却忽略了雕塑本身。而且他也觉得"极简主义"这把旧刻刀已经不好用了。在《巴黎评论》的访谈中他说："我意识到……再朝那个方向走下去——把一切都删减到只有骨头，甚至只有骨髓——我就只有死路一条。"

如果说"极简主义"是刻刀，那么"肮脏现实主义"就是雕刻使用的材料。罗伯特·佩恩·华伦评述海明威"在最不像样的人们，最不像样的场面里可以发现诗意，哀愁与悲剧性"，这句话同样适用于卡佛。但华伦紧接着又说，"这并不是海明威的创见；这是浪漫主义运动以来，我们的艺术中经常见到的一种作风。这种作风的特点是不过分夸张敏感性，用一种反浪漫的外表来遮盖浪漫主义内容的作品，要点是朴素的外表与丰富的内容之间的对照"。他举诗人华兹华斯为例，只不过华兹华斯写的是天真的农民，海明威写的是斗牛士、猎人和流氓。而卡佛呢，他写的是酒鬼、失业游民、离婚的人和被抛弃的人。把卡佛和海明威放在一起比较一下是件非常有趣的事。从表面上看，他们非常相似：他们都喜欢用短句，用最普通平实的单词；他们的文字——无论写景还是对话——都极端简练、传神，富有迷人的节奏感；他们的叙事结构都十分简单清晰；他们在叙事手法上都采用了大面积省略的"冰山理论"；甚至他们的主题也相当类似：他们都是描写失败的专家，他们都擅长描写"最不像样的人们"和"最不像样的场景"，也就是说，他们使用的"雕刻材料"都是肮脏的现实。但从本质上看，他们又截然不同。他们最本质最重要的不同就在于：他们对失败的态度不同。在海明威那里，正如华伦所说，他的那些人物"在失败或死亡之中，往往能设法保存住一些什么东西"，"当他们面临失败时，他们知道他们所采取的态度本身就是一种胜利——坚韧地忍耐着痛苦，不动声色"。而在卡佛那里，虽然他的人物在面对失败时同样不动声色——他们和"海明威们"一样喝酒、发呆、聊天（外加看电视和打电话），但他们的不动声色并不是在"坚韧地忍耐着痛苦"，而完全是出于一种绝望，一种不知所措，一种麻木和茫然。换句话说，海明威的失败是自恋的、带有理想主义姿态的，对他来说，失败就是胜利；而对卡佛来说，失败是冰冷的、残酷的、绝望的——失败就是失败。由此我们会发现，海明威的失败是聚焦在失败者身上的，他们多少还有一点主动性，失败往往更能衬托出他们的尊严和风度，因而他们的失败常常给我们一种很"酷"的感觉；而卡佛的失败则是聚焦在失败本身，他笔下的失败者几乎没有任何主动性，也没有什么尊严和风度可言，他们不会给我们带来丝毫富有情调的"酷"的感觉，但却能产生一种比海明威更强烈、更令人惊心动魄的震撼力。

这是为什么呢？

村上春树——或许是卡佛最著名的译者和粉丝，他将其所有作品都译成了日文——曾说过这样一段话："卡佛的小说创造了一个几乎令人屏息的坚实的世界……虽然他的风格基础是现实主义的，但他作品中有某种复杂而又具有穿透性的东西，超越了简单的现实主义。我感觉就像邂逅了一种全新类型的小说，仿佛此前从未有类似的小说存在过。"

某种复杂而又具有穿透性的东西。这正是我想要谈论的东西。这正是当我们谈论卡佛时，除了极简主义和肮脏现实主义之外，更应该谈论的东西。使一座雕塑具有艺术价值的，不是雕刻用的刻刀和材料（当然刻刀和材料也是作品成功不可缺少的条件），而是雕刻家赋予作品的某种特殊的神韵——某种**别的什么东西**。是那种"别的什么东西"使卡佛成为了卡佛。他生前创作的最后一本书，被公认是他的最成熟之作，《大教堂》，就是一个最好的例证。

在卡佛的写作生涯中，《大教堂》是一部非常特殊的作品。他写第一本书《请你安静些，好吗？》花了十五年时间，而写《大教堂》只用了十五个月。虽然同样是短篇小说集，但《大教堂》跟《请你安静些，好吗？》和《当我们谈论爱情时我们在谈论什么》有着明显的不同。《请》和《当》是他多年零散作品的结集，并没有太大的系统性，这表现在即使把这两个集子里的某些短篇互换一下位置也不成问题。但《大教堂》不行，把其中的任何一个短篇调换到他别的书里都会显得非常不协调——《大教堂》里的十二个短篇具有一种微妙的系统性。想象一下，这是卡佛生平第一次能够安静地、不间断地、毫无后顾之忧地去写作，也是他第一次为写一本书而写作。从这个意义上，我觉得不妨把《大教堂》看成某种"特殊"的长篇小说。因为无论是在风格还是主题上，《大教堂》里的十二篇小说都体现出一种一般短篇小说集所没有的一致性。首先，卡佛显然是有意识地摒弃了早期那种"删减到只有骨头，甚至只有骨髓"的极简主义风格，他的叙述变得更为绵密丰满，十二篇里至少有一半超过了万字，最长的甚至超过两万字。在描写对象上它也变得更加丰富，不仅仅局限于"肮脏"的蓝领阶层，而是将视线投向了更广阔的"普通人"，比如《软座包厢》里坐火车头等包厢的老人（他要去见他多年未见的儿子，却在火车到站的最后一刻改变了主意），比如《好事一小件》里那对因失去孩子而极度悲痛的年轻夫妇（在故事的结尾，刚出炉的面包和热咖啡让他们重新感受到生命的暖意），比如《发烧》里独自抚养两个孩子的高中老师（他深爱的妻子为了成为艺术家，发疯似的离开了他和他们的孩子）。但是，尽管如此，尽管这些小说不那么极简主义和肮脏现实主义，它们依然能让人一眼就看出是卡佛的作品，它们仍然和卡佛早期的其他优秀作品一样，能在我们心上留下一种奇异的重量。

这显然有其他原因。除了极简主义和肮脏现实主义之外的其他什么原因。对此卡佛本人也非常清楚。或许是出于一个优秀作家的敏感和本能，他很清楚自己真正的优势究竟在哪里，所以在这部《大教堂》里，他将自己这种独特的优势发挥到了极致。这种优势就是村上春树所说的"某种复杂而又具有穿透性的东西"，也就是我所说的使卡佛成为卡佛的"别的什么东西"。在很大程度上，这种极为微妙的、几乎只可意会不可言传的东西就是《大教堂》里十二篇小说——也是卡佛所有优秀作品——的主题。

这个主题就是"something"。

"something"这个单词很难被精确地翻译，它有很多种涵义：某样东西，某件事情，某种感觉，某个问题。让我们暂且先把它译成"什么"。《我打电话的地方》是卡佛最出色也是最有力的作品之一，小说主人公是个二进戒酒中心的酒鬼，在新年的第一天，他既想又不想给爱人打电话，这时他想起了杰克·伦敦的一篇名为《生篝火》的短篇小说。那篇小说写的是一个困在阿拉斯加内陆雪地的男人努力想要生起一堆篝火——否则他就会被活活冻死。

在这里卡佛写道:"他把火生起来了,但接着发生了什么。一团雪块掉到火上。火灭了。天变得越来越冷。夜幕开始降临。"这段话可以说是卡佛所有小说的核心象征。尤其是那句"但接着发生了什么"。正是那个什么,使卡佛的小说散发出一种卡佛式的绝望、悲伤与神秘。我们在《大教堂》的每一个故事里都能发现它的痕迹——那个什么,something。

有时候它隐而不露。在《羽毛》里,一个男人回忆起多年前与妻子去拜访另一对夫妇的情形——那对夫妇丑陋的婴儿,他们院子里养的怪异的孔雀,他当时的无忧无虑,但结果那天却成了他人生的转折点——正是那晚他让妻子怀上了孩子,此后一切都变了。通过卡佛对那次拜访精确而冷静的描写,我们能清晰地感受到那里有某种难以用语言表达的"什么",正是这个"什么",让男人的妻子觉得——同时也让我们觉得——那次拜访"是一切改变的开始"。

有时候它是以事件的形式出现。在《瑟夫的房子》里,一对重归于好的老年夫妇,在海边一幢租借的房子里,享受着生命中也许是最平静最幸福的时光。但接着发生了什么——他们突然被告知要立即搬走。(一团雪块掉到火上。火灭了。)面对窗外的大海和云朵,他们突然意识到,自己原来竟是如此无依无靠。(天变得越来越冷。夜幕开始降临。)

有时候它是一个带有象征意味的场景。在《维他命》里，男人的妻子是维他命推销员，他与妻子的同事——另一个维他命推销员——有了一次即兴的出轨，但很快他就发觉，他——他们——的人生就像推销不掉的维他命一样毫无用处。小说的最后一个场景是这样的：

> 我再也受不了了。"回去睡吧，亲爱的。我在找东西。"我说。我把什么东西从药箱里碰出来。它们滚进水池里。"阿司匹林在哪儿？"我说。我碰翻了更多东西。无所谓。东西不断掉下来。

而在卡佛最著名的作品之一、那篇用来做全书标题的压轴之作《大教堂》里，一个无聊的失意男人，在一个无聊的晚上，接待了他妻子的一个老朋友——一个盲人。他们一起喝酒、抽大麻、聊天、看电视，还有——画画，他们手把手地，画他们在电视上看到——对于那个盲人是听到——的大教堂。画到最后，"我"也闭上了眼睛。当那个盲人问"我"画得怎么样时——

> 我的眼睛还闭着。我在我的房子里。这我知道。但我感觉我不在任何东西里。"确实不错。"我说。

"确实不错"的原文是"It's really something"。"something"

这个单词直接出现在小说——同时也是全书——的最后一句话里，甚至可以说是最后一个词。很难说卡佛是故意还是偶然，但无论如何，这个词——something——为《大教堂》这篇小说，这本书，画上了一个完美的句号。事实上，这个something是卡佛小说一贯的主题。最有力的证明便是他那篇早期极简主义风格的代表作，《你们为什么不跳个舞》。一个中年男人把他所有的家当（家具、电器、唱片，等等）都按室内的样子整齐地摆在院子里拍卖，然后和一对来买东西的年轻情侣喝得醉醺醺地开始在车道上跳舞。在小说的结尾，那个女孩想对别人描述这次奇特而又好笑的经历：

> 她不停地说着。她对每个人说。那里面还有什么，她想试着把那什么说出来。但过了一会儿，她放弃了。

那里面还有什么。遗憾的是，由于翻译无法避免的损耗，同一个something并不是每次都能译成"什么"（比如《大教堂》的最后一句）。当然，即使是"什么"这个词，也不能完全表达出something那种多义、微妙、复杂的意味。

如果一定要概括，我觉得这个something就是命运。就是活在这个世界上，我们每个人的，我们作为"人"的多义、微妙、复杂的命运。卡佛小说所真正关注的不是具体的某个人（somebody），而是笼罩在每个人头上的天空般的命运（something）。我们甚至会发现，其实卡佛的小说并没有塑造出什么人物，他笔下所有的那些失意者看上去都像同一个人，都像是某个时刻的你和我。他塑造的是情绪。用他普通却充满张力的文字，用看似平淡却又危机四伏的场景。那些情绪就像命运投下的光线。无论是早期作品的冰寒彻骨，还是晚期作品泛出的些微暖意，都不过是命运之光在我们身上打出的明和暗。

这不禁让我想到美国画家爱德华·霍珀。任何既看过卡佛小说又看过霍珀画作的人，都会被两者之间的异曲同工所震撼。霍珀所画的咖啡馆、加油站、汽车旅馆、火车车厢、夜晚的门廊，画中那些长相几乎千篇一律的孤单男女，那些定格的、充满故事感的寂寞场景（你甚至仿佛能听见画中人物的内心独白），与卡佛小说所散发的气质几乎完全一样——都弥漫着孤独、疏离、无奈，绝望中却又透出一丝温暖。霍珀喜欢画光线。他的每一幅画里都有光线，无论户外或室内，他都能巧妙地利用阳光或灯光所形成的明暗对比，让观者对画中人物的细微情绪产生共鸣。"其实我感兴趣的不是楼房和人物，"有一次霍珀说，"我真正感兴趣的是光线。"这句话同样也可以用在卡佛身上：其实他感兴趣的不是风格和人物，他真正感兴趣的是命运投下的光线。

神圣的冷漠

一开始我讨厌这本书。然后我爱上了这本书。这也许要怪它的书名：《怎样阅读照片》——这种教导式的口吻令人反感。它的副标题更加剧了这一效果："理解、**阐释**、欣赏杰出摄影家的经典作品"。"阐释"的黑体是我加的，因为我觉得它很刺眼——我是苏珊·桑塔格那篇著名论文《反对阐释》的拥护者。桑塔格认为"阐释是智力对艺术的报复"，因为阐释意味着"拒绝艺术作品的独立存在"，"通过把艺术作品削减为作品的内容，然后对内容予以阐释，人们就驯服了艺术作品。阐释使艺术变得可被控制，变得顺从"。然而艺术的真正本质却是反抗，是不可控制的直觉，是难以言喻的微妙与震颤。所以桑塔格最后说："我们的任务不是在艺术作品中去发现最大量的内容，也不是从已经清楚明了的作品中榨取更多的内容。我们的任务是削弱内容,从而使我们能够看到作品本身。"[1]

虽然桑塔格的抱怨主要针对文学,但这种"反对"于摄影也同样有效。《反对阐释》的开头引用了王尔德的一句话作为题记:"惟浅薄之人才不以外表来判断。世界之隐秘是可见之物,而非不可见之物"。这难道不正是对摄影艺术的绝妙赞美?因为较之所有其他艺术形式,摄影最接近"可见之物",甚至可以说,它**只有**"可见之物"。所以摄影也许最无须阐释。世界之隐秘就在那里,在充满并只有可见之物的二维世界——照片里。(而且那些可见之物还像魔法般被永远凝固住,以供我们尽情审视。)

那么我又怎么会爱上这本书呢?因为它让我想到**某种小说**。但这并不是说它在用传统的虚构式笔法描述那些真实的摄影师及其作品,它更像那种百科全书式的后现代小说,比如博尔赫斯的《恶棍列传》,罗贝托·波拉尼奥的《美洲纳粹文学》或《2666》。造成这种感觉的主要原因有两个:首先因为它**不是**小说。它是一部世界摄影史,按时间顺序,从十九世纪四十年代最早的风景和肖像照直到二十世纪末,它以字典词条的形式收录了一百多位重要摄影师的生平传略和代表作。奇妙的是,这种严谨的排列结构与摄影师们包罗万象、混乱无序的人生故事及作品风格结合在一起,产生了一种叙述上的平行并置,一种碎片

---

[1] [美]苏珊·桑塔格著,程巍译:《反对阐释》,上海译文出版社,2003年。

化的拼贴，一种去中心化的游弋与闪烁（正如另一部后现代小说名作，米洛拉德·帕维奇的《哈扎尔辞典》那样）。而第二个，也许更关键的原因，是作者——著名艺术史学家伊安·杰弗里的叙述口吻。他的笔调让人想起罗兰·巴尔特所说的"零度写作"，有种置身事外，甚至漫不经心的冷漠与客观，但其中又不时闪过一些极具个人化的视线（时而幽默，时而睿智，时而充满想象力），再加上他对细节和引言的热爱，使整部书散发出一种富于文学性的神秘和空间感。

以我最喜欢的一章，"约瑟夫·苏德克"为例（之前我从未听说过这个名字，但现在我确定他是我最爱的摄影家）。它是这样开始的：

> 苏德克是一个迷人之谜，尽管很多人都知道他。第一次世界大战期间——1916年，他在意大利前线的奥匈帝国军队服役。他失去了右臂，在不同的医院里度过了接下来的三年时光。[1]

几页之后是一张整页的黑白照片，拍摄的是苏德克放在自己工作室窗台上的一杯水（那是个很别致的多棱镜般

---

[1] [英]伊安·杰弗里著，毛卫东译：《怎样阅读照片》，浙江摄影出版社，2014年。

的玻璃杯——我久久地盯着它，希望自己也能有个这样的杯子），背景是窗外一棵弯曲的、鲜花盛开的苹果树。旁边是这样一段话：

> 多年后，这些从工作室窗子拍摄的照片让他获得了声望。它们看起来初级且朴素，但让人想起他20年前拍摄的伤残医院桌子上的水壶和碗。它们甚至可能是某个幽闭症患者的作品。不过，值得记住的是他的助手索尼娅·布莱蒂（Sonja Bullaty）说过，这间杂乱的工作室看起来像是一家古董店。在20世纪70年代写给一位收藏家的信中，苏德克把自己的工作室形容成"非常凌乱，你不可能丢任何东西，但你永远也找不到"。

接着作者继续写道：

> 就在战后不久，他开始拍摄布拉格的私人花园……罗特迈尔（Roth Mayer，1892—1966）请苏德克去拍摄自己花园中的椅子。他们成了忠诚的朋友。罗特迈尔并不比苏德克年长很多；罗特迈尔觉得"自己是那个时代最后一个如此孤独的人"。1949年，苏德克带着新买的全景相机，在斯洛伐克东部的贝斯基德山脉拍照，同时也继续拍摄布拉格公园的照片。

与这段话相对的是另一张黑白照片，一幅从俯视角度拍摄的公园风景，画面里没有人，只有一棵冬树枯枝的黑色剪影，压在纵横交错的草坪和小径上。它构图简洁，有一种淡淡的、神秘的孤寂——就像我们所知甚少的罗特迈尔。就像"花园中的椅子"。（这个词组长久地停留在我的脑海里。我仿佛能看见那幅画面。它很像一篇小说的标题，不是吗？《花园中的椅子》。也许有天我会写一篇。）

所以，在这里，照片与文本之间不再是一种主仆关系。伊安·杰弗里的文字并非——如桑塔格所反对的那样——是对照片内容的一种阐释或解读，而更多的是一种刺激，一种呼应，一种对位法。就像德国作家 W. G. 塞巴尔德在他那些语调苍老、虚实难辨的追忆体小说中放进很多照片一样，图像与文字在这里已经成为一个不可分割的整体，它们互为补充，互为指涉，并以各自独特的方式照亮彼此。

由于我频繁地提及小说与文学，似乎在暗示这本书学术性不强，或者不够专业和严肃。但事实正好相反。这也许是我们所拥有的最动人，同时又是最精确的摄影史著作之一。因为它的分类方式不是按照人为的流派或地域，而是遵循两条最自然的标准：时间与命运。因为在很大程度上，艺术史——不管是摄影史、绘画史，还是文学史——就是艺术家们的个人史。（就艺术而言，集体必须服从个人。）因而真正的艺术史必然是碎片化的、非线性的，充满了奇遇、意外与孤独。但这也并不意味着这本书

神圣的冷漠

就是一盘散沙。在它那如星光般闪烁的无数光点中，隐藏着一个宇宙黑洞，一个维系一切的秘密重心：摄影这一艺术的本质。

在以拍摄畸形人而闻名的纽约摄影家"黛安·阿勃丝"那一章里，有张照片名为《嘉年华上一位身患白化病的吞剑者》，旁边附带着一段脚注般的小字：

> ……她似乎在吞两把剑。她的右手触到了帐篷的帆布，而风让帆布上端和她的裙子飘动起来。这肯定是一种复杂的技能，要求双脚完全保持稳定。……这又是一个面对无法控制的力量时努力保持平衡的时刻。

面对无法控制的力量时努力保持平衡的时刻。这不仅是作为艺术的摄影这一行为的本质，也是所有艺术行为的本质。如果其中没有一种无法控制——至少无法完全控制——的力量，没有艺术家与这种力量的交锋，艺术将不成其为艺术。

对于这种本质，在对另一位美国摄影大师，米诺·怀特的描述中，杰弗里做了进一步的揭示：

> 自50年代以来，怀特热衷于禅宗，而禅宗的三个规定条件，就是坚定的信仰、怀疑和坚持不懈。

照相机是一个理想的工具，因为它有着一种固有的漠然态度。"粪土堆满杯盘、星辰、莲花宝座，一切皆是如此"。相机的漠然正如面对这个世界的冷漠，此时摄影师就能采取怀特在长诗《神圣的漠然》（Holy Indifference）中所说的，同时也正如禅宗所倡导，接纳事物本来面目的态度，对摄影师有所帮助。

我们也可以把这段话里的"相机"置换为"艺术"，因为艺术——好的艺术，真正的艺术——也有一种固有的漠然态度，一种神圣的冷漠。因为只有通过这种冷漠，我们才能杀死侵入艺术的两种致命病毒：媚俗和煽情。正如尼采所说，"艺术家不是激情澎湃的人"。艺术家是冷静的人，是面对无法控制的力量时能努力保持平衡、镇定自若的人——就像硬汉派侦探（或禅宗大师）。跟侦探一样，艺术家也总在追寻什么：追寻事物和生命的本来面目，追寻这个世界及生存之隐秘。契诃夫和卡佛，塞尚和蒙德里安，法国导演布列松，以及这本书里的保罗·斯特兰德、加里·维诺格兰德、威廉·埃格斯顿，无不如此。

在这本书里，我最喜欢的两张照片恰好都与背影有关。一张是海伦·莱维特的《纽约》（196页）：某个街角，一位黑人妇女正在向另一位背对我们的高大妇人哭诉。前者穿着浅色的短袖衫，后者却穿着深色的长外套和帽子。高大妇人的一只手搭在哭诉者的肩上。但那只手看上去与其说是在安慰，不如说是在休憩，而且，即使从背影也能看出（或者应该说，从背影**更**能看出），她的目光正看向别的地方——别的远方。另一张是安德斯·皮德森的《**格勒纳隆德游乐园里的露天舞池**》（366页）：主角是一对跳舞的中年男女。我们看不见女人的脸，只能看见她并不挺直的背，难看的短发，露出一点的耳朵，以及略显坚毅的下巴。男人则面对着我们，眼神垂落，表情凝滞，仿佛正在沉思。（"老式的脸贴脸跳舞意味着你可以向远方看去，独自想着自己的心事。"杰弗里写道。）这两张照片都令人莫名的心碎。她们的背影看上去如此冷漠，如此毫无表情，却比表情丰富的脸部更生动，更意味深长。她们看见了什么？你不禁想问。她们的目光似乎都在投向远方，很远很远的远方——越过了照片边框和书页，直到世界与生命的尽头。那里有我们生存之谜的谜底，那就是：活着。

死比爱更冷

我爱读侦探小说。更准确地说,我爱读硬汉派侦探小说。再准确一点说,我只爱读硬汉派侦探小说(在侦探小说中)。我不喜欢——事实上是讨厌——阿加莎·克里斯蒂。也不喜欢艾勒里·奎恩。不喜欢迈克尔·康纳利。更不用说东野圭吾。我不喜欢他们的理由,用 V. S. 奈保尔的话说(奈保尔讨厌所有的侦探小说),是因为"一大堆矫揉造作遮遮掩掩声东击西的琐碎细节,最后只为了一个无聊虚假的结果"。但硬汉派侦探小说不同。(我不明白奈保尔为什么同样讨厌硬汉派,就像我也不明白他为什么讨厌音乐、孩子和狗。)当然,谋杀和追寻凶手仍然是硬汉派作品中的重要元素,但其中更重要更核心的因素——使硬汉派之所以成为硬汉派的因素——是弥漫在故事中的那种黑色气氛。形成这种气氛的,是刀刃般锋利的句式,是寒光闪烁的冷幽默，是狭窄而风格化的第一人称视角，更是那种特殊的、充满命运感的**绝望**。正是这种绝望（而不是智力和胆量），促使硬汉侦探在破案时往往更注重行动，而不是推理——他们根本不屑于推理。（据说有位记者在采访雷蒙德·钱德勒时问他，《长眠不醒》中有个重要人物在小说后半部突然不见了，是怎么回事。哦，我把他忘了，钱德勒回答说，我常常写到后面就忘了前面。）他们更多时候不是坐在摇椅上叼着烟斗苦思冥想，而是在街头迷失、等待和误打误撞。如果说他们比我们更强硬更冷酷更耐心，甚至更有智慧，那只是因为他们比我们更绝望。

但硬汉派作品似乎也在告诉我们，绝望并非我们想象的那么糟糕。绝望自有绝望的力量（就像希望也有希望的无能）。绝望也可以成为一种武器——用来对付这个残酷而又荒诞的世界。几乎所有——尤其是优秀的——硬汉派侦探小说都在为我们现场演示这种武器的使用方法，以至于有时书中的侦探故事看起来就像一个无所谓的演示道具。因此当我们合上一本美妙的硬汉派作品时（比如上面提到的《长眠不醒》），感受到的不是传统英式侦探小说那种解谜或伸张正义的快感，而是一种更富文学性的、淡淡的、动人的心碎。

因此我们也就不难理解，为什么硬汉派比传统的侦探小说离文学更近。事实上，正是在硬汉派的影响下，出现了一些让人耳目一新的文学样式。比如波拉尼奥曾半严肃半开玩笑地说他认为当今最好的英语小说家是詹姆斯·艾尔罗伊（美国著名犯罪小说家，风格冷硬极简）。比如村上春树，无论是文体还是故事架设，都深受硬汉派主将雷蒙德·钱德勒的影响。而最有力的证据则是加缪，他公开声称《局外人》的人物和风格灵感来自于詹姆斯·M. 凯恩的《邮差总按两次铃》。

很多人——甚至包括硬汉侦探小说的爱好者——都会对詹姆斯·M. 凯恩这个名字感到有些陌生，同时又对《邮差总按两次铃》这个名字感到有些熟悉。这并不奇怪。这是一个作家的某部作品过于有名的结果。作品的光芒掩盖了作者（就像《飘》。几乎所有人都知道这部小说，但我怀疑有多少人能报出它的作者名字——我就不能）。《邮差》之所以有名，主要有三个原因。一是因为它极其畅销。传记作家罗伊·霍普斯称它"或许是美国出版史上第一部超级畅销书"，而在被波士顿警方因"过分渲染色情和暴力"列为禁书之后，更刺激了它的销量和知名度。它至今仍长销不衰。在某种意义上，跟莎士比亚和《爱丽丝漫游奇境》一样，它已经成为一种历经时间考验的经典文本。二是因为电影。它先后四次被拍成电影，是黑色电影里无法绕过的一个名字。这些电影在世界各地广为放映，以至于有不少人以为它只是一部电影，而不知道它**本来**是一部小说。第三个原因，也是最本质和最容易被忽略的原因，在于它是一部优秀的文学作品。它被公认为是硬汉派犯罪小说的巅峰之作，并位列二十世纪百部最佳英语小说之一。跟所有优秀的文学作品一样，它拥有自己独特的声音（正是这个声音影响了加缪），并用这个极其个人化的声音，在读者内心引起了普遍的共鸣。

而詹姆斯·M. 凯恩这个名字之所以几乎被人遗忘，除了《邮差》太有名之外，还有另一个原因：虽然之后又出版了十几部小说，但无论销量还是质量，他再也没写过超越《邮差》的作品。

凯恩1892年出生于美国马里兰州的一个爱尔兰天主教家庭，父亲是位著名的教育家（曾任华盛顿大学校长），母亲是名歌剧演员。家庭对他的影响可以用两个词总结：宗教和歌剧。他父母都是虔诚的天主教徒，定期参加宗教聚会（凯恩讽刺他们是"宗教仪式的美食家"），虽然颇有个性的凯恩十三岁时就决定不再信仰上帝，但从出生起就时刻包围着他的浓厚宗教氛围已经渗入了他的血液，对上帝（以及上帝所附带的道德伦理）那种半信半疑、既抗拒又向往的矛盾心理始终贯穿在他的生活和作品中。此外，凯恩继承了他母亲对音乐——尤其是歌剧——的热爱，在母亲的影响下，他甚至一度渴望成为一名歌剧演员。但同样也是他母亲打消了他这个念头，她告诉凯恩要唱歌剧，他的嗓子还不够好。我们可以想象，听到这话时他该是多么失望。我们也完全可以想象，出于一种移情，歌剧这一艺术形式是如何自觉或不自觉地影响了他的写作（这点我们后面还会讲到）。

1910年，十八岁的凯恩以优异的成绩从大学毕业，但他不知道自己到底该干什么，或者说想干什么。他试过教书、唱歌、检修公路、推销保险，以及写作。他最终选定了写作。凯恩的写作生涯是从记者开始，他曾历任《巴尔的摩太阳报》的报道记者，第一次世界大战末期驻法国的战地记者，《纽约世界报》编辑，以及《纽约客》执行主编。他在著名的《纽约客》没待多久，就因跟主编不合及更高的薪水而去好莱坞做了编剧。但无论是在他自己看来还是在他的雇主派拉蒙公司看来，凯恩都不是一个好的电影编剧。那是1933年——那一年他只挣了三千美元。美国依然笼罩在1929年经济大萧条的阴影之中。他已经进入四十岁。在编剧合同到期，开车逛遍了南加利福尼亚，并写了几个引人注目的惊悚短篇之后，在著名出版人诺普夫的鼓励下，他开始写那本将改变他一生的小说。

这部小说的故事原型来自1927年发生的一桩谋杀亲夫案。三十一岁，有着"斯堪的纳维亚式冰冷眼神"的金发美女露丝伙同她的情夫，紧身胸衣推销商贾德，用吊画绳勒死了自己的丈夫艾伯特，并企图骗取她之前瞒着丈夫替他买下的个人意外保险金。性爱与谋杀，媒体的连续炒作，加上《纽约每日新闻》上刊登的一张露丝坐电椅的大

死比爱更冷 139

幅照片，使这个案件一时轰动全美。凯恩小说开始部分的情节设置几乎跟真实案件如出一辙，只是将人物和事件变得更加典型和戏剧化：这次的情夫叫弗兰克，一个喜欢四处流浪、年轻英俊的小混混，小说以他的视角用第一人称叙述；这次的冷美人不是金发而是黑发，她叫科拉，用弗兰克的话说，"除了身段外，她真的算不上什么绝色美人，可她神态忧郁，嘴唇向外噘得老高，我不由得想替她把外噘的嘴唇给捣进去"；科拉的丈夫尼克，一个"软绵绵，油腻腻，个头不高，头发又黑又卷"，没事喜欢吊几声嗓子的希腊人，经营着一家加油站、修车铺和小餐馆合为一体的路边小店。通过制造一场假车祸，弗兰克和科拉谋杀了尼克。但与真实案件不同，这次科拉没坐上电椅。不仅如此，在与保险公司经过一番曲折惊心的较量之后，他们还获取了一笔巨额保险金。但故事并没有结束，事实上，故事真正的高潮才刚刚开始：从此以后——跟童话里常用的句式正好相反——他们就过上了**不幸福**的生活。而且那种不幸是如此深切和令人绝望，你甚至会感觉到，他们比坐上电椅的露丝更惨。他们开始互相猜疑，互相伤害，互相折磨，直到最后双双死亡。

凯恩最初想把这部小说取名为*Bar-B-Que*，意为"户外烧烤"。但出版人诺普夫不喜欢这个标题（凯恩自己大概也不太喜欢）。最终小说定名为《邮差总按两次铃》。关于这个传奇标题的来源有许多版本。其中比较可信的一个版本是凯恩从露丝案件的法庭告白中获得了灵感：露丝为了让她背着丈夫买下的保险单能秘密送到自己手中，吩咐邮差按两下铃作为信号。但其实来源并不重要。重要的是这个标题不仅奇特、神秘，而且完美地契合了小说的内容和主题。虽然小说中既没有邮差也没有门铃，但有许多"两次"：两次谋杀，两次车祸，两次审讯，两次死亡，甚至两只猫。请注意标题中的那个"总"字，那或许是最能表现命运感的一个副词，它和"两"这个量词一起，暗示了命运的无法拒绝。这里的邮差，当然就是命运之神，而门铃则是被他按响的命运之音。

你会发现，小说中处处都回荡着这位邮差的门铃声。虽然故事的每一步进展和转折都显得合情合理符合逻辑，但每个人的行为似乎都**不由自主**——弗兰克不由自主地迷上了科拉（"我能闻到她的味道。"这句话像重复装饰音一样反复出现）；他和科拉不由自主地要杀死尼克（"咱们命中注定要杀死他，因为任何别的招咱们都试过了。"）；甚至尼克也好像在不由自主地找死（在第一次浴室谋杀失败之后，弗兰克和科拉决定分道扬镳，各自回到过去的生活，是尼克把弗兰克又一次拉进了自己与科拉之间，并亲手安排了导致自己被害的汽车之旅）。一句话，他们无法控制自己。他们不想那样做，但他们**不得不**那样做。他们不想给命运的邮差开门，他们装作没听见，但邮差总按两次铃。而当他们打开门，迎接他们的将是命运送来的两件

死比爱更冷

包裹：爱与死。

于是他们先是无法控制地相爱，然后又为了这份爱无法控制地杀人。然而讽刺（却又意味深长）的是，当他们历经波折，终于将所有爱的障碍——丈夫、法律和贫穷——都一一清除的时候，原来那份似乎无坚不摧的爱本身却坍塌了。

这是为什么？

因为死比爱更冷。因为爱，真正的爱，纯粹的爱，比我们想象的更虚幻，更脆弱，更经不起考验。所以在谋杀发生之后，在地方检察官的威逼利诱之下，面对死亡的恐惧，科拉和弗兰克这对坚定的恋人几乎立刻就背叛了对方。面对彼此的背叛，科拉说了这样一段话：

> 我们只是两个无用的人，弗兰克。那天夜里上帝吻了我们的额头。他给了我们两个人所能拥有的一切。但我们不配。我们拥有了全部的爱，然后又被它压垮。这种爱就像一个大大的飞机引擎，它带你穿过天空，直上云霄。可要是你把这种爱放进福特轿车，它就会震得粉碎。那就是我们，弗兰克，一对福特轿车。（第12章）[1]

---

[1] [美]詹姆斯·M.凯恩著，陈秋美译：《邮差总按两次铃》，译林出版社，2006年。

"那天夜里"指的就是他们成功谋杀尼克的那晚。就像一条抛物线，在谋杀实施之前，他们的爱一直处于上升状态（正是这种状态催生了他们的杀意）。为了制造车祸的假象——

> 我先缩回手臂，然后尽力朝她眼睛打去。她跌倒了，就倒在我的脚下，两眼闪烁，乳房颤抖并尖尖隆起，朝上指着我。……我们凝视着对方，互相拥抱着，尽可能贴得更紧。那一刻即使地狱朝我打开大门，事情也不会有任何区别。我必须要了她，就算被吊死也在所不辞。（第8章）

正是在这里，在与死神的短兵相接中，他们的爱达到了抛物线的顶点——然后开始直线下降。所以，与这一夜形成鲜明对比的，是他们逃脱了法律制裁（并骗取了保险金），安然回家的那一晚。同样是做爱（两次做爱——又一个两次），感觉却有天壤之别：

> 我把她的衣服全都撕了……她闭上眼睛躺在枕头上，头发弯曲地落在肩上，眼神一片忧郁，乳房不再是紧绷在一起朝上指着我，而是软软地摊成两大块粉红色污迹。她看上去就像是世界上所有妓女的曾祖母。（第12章）

这是一场爱神与死神之战。当然，死神赢了。尼克的死像高山一样压在他们身上，让他们心神不宁。而他们自己的死——对死的恐惧——让爱瞬间就变成了恨。（因为，就像弗兰克说的，"爱要是与恐惧掺杂在一起，就不再是爱，而是恨了"。）也许唯一能再次与死神对抗，或者说能让爱神复活的，就是生命——**新的**生命。在经历了六个月的争吵、酗酒、噩梦和猜疑之后，科拉告诉弗兰克她怀孕了。这重新给了他们爱的勇气。他们决心开始新的生活。"那将是甜蜜的吻，"科拉对弗兰克说，"而不是醉醺醺的吻。是带着梦想的吻。是来自生命而不是死亡的吻。"第二天他们在市政厅结了婚，然后去海滩游泳。乳房的形象在这里又一次出现：

> 一个大浪打来，把我们掀得很高。她把手放到乳房上，让我看它们如何被波浪掀了起来。"我喜欢这样。你看它们大吗，弗兰克？"
>
> "我晚上告诉你。"
>
> "我感觉它们很大。我还没告诉你呢，怀孕不光使你知道自己将创造另一个生命，也给你的身体带来了变化。……这是生命。我体内可以感觉到。这是我们的新生命，弗兰克。"（第15章）

但这时邮差再次按响了门铃。从海滩匆忙赶往医院的途中（科拉觉得肚子不适），他们发生了车祸——第二次车祸。不过这次是真的。

如果单从情节上看，无论是《邮差》，还是凯恩随后的另两部作品《加倍赔偿》和《穆德莉》，都很难说是正常意义上的侦探小说。当然，就像我在开头说过的，硬汉派侦探小说本来就对编造**正常的**侦探故事不感兴趣，但至少哈米特和钱德勒笔下的主角都是私人侦探，叙事也都从侦探的视角出发。而凯恩的这三部小说里根本就没有出现什么像样的侦探角色。它们的主角是罪犯，它们以罪犯的口吻来叙述整个故事，并且这些故事几乎都遵循同样的模式：一个男人爱上了一个女人，然后为了这个女人去犯罪，然后被这个女人背叛（或者互相背叛），最后的结局则都是大团圆式的双双死亡——亲爱的，在天堂见。

奇怪的是，尽管故事乃至人物都有模式化的倾向，这些小说仍然散发出强烈而微妙的悬疑感，这种悬疑比起任何类型的侦探小说都毫不逊色（甚至更胜一筹），你很难不一口气把它读完。它那强劲的阅读推动力主要来自两方面：一是其简洁、硬朗而极富音乐感的语言，它们就像一列夜行火车，闪着冰冷的蓝光，带着铿锵的节奏，风驰电掣地一路载着读者从开头冲向终点；二是通过巧妙的手法，通过对爱、死亡和命运这些人类共同体验的**提纯**，它成功地营造了一种角色认同感。在一次访谈中凯恩说，

死比爱更冷

"我不写'凶手是谁'的小说。你不能用警察抓到凶手来结束一个故事。我不觉得法律是有趣的惩罚。我写爱情小说。爱情小说的动力基本上是抽象的。……（那是一种）代数学。悬疑来自确认你的代数是对的。……如果你的代数对，如果进展符合逻辑，但却又出人意料，那就行了"。

凯恩所说的"代数学"，就是指如何让读者完全融入小说的角色中，如何让读者不知不觉地成为小说角色**本人**。这点很重要，对任何一部小说都很重要，而当这部小说的主角不是英雄而是罪犯的时候就更重要。想想电影《邦妮与克莱德》吧。在这部1966年上映、开现代暴力电影先河的影片中（总共发射了一百二十多发子弹，超过了之前所有电影发射子弹的总和），主角邦妮和克莱德也是一对犯下命案的野鸳鸯。跟科拉和弗兰克一样，他们既不像才智双全的英雄，也不像阴险凶残的歹徒，他们手忙脚乱，歪打正着，身不由己，在无可奈何中徒然挣扎，而越挣扎就陷得越深，直到再也没法回头。怎么看，他们都像掉进命运陷阱的普通人——就像你和我。所以虽然看上去是罪大恶极的坏人，我们却情不自禁地对他们投以同情和伤感的眼光。我们喜欢这些"坏人"，因为他们让我们感同身受。这就是凯恩所说的"代数"。把读者代入小说情境中。科拉和弗兰克就是我们，我们就是科拉和弗兰克。他们以一种极端的方式浓缩了我们所有人的人生。那就是：真爱不堪一击，死神将战胜一切，而我们必须接受命运的摆布。这就是人生。一如科拉和弗兰克，他们不想那样做，但他们不得不那样做——我们也不想**这样**生活，但我们不得不这样生活。因为死比爱更冷。

但更冷的是语调。

绝望——无论是人生的绝望还是爱情的绝望——并不新鲜。新鲜的是对绝望的态度。凯恩之所以跟哈米特和钱德勒一起被称为硬汉派大师，《邮差》之所以影响加缪开创了"零度写作"，就在于小说中对绝望所采取的独特姿态。这种姿态就是以毒攻毒。以绝望对抗绝望——以更深的绝望，比死更冷的绝望。而体现出这种独特姿态的是凯恩使用的独特语言。"中午左右他们把我扔下了干草车。"这是《邮差》著名的开头。（它是不是让你想起了另一个著名的开头，加缪《局外人》的第一句：今天妈妈死了。）你仿佛立刻就听到一个声音，一种语调。这个声音低沉、从容，带着酒精和烟草的沙哑。它干脆利落，没有一点废话。它的语调玩世不恭，充满了讽刺和自嘲，散发出一种冷冷的、富有金属质地的性感。显然，发出这种声音的，是个硬汉。

"硬汉派"中"硬汉"的英文原文为hard-boiled，直译过来就是"冷酷无情"，而它的字面意思是"煮得很硬"。（所以纽约时报书评在评论《邮差》时称它为"煮了六分钟的蛋"。）这个派别的命名者是美国著名的文学评论家埃德蒙·威尔逊，1941年在《新共和》杂志上他第一次提出了"硬汉派"这个名字，把包括凯恩在内的一批风格相近的犯罪小说家称为专写"小报谋杀案的诗人"，并认为他们的风格都"源于海明威"。

虽然凯恩对威尔逊的观点表示不屑一顾（他拒绝承认自己属于任何流派），但跟海明威一样，他也有过做记者和前线参战的经历，这对他语言风格的形成无疑有着重要影响。长期的记者生涯磨炼了他用精简生动的笔法描绘场景和对话的能力。而如果没有在欧洲经过战火和自由性爱的洗礼，他在描写死亡、暴力和爱欲时可能也就不会如此直接有力。（即使在今天，在过了大半个世纪之后，《邮差》中对暴力和死亡场面冷静、精确的描述仍然会让我们感到一种近乎生理性的震颤。）不过，除此之外，影响凯恩语言风格的另一个更关键的因素，是他对歌剧的至爱。（正如世上所有的至爱一样，那爱里也带着一丝奇特的恨：那也许就是为什么他在《邮差》中让尼克看上去像一个可笑的歌剧爱好者，没事喜欢吼上几嗓子，甚至在被杀时还在对着山谷吊高音。）我们知道，凯恩最初的理想是成为一名歌剧演员，而不是小说家。当他在舞台上唱歌剧的梦想破灭之后，他就——有意识或下意识地——用笔在纸上唱起了歌剧。如果我们留心观察一下，就会发现，《邮差》中那具有强烈节奏感的叙述和对话，那极简的、仿佛舞台般的人物和场景设置，那充满张力、激烈的戏剧性冲突，都隐隐透出一种歌剧感——它就像一出在纸上演出的**黑色歌剧**。这不禁让人想起大卫·林奇的《穆赫兰道》。虽然表现手法大相径庭（林奇的电影在色彩和叙事上更偏向于巴洛克式的华丽和超现实主义），但它们都制造出了一种震撼人心的黑色歌剧式效果，而且，《邮差》也跟《穆赫兰道》一样，"在情感的表达上相当复杂，在黑色幽默与悲悯、恐怖与甜蜜、反讽与诚挚间摇摆"（电影评论家詹姆斯·纳雷摩尔语）。

正是这种**相当复杂**的情感表达，使《邮差》在硬汉派作品中显得独具一格，卓尔不群。

无论是海明威还是钱德勒，都不擅长复杂的情感表达。这是硬汉派那"冷冷语调"的软肋。在最好的情况下，它会散发出一种迷人的自我（比如《太阳照常升起》和《长眠不醒》）；在最坏的情况下，它会变成一种矫揉造作的自恋。就像詹姆斯·艾尔罗伊所说的，"钱德勒写他想成为的人，而哈米特写他怕成为的人"。写自己想成为的人，有时就难免会故作姿态，把人物理想化，而写自己怕成为的人则不会——他不会为绝望而绝望，只会为抵抗绝望而绝望。后者更真实，更深刻，也更有力量。凯恩显然属于后一种。跟钱德勒笔下的马洛不一样，弗兰克的硬汉形象没有那么自我，那么扁平（按福斯特在《小说面面观》中的说法，马洛是典型的扁平人物，缺乏立体感，常常让人感到不可信）。相比之下，弗兰克的情感更为复杂，更为摇摆不定（从而也更为动人）：在弗兰克那冷冷的声音背后，藏着一丝挥之不去的恐惧和怀疑。而且那份疑惧带着一种既庄严又戏谑的**宗教感**（这种宗教感进一步加强了小说的歌剧效果）。在小说开始后不久，当科拉鼓动弗兰克去杀尼克的时候，他显得犹豫不决（"做那种事会掉脑袋的。"……"他从未干过对不起我的事，他这个人还不错。"）。而随后当他被说服的时候——

> 我吻了她。她仰望着我，两眼闪闪发光，就像两颗蓝色的星星。看我俩的情形，就像正在教堂举行婚礼。（第3章结尾）

这是小说中第一次出现宗教意象——教堂，而这个宗教意象是与爱（婚礼）与死（谋杀）联系在一起的（虽然语调中不无讽刺）。宗教意象的再次出现，是在小说的最后一章，它同样联接着"爱与死"：科拉因车祸丧生后，弗兰克被判了死刑（虽然这次他是无辜的），他并不怕死，他怕的是死比爱更冷：

> 我一直在想科拉。……也许撞车的时候，她脑海里还是闪过了我要杀死她的念头。正因为这样我才希望自己还有来生。麦康奈尔神父说我会有来生，我想再见到她。我想让她知道我们彼此说的是真心

话，我并没有故意杀死她。(第16章)

但最终宗教还是没有——也不可能——给弗兰克带来救赎。他怀疑是否真的有所谓的来生。到头来，他唯一相信的还是爱，哪怕那是注定要被打败的爱。凯恩在这里用了一段动人的，几乎令人心碎的回放画面：

> 我感觉又和科拉来到了水里，头顶上是天空，周围是水，一起谈论着我们将有多么幸福，我们的幸福将如何天长地久。我想在那一刻，我已经超越了死亡。来生的说法在那时也才显得真实，用不着去想麦康奈尔神父是怎么知道会有来生的等等。和科拉在一起时我相信来生，可一想到眼前，来生的说法便又不灵了。(第16章)

在小说接下来的最后一段，就像著名黑色电影导演怀尔德(Billy Wilder)(他也是《双重赔偿》的导演)在《日落大道》的结尾处突然让主人公朝向银幕外的观众那样，弗兰克把脸转向了书外的我们，你能感觉到他的眼睛在看着你，你能听到走廊上传来狱警的脚步声，你听到他在对你说：

> 他们来了。麦康奈尔神父说祈祷会有用的。如

果你已经读到了这里,就为我和科拉祈个祷吧,祈祷我们无论到了什么地方,都会永远厮守在一起。

(第16章)

我想,当你读到这里,你也会跟我一样,在心里默默地为科拉和弗兰克祈祷,因为事实上,那也是在为我们自己祈祷。祈祷爱,我们渴望的爱,似乎永远可望而不可即的爱,最终会像雪花一样从天空降临。毕竟,我们来到这个世界,不是为了死(虽然必有一死),而是为了爱(虽然死比爱更冷)。无论如何,我们还是会相信爱。也许那是因为,不管命运如何变幻,爱始终是我们活着的终极理由——正是由于爱,或者更确切地说,由于对爱的**渴望**,我们才能这样**不顾一切**地活下去。而且,值得庆幸的是,我们还有小说。阅读这些虚构的绝望,多少能让我们抵消一些真正的绝望——从这个意义上,对于人生的绝望与无奈,读小说,是一种简洁而美好的复仇。

菲利普·拉金：事后烟

让我们想象有这样一个男人：身材微胖，头顶光秃，略带婴儿肥的圆脸上架着一副黑色边框眼镜；他的标准打扮是条纹衬衫配素色领带，外加一件富于质感、散发出一股英式迂腐的西装外套；他的常见表情位于微笑和没有表情之间。让我们想象这个男人终身未婚，长期从事某种稳定、清闲、虽然博学但却对想象力要求不高的职业——比如，图书管理员。让我们想象他一个人做晚餐（当然，也一个人吃），一个人听爵士乐唱片，一个人在半夜醒来，起身小便，返回时顺道把厚窗帘拉开一条缝，瞥一眼月光下的灰色花园，心中不由涌起莫名悲伤。

让我们想象这个男人是个诗人——这已经不太容易。让我们想象他不仅是个诗人，而且是个**成功**诗人，一个近乎偶像般叫好又叫座的诗人，甚至，一个被视为继T. S. 艾略特之后二十世纪最重要、最具影响力的诗人。这简直无法想象。不可思议。但这却是事实。这个男人——这个诗人——就是菲利普·拉金。

如果说拉金的广受热爱和推崇像一个谜，那么这部《菲利普·拉金诗全集》的出现（中文版厚达1092页，较之诗集，更像是辞典或黄页簿）能否为我们提供一个解答？或者至少，一个新的、更全面的视角？很难说。因为如果说拉金有什么故弄玄虚之处，那就是他从不故弄玄虚。这部《诗全集》可以说完美地体现了这种拉金式玄虚的悖论。首先从结构上看它就显得很奇特。它被分成清晰而均等的两大部分：诗歌卷和评注卷，而551页的诗歌卷又可以被分成两部分：生前结集出版的作品（四部薄如树叶的诗集：《北行船》《受骗较少者》《降灵节婚礼》和《高窗》，只占了150页），和生前未结集出版的作品（它们又被细分为：生前发表的其他作品，生前从未发表的作品，以及"日期未标明或不确定的诗"，占了剩下的400页）。评注卷初看上去像是某种图书馆档案——在某种意义上它也确实是：它包含了对每首诗作的讯息汇集（包括"日期和文本"，"异文"，编辑者的注释，以及——这是其中最有趣的——拉金本人通过笔记或书信对自己作品的评论或说明）。这种档案式评注的原意应该是供我们查阅诗作的创作背景和手法，但事实上，它似乎更适合随手翻阅——它就像一部散页式的拉金传记。（比如，"艾米斯回忆说，拉金曾提到，他父亲去世前一两天对他说，"这是我最后一次刮胡子"。又比如，在写给情人莫尼卡的一封信中，"拉金写道：我从来都没感觉到我有过自由意志，你呢？"）

《诗全集》的奇特结构不禁还让我们注意到另一个事实，或者说，另一个谜：拉金声誉的摩天大厦，竟然是建立在如此单薄——至少从表面上看——的地基上。换句话说，《诗全集》中近七分之六的内容，只是因为前面的七分之一才得以存在。因而这是典型的身后之书。这是典型的，当一个作家倍受大家迷恋所导致的结果。我们渴望看他（或她）写下的**一切**。（我能想到的最接近的——但不一定是最贴切的——例子是砖头般的《奥威尔日记》。里面充满了"今天收了十个鸡蛋"这样的句子，但我们仍然读得津津有味。）

这种情况往往发生在作者去世之后。而就拉金而言，鉴于他在出版作品上所表现出的极少主义（与《诗全集》的厚重繁复形成惊人对比），这种情况似乎更加只能——或者说，**必须**——发生在他去世之后。因为如果说《诗全集》本身就是座纪念碑，尚且是可以想象的，甚至是必要的，那么拉金在世时出版它（且不说拉金百分之百会拒绝），则是不可想象的，甚至是亵渎的。那会毁了一切。那会让拉金精心营造的个人风格显得不仅可疑，而且可笑。而那种风格正是"拉金神话"的秘密所在。

如果要将这种风格形象化,那么我们几乎别无选择:那显然只能是——**癞蛤蟆**。在他的那首名作,《癞蛤蟆》[1]的开头,拉金这样自问:

> 我为什么要让工作这只癞蛤蟆
> 　　盘踞在我的生活之上?
> 我就不能用我的机智像耙子一样
> 　　把这个畜生赶走?

回答当然是不能。因为:

> 啊,要是我足够勇敢
> 　　去高呼去你的退休金!
> 但我太明白了,那东西才是
> 　　制造梦想的底料:

> 因为某种酷似癞蛤蟆的东西
> 　　也蹲坐在我的体内;
> 它的盘踞沉重如厄运,
> 　　寒冷如冰雪,

---

[1] [英]菲利普·拉金著,阿九译:《菲利普·拉金诗全集》,河南大学出版社,2018年。

> 它永远不会允许我
> 　　靠阿谀奉承，来把
> 名声、女人和金钱
> 　　一口气赚个满盘。

随即，他最后总结道：

> 我不是说，其中一个体现了
> 　　另一个的精神真相；
> 但我确实想说，很难丢下哪个，
> 　　当你二者兼而有之。

所以很显然，这里有两只癞蛤蟆：一只是工作，而另一只是他的**心**。它们相互重叠，彼此感应，并随着时间累积最终合二为一。不难看出这首诗所带有的强烈自传性——我们一眼就能看出那两只癞蛤蟆的明确所指：一只是拉金的图书馆工作，另一只是他的厌倦和绝望（这种绝望是如此绝对和纯粹，以至于显得纯洁——"如冰雪"），而当两者合二为一（因为"很难丢下哪个"），则就成了拉金本人。

我们应当注意到，这首诗出现在标志着拉金步入成熟期的第二部诗集，《受骗较少者》中。同时我们也注意到，在他的巅峰之作，他的第三部诗集，《降灵节婚礼》

中，还有一首《再论癞蛤蟆》。它是这样结尾的：当街灯四点亮，／又是一年的末尾？／把你的手给我，老癞蛤蟆；／帮助我走向公墓大道。[1] 它给人一种既悲哀又幸福的确定感。它也说明了癞蛤蟆这个形象对于拉金作品的重要性：癞蛤蟆成了一个图腾。

这是一个意味深长的选择。（在中文版的黑色硬壳内封上，恰如其分地印着一个小小的癞蛤蟆的金色背影，如同某种商标或徽章。）为什么**必须**是癞蛤蟆？为什么不能是猫、长颈鹿，或者大象？因为首先，后者显然过于敏捷、优雅，或者庄重。而且，更关键的是，癞蛤蟆是一种奇妙的动物——比我们想象的更奇妙，如果你仔细想想的话。虽然它无可避免地令人想到丑陋、笨拙、猥琐，但同时它也具有某种独特的幽默——而且这种幽默不是由于轻浮和自贱（如同大部分情况下那样），而是由于它的笨重和一种仿佛不自知的愚蠢和呆滞。于是这幽默便显出一种天真，甚至可爱。（最好的例证就是"癞蛤蟆想吃天鹅肉"这个谚语，以及童话《柳林风声》中那个著名的癞蛤蟆主角。）但还不止如此。它面对世界时那种令人惊异、几乎静止的呆滞和迟钝有时会让我们不禁产生怀疑，怀疑其实真正愚笨的不是它，而是热衷于四处奔忙的我们自

---

[1] [英] 菲利普·拉金著，阿九译：《癞蛤蟆》，《菲利普·拉金诗全集》，河南大学出版社，2018年。

己,怀疑它的迟钝其实是一种特殊的沉静,一种"以不变应万变"的大智若愚,一种——就其根源而言——因极度敏感而导致的彻底绝望。

这正是拉金给我们的感觉。值得注意的是,几乎是不自觉地,当我们说"拉金"时,我们既是指他的作品,也是指他**这个人**。这是散发神话光环的作家所具有的共同特质:他们的风格贯穿了作品与生活。海明威、太宰治、普鲁斯特……这样的例子很多。但很难说这究竟是"文如其人"还是"人如其文"。大部分情况下,一种大师级文学风格的形成在最开始都是自然和自动的,但在过了某一个点之后(这个点往往标志着那种风格的成熟),作品与生活便开始互相借鉴,彼此利用,甚至难解难分。

以拉金为例,统治他作品的那种厌倦和绝望,同样统治着他的生活——其表现便是一连串的放弃。首先是对小说的放弃。我们知道,他早年的抱负是成为一名小说家,他甚至写过两部并不太差的小说(尤其是跟它们的被遗忘程度相比),《吉尔》和《冬天的少女》。但他突然结束了自己刚刚开始的小说家生涯,选择成为一个纯粹(而低产)的诗人。如果说这一放弃似乎是下意识地,是基于某种直觉——诗显然比小说更适合展示绝望,因为诗本身就是一种绝望——那么他对出版的放弃就显得更为刻意。这部《诗全集》就是个明证。他写得并不少。他在出版上表现出的极少和极慢（平均每十年一本，而且每本平均都不超过三十页），或许并不**只是**因为对作品的质量要求太高（事实上，我们会发现，在他未出版——甚至未发表——的作品中，不乏令人惊叹的杰作）。更可能的解释是，那是一种来自风格的要求：毕竟，绝望者更适合沉默，而不是喧闹。

这种解释也适用于他别的放弃。它们包括：放弃在现场听爵士乐（他写过一本爵士乐评集，但声称从不听现场演出，只听唱片）；放弃出国旅行；放弃婚姻；放弃成为丈夫、父亲，以及1984年的英国桂冠诗人。直至最终，放弃写作（在他生命的最后十年，他几乎没有再出版过任何诗作）。

但在所有这些放弃中，最重要也是最本质的，是他对那种传统意义上诗人生活的放弃。（也就是那种荷尔德林、兰波和里尔克式的，被大众浪漫化，充满疯狂、激情和动荡的诗人生活。）他毕生只从事过一种职业：图书管理员。他曾先后任职于威灵顿公共图书馆和雷斯特、贝尔法斯特的大学图书馆，而他人生的最后三十年，1955到1985年，则都是在远离伦敦的赫尔大学度过（他也因此被称为"赫尔的隐士"）。如果我们将他与另一位著名的图书管理员，博尔赫斯，做个比较，那会是件很有趣的事：他们同样写诗，同样迷人，却几乎位于风格的两极。博尔赫斯的那句名言，"天堂就是图书馆的模样"，在拉金这里或许可以改成:"地狱也是图书馆的模样"。因为对拉金来说——或者更确切一点,对拉金的**风格**来说——天堂也好,地狱也好,图书馆也好,都不过是同一样东西的代称。那就是生活。就是我们莫名其妙在其中出生,又不得不被迫走向死亡的人生。正如他那首如墓志铭般精炼的短诗《日子》:

> 日子有什么用?
> 日子是我们生活的场所。
> 它们到来,它们唤醒我们
> 一遍又一遍。
> 它们本是要我们乐在其中:
> 除了日子,我们还能活在哪里?
>
> 啊,求解这个问题,
> 招来了神父和医生,
> 身穿长袍,
> 奔过旷野而来

是的,我们何必自欺欺人?我们还能活在哪里?除了这个"乱糟糟的无人照管的出租世界"(来自他的另一首名作,《晨曲》)。在这里,反问即回答。而那回答便是:没有希望,也没有救赎,唯一的承诺就是一劳永逸的死亡。这种冰冷而空旷的清醒与博尔赫斯那迷宫式的博学和神秘主义形成了鲜明对照。真正的绝望可能需要非同寻常的敏感，但却不需要过多知识。真正的绝望也必然会抛弃神秘主义，因为神秘意味着还有希望——即使是虚无缥缈的希望。拉金的图书馆既不是天堂也不是地狱，它只是一份工作，一份癞蛤蟆式的工作：足够安定，足够简陋，也足够绝望。

那么，我们是不是可以说，拉金是为了绝望而写作呢？或者说，拉金的作品是在鼓吹绝望，倡导绝望，甚至要将读者推入绝望？那似乎正是另一位伟大诗人，希尼的观点。他在一篇名为《欢乐或黑夜：W. B. 叶芝与菲利普·拉金诗歌的最终之物》的文论中写道，面对"现实在人类生命面前所吼出的巨大的不字"，"我们会希冀以由爱和艺术所激发的巨大的'是'字来回应，但拉金无力于此，因为他坚持顾及全部消极的现实，而这一点最终瓦解了认可的冲动"。他继而又援引米沃什（又一位伟大诗人）对拉金的批评："但诗歌留给我们的不仅是失望还有羞耻……总之，死亡在（拉金的）诗中拥有无上的法定权威和普遍必然性，而人被削缩为零，成为一簇感知，或更少，只是内部可裂变的统计学单词，但是诗歌在本质上总是站在生命一边。"[1]

诗歌在本质上总是站在生命一边。完全同意。毫无疑问。我们不同意和有疑问的是：难道拉金的作品没有体现诗歌的本质？难道他的诗没有站在生命一边——就因为在他的诗中死亡"拥有无上的法定权威和普遍必然性"？或者，换一种说法，他那些充满绝望的诗会让我们——让读者——感到绝望吗？

回答显然是不。我们有来自各方面的证据。首先是拉金本人。"但是，"他在一篇随笔中写道，"诗歌毕竟像所有艺术一样，无可避免地与予人快乐绑在一起，如果诗人失去其寻求快乐的读者，他也就失去唯一值得拥有的读者，这种读者是每年九月份签字入学的那批尽职的群氓所不能替代的。"[2]所以，让人感到快乐——而非绝望——才是这些作品的真正目的。但不是那种浅薄的、短暂的，往往是通过感官刺激和虚假幻象而抵达的快乐，而是一种更为冷峻、深奥，从而也更为宁静和持久的快乐——一种独有文学才能提供的快乐。同时，我们很难不注意到，这种文学性的快乐和幸福，常常来自对悲伤和不幸的描写，而且这种描写越精确、越深刻、越卓越，我们就越快乐。

---

1 [爱]谢默斯·希尼著，黄灿然译，引自《希尼三十年文选》，浙江文艺出版社，2017。
2 [英]菲利普·拉金著，黄灿然译：《快乐原则》，引自《拉金随笔集六篇》，载于《书城》，2001年12月。

（而拉金显然是描写悲伤与不幸的大师——"剥夺丧失之于我，正如水仙花之于华兹华斯。"他说。）

所以我们也许需要补充说明：是的，文学在本质上总是站在生命一边——但却往往是通过死亡。如果说我们不同意米沃什和希尼对拉金的批评，我们的论据却和他们一样：正因为拉金让死亡"拥有无上的法定权威和普遍必然性"，他的作品才更显得在本质上"站在生命一边"。这也让我们想到另一个证据，来自另一位同样伟大的诗人，德里克·沃尔科特，他在一篇书评中盛赞拉金为"写平凡的大师"，并在结尾引用了那首《钱》：

> 我听钱在唱歌。就像从几扇长长的法式窗
> 　　朝下看着某个外省小镇，
> 那些贫民窟，运河，华丽而神经的教堂
> 　　在夕阳里。何等悲伤。

"是的，"他最后写道，"只是他的悲伤如今成了我们的愉悦。"

愉悦——这才是我们最有分量的证据。这是拉金之谜的真正谜底（也正是它铸就了拉金声誉大厦的坚固地基）：读拉金的诗让我们感到愉悦。那是一种奇特的、拉金式的愉悦（以至于"读拉金"这个词组本身似乎就代表着某种人生态度）。它更多是来自释然，而非期待：

> 我们以为每一艘都会吊起货舱,并把
> 所有的货都卸入我们的一生;我们都被亏欠,
> 因为如此尽心而漫长的等待。
> 但是我们错了:
>
> 只有一艘船在寻找我们,一艘挂着黑帆的
> 从未见过的船,她的身后拖着
> 一道巨大而无鸟的寂静。她的尾迹里
> 水无涌流,浪花不惊。
>
> (《下一个,请》)

它更接近暮色,而非正午:

> 渐长的夜晚,
> 清冷而发黄的灯光
> 洗着众屋
> 宁静的前额。
>
> (《来临》)

它的核心在于消极,而非积极;在于减少,而非添加:

> 为什么他会认为,添加就是增加?

在我看来，添加就是稀释。

(《多克里父子》)

它借幽默和嘲讽推开了虚伪（就像推开一个拥抱），不管那虚伪是对于他人、自己、道德，还是生命本身：

> 一个不错的家伙，非常不错的那种，
> 跟模子一样正直，最好的那种人，
> ……
> 多少个生命会更加乏味，
> 要是他不屈尊在这低处？
> 这是我认识的最洁白无瑕的人 ——
> 尽管白不是我最爱的颜色

(《白大调伤怀曲》)

因此拉金给我们的愉悦是一种带有虚空感的愉悦，一种愉悦之后的愉悦，一种对过往愉悦的回味与反思。就像事后烟。高潮变成了低落。（正如 D. H. 劳伦斯所说，即使动物在交配后也会心情低落。）快感变成了倦意。迷醉变成了内省。但那也是一种愉悦，或许甚至是更高等的愉悦 —— 那是一种不怕失去的愉悦：因为意识到一切终将失去。所以其实并没有什么可失去。人生不过如此 —— 不过一死。那是选择成为一个"较少受骗者"的愉悦，因而也是一种伤感的愉悦——当我们意识到一切或许只是我们用来自欺的工具：爱，艺术，记忆。正如那首，或许是拉金最动人的作品，《悲伤的脚步》：

> 小便后摸索回床，
> 我分开厚厚的窗帘，被疾飞的云
> 和月亮的洁净所惊吓
>
> 四点钟：楔形花园静卧在
> 渊深的、被风收拾过的天空下。
> 这里有某种可笑之处，
>
> 那是月亮疾奔着穿过
> 炮口硝烟般散开的云的样子，
> （石色的天光凸显了下面的屋顶）
>
> 又高，又荒唐，并且分散——
> 爱的菱盾！艺术的勋章！
> 哦，记忆的狼群！无与伦比！不，
> 有人在轻轻颤抖，向天观望。
> 那种硬度，那种明亮，那种朴素，
> 那广袤注视中深远的单纯
> 提醒着少年青春的力

与痛；它永不再来，
但在别处，对他人，却经久不衰。

是的，爱，艺术，记忆，青春，生命——一切都会衰败，但对这种衰败的描述，却经久不衰。

保罗·奥斯特笔记簿

1. 我在一家常去的小咖啡馆里翻译完了小说的最后一句。那是二月。外头下着雪，雪花像散步一样慢慢落向地面。咖啡馆里只有我一个顾客，四下荡漾着玛芮安娜·费思芙尔苍老的歌声。我合上电脑，要了杯咖啡，一边喝一边看着窗外的雪花发呆。然后我看见她走进来。

"嗨！"她说，"好久不见。"

我有点回不过神。我们的确已经好久没见。我们属于那种朋友，一年只会见上两三面，但却感觉比那些天天碰见的人更亲密。如果我没记错的话（我确信我没记错），上次见到她的那天——在什么地方我已经忘了——我正在翻译这本小说的第一句。

世界仿佛发生了一点小小的摇晃。简直不可思议，我想。

当然，这只是个巧合，典型的保罗·奥斯特式的巧合：恍若命运送给你的一个小小的、闪烁着微光的奇妙礼物。

2. 这让我想起了另一位我热爱的小说家，法国的让·艾什诺兹（他那部妙不可言的长篇小说《切罗基》我看了不下十五遍）。有一段对他的评论相当精辟："当我们读艾什诺兹的作品时，我们就感觉完全进入到流动的、轻盈的、游戏的世界里，而这个世界在一本书结束的时候也将解散。不过，解散并不等于什么都没有了，不仅喜悦还存在着，忧愁和语言的那种崭新而不可能被模仿的味道也都没有消失。几个月后，当你碰到某个人，当你在不寻常的光线下发现一处风景，或当你处于一个奇怪的、不适宜的情境，你就会说：'瞧，这就是艾什诺兹！'这是一个伟大作家所拥有的确凿标志。"

在某种意义上，这段话几乎适用于所有伟大作家。你要做的只是把其中的形容词更换一下。每个伟大作家都会创造出一个独属于自己的世界，而那个世界——那个世界的色彩、气味、声音甚至触觉——并不会随着阅读的结束而完全消失。好的虚构会侵入现实。小到抽烟的牌子，大到婚姻和人生观。那就是为什么我偏爱具有强烈个人风格的作家，因为他们能赋予你一种面对世界的新方法、新角度，他们能让一切都风格化。

3. 我的一份个人文学清单：博尔赫斯的迷宫。凯鲁亚克的旅行。海明威的伤感。村上春树的失落。雷蒙德·卡佛的锋利。菲利普·图森的抽象。卡尔维诺的幻想。苏珊·桑塔格的智慧。

保罗·奥斯特的奇遇。

4. 保罗·奥斯特的小说中充满了各种不可思议的巧合与奇遇，但这些巧合与奇遇并不是随意地即兴设置的（就像许多后现代作家所做的那样），而是散布在他一层套一层的故事迷宫中，形成若干闪烁的对应点。如果从整部小说的"上空"去俯瞰它，我们就会发现那些闪烁的光点构成了一幅图案，而那幅图案的主题便是：对自我身份的追寻。

这也解释了为什么他常常会套用侦探小说或公路小说等通俗小说的模式，因为追寻什么正是侦探小说或公路小说的核心内容。不同的是，在奥斯特这里，追寻的意义不在于追寻的结果（这种追寻注定是没有结果的），而在于追寻这一行为本身。

他的成名作《纽约三部曲》中的第一部——也是他的小说处女作——《玻璃城》就是个典型的例子。我们甚至可以把这部小说看成他所有小说的原点。妻儿丧生、独自一人靠写悬疑小说谋生的奎恩有天深夜突然接到一个打错的电话，对方找一位名叫奥斯特的侦探，在某种莫名其妙的情绪的指引下（事实上，这种情绪便是"自我的迷失"，小说一开头就提到他喜欢散步，而在纽约的大街小巷散步总让他感到迷失，"那种迷失，不仅是在这座城市里，也在他的内心"），他冒名顶替奥斯特接受了对方的委托，去追踪一个刚出狱的老头。这场追踪最终演变成了一出荒谬的游戏——奎恩最后发现案子的委托人和他要追踪的对象都消失了，而他自己则在这场侦探游戏中彻底迷失了自我：他躲在一栋空房子里，扔掉了身上所有的东西（衣服、鞋子、手表，割断了与外在现实的一切联系），整天除了睡觉就是在一本红色笔记本上涂涂写写，他向我们发出的最后疑问是："当红色笔记本上没纸可写了，会发生什么事？"

《玻璃城》是一部充满新锐和前卫气息的小说，虽然它的故事有不少漏洞，但它所散发的形而上的哲学特质使这些破绽显得似乎可以原谅（虽然就阅读本身来说，它还是会让人觉得不够完满）。二十年后——2002年——奥斯特又写出了这部《幻影书》。同样是对迷失自我的追寻之旅，同样是不可思议的奇异事件，不同的是老了二十岁的老奥斯特这次用他已经出神入化的小说技巧，给我们讲了一个浑然天成、无懈可击的好故事。仿佛某种微妙的呼应，与《玻璃城》一样，《幻影书》的主人公也是一个失去妻儿——她们在一场空难中不幸遇难——的作家，在失去家人的巨大打击下，这位齐默教授陷入了悲伤失落的酗酒泥潭不能自拔，他觉得自己已经成了一个活死人（又一个迷失自我的典型个案），然而，一天晚间电视上偶然看到的老电影片断却让他笑出了声，从此，他的人生便与那位六十年前离奇失踪的喜剧默片明星海克特·曼紧紧联系在一起。当他踏上揭开海克特之谜的旅程时，他发现了一个令人心碎的巧合（这段话出现在小说的高潮即将来临之前）："我最后一次开车去洛根机场，是和海伦、托德、马可一起。在他们生命中的最后一天，也曾走过现在阿尔玛和我正在走的这条路。从一个地方到另一个地方，一英里接着又一英里，他们做过同样的旅行，走过同样的路线。30号公路到91号州际公路，91号州际公路到麦斯派克高速，麦斯派克高速到93号公路，93号公路到隧道。一部分的我很欢迎这奇异的重演。那感觉就像某种设计巧妙的惩罚，似乎上帝裁定了让我只有回到过去才能拥有未来。因此，出于公平起见，我应该用和海伦度过最后一个早晨的同样方式，来度过和阿尔玛的第一个早晨。我必须同样坐在汽车上驶往机场，我必须同样以超出限速十到二十英里的速度一路飞奔以免错过飞机。"[1]

让我们注意一下这个词：奇异的重演。在其后讲述的海克特的人生故事里，我们还会发现更多奇异的重演——或者说重叠。在这种奇异的重叠中，主人公对海克特的追

---

[1] [美]保罗·奥斯特著，孔亚雷译：《幻影书》，浙江文艺出版社，2007年。

寻实际上成了对自我追寻的一个对照，一个折射，一个倒影。他们同样因为所爱之人的突然死亡而导致人生剧变；他们又同样被另一个女人所拯救，但最终同样都以悲剧收场；另外，他们都读过夏多布里昂的《墓后回忆录》，甚至他们死去的儿子的名字也几乎一模一样。

在这部小说里，在它一个套着一个的错综复杂的故事迷宫中，还有许多诸如此类的奇异重叠。不知为什么，这些重叠，或者说巧合，带给人的感觉不是有趣或难以置信，而是莫名的震颤、感动和温暖——或许是因为其中所蕴含的命运感。保罗·奥斯特用种种不可思议的巧合与对应，捕捉住了命运之神一瞬间掠过的身影。

5. 卡尔维诺在一篇名为《为什么读经典》的文章中说："一部经典作品是一本每次重读都像初读那样带来发现的书。……一部经典作品是一本永不会耗尽它要向读者说的一切东西的书。"

村上春树在他那篇奇妙的短篇小说《眠》中借女主人公之口道出了自己对《安娜·卡列尼娜》的感受："越是反复阅读，越有新的发现。这部长而又长的小说中充满种种奥秘，我发现种种谜团。犹如做工精细的箱子，世界中有小世界，小世界中有更小的世界，而由这些世界综合形成宇宙。……往日的我所理解的仅限于极小的断片，如今的我可以洞悉它吃透它了。知道托尔斯泰这个作家在那里想诉说什么，希望读者读出什么，而那信息是怎样以小说形式有机结晶的，以及小说中的什么在结果上凌驾于作者之上。"

《幻影书》是一部可以——同时也值得——反复阅读的小说。它里面包含着一个精妙的奥斯特式的宇宙。如星光般闪烁的无数暗示、联结、对应在等待着我们一次次去发现。那种联系甚至已经溢出了单个的文本，而使奥斯特的所有小说作品构成了一个更广阔的宇宙。例如，他在2007年出版的长篇小说名为《密室中的旅行》，而这个名字曾经在《幻影书》里出现过两次，一次是作为海克特·曼拍摄过的电影标题，一次是作为海克特·曼另一部电影中的男主角——也是一个小说家——所写的小说名字（又一个环套式的小迷宫）。

6. 村上春树非常推崇保罗·奥斯特。他在美国做客座教授时，曾在一次朋友的家庭聚会上遇到过奥斯特。"能见到保罗·奥斯特实在是件幸事。"他在一篇随笔中写道，"我一直以为奥斯特会演奏乐器，因为他的小说具有很强的音乐感。然而当我在席间就此询问他时，他回答说很遗憾，他并不会任何乐器。但他又接着说：'不过我一直是以作曲的方式来写作的'"。

的确，音乐感是保罗·奥斯特小说不可忽视的特点之一。他的作品，无论是语言还是结构，都充满了美妙的、令人愉悦的节奏感。如果说《纽约三部曲》让人想起即兴演奏的前卫爵士乐，那么《幻影书》就是部结构清晰、行云流水的钢琴奏鸣曲。从简洁的谜一般的几个音符开始（小说的第一章，主人公突然收到一封神秘来信），再笔锋一转折回到委婉悲伤的柔板（主人公回忆失去妻儿的经历），然后是一段冷静的慢板（整个第二章都是对海克特·曼二十年代喜剧的内容与风格的精到分析），接着，再次回到开头的音符（第三章，回到那封神秘来信及其所带来的难解之谜），随着故事柳暗花明、层层推进（第四章：与神秘来信人的联系中断；一位脸上有胎记的神秘女郎突然出现），一开始就已经埋下伏笔的悬疑气氛如烟雾般弥漫开来。于是，音符的节奏渐渐加快，直至终于变成激烈流畅的行板；第五到第八章是全书的高潮：海克特·曼当年的失踪之谜被揭开，他的传奇人生经历一幕幕上演；主人公赶到新墨西哥荒漠中的农场，见到了依然活着的海克特，但随之而来的却是一系列出乎意料的变故……女主角的死把高潮带到了顶点，然后顺势滑落到最后一章——第九章，一个和缓的、充满沧桑感的收尾。而就在整首曲子结束之际，奥斯特令人叹为观止地抖开了最后一个包袱（海克特的死很可能并非自然死亡，而且他后来拍的那些电影可能还在），仿佛在平缓的尾声中突然闪现出一个电光石火般的高音，它干净利落，却又余音绕梁，为整部小说画上了一个完美的句号。

7. 奥斯特的音乐感不仅体现在作品的整体结构上，你甚至在他小说的每个句子里都能感受到那种音乐的节奏感。你会忍不住要去朗读——我指的是英文原文（他的作品使我不可救药地爱上了英文）。翻译所带来的损耗是不可避免的。所以如果有可能，我建议你去读一读他的原文。

8. 除了是个小说家，保罗·奥斯特还是一位诗人（这或许说明了为什么他的语言美妙得让人想要念出声），一位译者（他翻译了不少法国的诗歌和散文，由此我们不难看出为什么他的作品既有美国式的简洁和力度，同时却又散发出优雅而精细的欧洲气质），以及一位电影导演。他与华裔导演王颖合导的电影《烟》曾获得柏林电影节的银熊奖和最佳编剧奖，他还独自执导过一部电影《桥上的露露》。像很多当代小说家一样，我们可以发现奥斯特作品中许多地方明显受到了电影的影响——生动的画面感，节奏感十足的场景切换，多种视角和多条线索的并行推进。然而没有哪部作品比这部《幻影书》与电影的关系更密切、更直接。

首先，海克特·曼，这部小说的两位男主角之一，是二十年代一度活跃于美国影坛的默片喜剧明星，因为一起灾难性的突发事件，他的人生在1928年发生了剧变，他被迫走上逃亡之路。1928年，这是作者精心选择的一个意味深长的时间点,其一,随后的1929年发生了美国经济大萧条(又一个巧合的对应:小说的男主人公,作家齐默教授为了逃离悲痛的往事——同样是一种精神意义上的逃亡——而开始写作、研究海克特电影的那本书的时间),1986年,恰好也是美国另一次经济大崩溃发生的前一年;其二,二十年代末三十年代初正是默片被有声电影取代的时期。(小说的一开头就写道:"电影现在会说话了,默片里那种闪烁不定的无声表演已成为过去。……它们不过才消失了几年时间,但感觉上却已经成了史前的玩意,就像那些人类穴居时代曾在地球上四处漫游的古老生物。")在奥斯特看来,这种取代既是不可抗拒的,也是令人悲哀的,一如齐默教授家人所遭遇的空难,及海克特所遭遇的突发事件,因为这一切都是命运——时代的命运和个人的命运——的产物。

面对这种无奈的悲哀,这种无可挽回的消逝,奥斯特在小说中就无声电影发表了一段迄今为止我所见过的最为深刻的见解——以至于我不得不把它们全文摘录下来:

> 不论有时电影画面多么美轮美奂,多么引人入胜,它们都无法像文字那样让我从心底感到满足。它们提供的信息量太多了,以至于没有给观众的想象力留下足够的空间,这造成了一种悖论,电影模拟现实世界模拟得越像,它表现现实世界的能力就

越弱——世界不仅仅在我们周围，同时也在我们脑中。那就是为什么我总是本能地喜欢黑白照片胜过彩色照片，喜欢无声电影胜过有声电影。电影是一门视觉语言，它通过投射在二维银幕上的图像讲故事。声音和色彩的加入增添了图像的三维感，但同时也剥夺了它们的纯粹性。图像不再需要担负起所有的功能。但声音和色彩并没有把电影变成某种完美的综合体，变成某种反映所有可能性世界的最佳手段，它们反而减弱了图像语言本来所应具有的力度。那天晚上，看着海克特和他的同行在我佛蒙特的起居室里来来往往，我突然意识到自己正在目睹一门已经死亡的艺术，一门已经彻底灭绝并且永不再现的艺术。然而，即便如此，在经历了那么多年的时代变迁之后，他们的作品却仍像当初刚出现时一样鲜活，一样生气勃勃。那是因为他们对自己那套独特的语言已经了如指掌。他们发明了用眼神造句，他们创造了一套纯粹的肢体语言，除了影片背景中那些服装、汽车样式和古老的家具，那套语言永远都不会过时。在那种语言里，思想转化成了动作，人们用自己的身体表达自己，因此它通行于所有时代。大多数的喜剧默片甚至都懒得讲故事。它们就像诗，就像对梦的翻译，就像令人眼花缭乱的灵魂的芭蕾舞，也许是因为它们已经死了，它们似乎对现在的我们比对它们那个时代的观众显得更为深刻。我们隔着一条巨大的遗忘的深渊观赏着它们，而把我们与之分开的东西，其实正是它们如此吸引我们的东西：它们的无声，它们色彩的贫乏，它们那一阵阵的、加快了的节奏感。这些都是不利因素，这些因素增加了我们观看的难度，但同时也把图像从模拟真实世界的重负下解放出来。有了它们拦在我们与那些默片之间，我们就不用再假装自己正在观看一个真实的世界。银幕上的那个世界只存在于二维空间里。第三维在我们脑中。

时代把人们同默片分开了，死亡把人们同爱分开了。而把我们与之分开的东西，其实正是它们如此吸引我们的东西。所以，幻影之书，也就是消逝之书。

9. 此外，说到电影，这部小说至少包含了两个电影短片的剧本：《隐形人》和《马丁·弗罗斯特的内心生活》（《密室中的旅行》这个名字就出现在《马丁·弗罗斯特的内心生活》的剧本里）。哪怕单独作为电影剧本本身，它们也称得上绝妙。它们本身就是个小世界（犹如做工精细的箱子，世界中有小世界，小世界中有更小的世界）。

10. 这是我的第一本译作。不知是幸还是不幸，我本人也写小说。坦率地说，我并不觉得作为一个小说家有多幸福——在大部分时候不如说正好相反。但是，就像保罗·奥斯特所说，"当作家并非像当警察或者医生是选择一种职业。与其说选择，不如说被选择。你一旦接受这个事实，就再也干不了其他任何事情"。

因此，翻译对于我的意义或许有所不同。对我来说，翻译是一种最大限度上的精读，是一种文学课，是另一种创作。

11. 让我们回到二月，回到那个飘雪的下午的咖啡馆。

她脱掉烟灰色大衣，在我对面坐下。窗外的雪下得更大了。我对她说我刚刚译完了《幻影书》的最后一句。

"哦？真巧——我还记得上次见你时你刚译了第一句。"她脸上浮起淡淡的微笑，用塞林格的说法，这女孩理智得可怕。

"我还记得那句话，"她眼睛看向窗外，停顿片刻，然后接着说，"**所有人都以为他死了。**"

"最后一句是——"我说，"**抱着那样的希望，我继续活着。**"

科恩的诗与歌

几张照片。透过一个圆环形的、具有六十年代风格、仿佛舷窗般的窗口（或者窥视孔），可以看见一个穿深色西装的男人。他既不年轻也不太老。他的西装很合身（就像一副优雅的盔甲）。他站在那儿——那儿看上去像个旅馆房间：打开的白色房门（球形门把手），拉了一半的落地窗帘（图案是繁复的花和枝蔓），从窗角涌入的光——朝右侧对着镜头，眼睛看着前方。不，你可以看出他其实什么都没看，他在沉思，一只手插在裤袋里，另一只手放在胸前，抚摸着自己的领带结。这是个回忆的姿势，回忆某个逝去的场景，并沉浸其中。他的脸上没有笑容。

另一张也是黑白的。但不像上一张那样泛黄（仿佛年代久远），场景也没有什么叙事感（他在回忆什么？）。它更像一张随意但独具风格的快照：一个穿深色条纹西装的男人，戴着墨镜，手里拿着一根吃了一半的香蕉（香蕉皮漂亮地耷拉下来）。背景是一间高大空旷类似LOFT的仓库。他面对镜头的角度几乎跟上一张一样，另一只手也插在口袋里（这次是上衣口袋），但这次他不像在思考或回忆，他只是在发呆，或者等待。（等待什么？某个女人？或者某个女人的命令？）跟上一张相比，他显得很放松，他看上去就像个心不在焉的黑手党。他的体型已经不再锋利，他的西装仍然很优雅，但已经不像盔甲而更像浴袍（西装里面是白色的圆领衫）。无所谓，他似乎在说，没什么好想的，随他们去。他没有笑。

而这一张——第一眼看上去不像照片。哦——你很快就会发现——那是某种Photoshop的电脑效果。油画效果，那叫。两个人的脸部特写占据了整个画面，一个老头和年轻女人。整个背景都虚成了淡蓝色，那种暮色刚刚降临时的淡蓝，他们并排着，从那片蓝色中浮现出来：发梢，鬓角，皱纹。V字领，白衬衫，条纹领带。就像一帧剪影。照例，他（以及她）侧对着我们（这次是朝左），视线微微向下。那个女人在微笑。那个老头呢？很难说。他似乎在以极小的幅度微笑（嘴角涌起长长的皱纹），但同时又眉头微锁（似乎在追随某种节奏）。是的，他们给人一种正在跳舞的感觉，无论是身体还是心。你仿佛能听到柔缓的鼓点响起，音乐像淡蓝的暮色那样弥漫，然后，他开始唱。

他开始唱——我不知不觉按下了书架音响的Play键。那三张照片就摆在旁边的书桌上。当然，它们不是真正的照片，它们是三张CD封面。我最爱的三张莱昂纳德·科恩的唱片：《精选集》（THE BEST OF LEONARD COHEN），《我是你的男人》（I'M YOUR MAN），《十首新歌》（TEN NEW SONGS）。这三张唱片几乎概括了他的大半生。三十三岁之前，他依次是早年丧父的富家公子（他九岁时父亲去世），加拿大才华横溢的青年诗人（他二十二岁出版了第一部诗集，《让我们跟神话比比》），隐居希腊海岛的前卫小说家（两本意识流风格的小说，《至爱游戏》和《美丽失败者》）。而在三十三岁之后，他依次成为纽约的民谣歌手（住在波普圣地切尔西旅馆，抱着吉他自编自弹自唱），迷倒众生的情歌王子（据说他的唱片法国女人人手一张），南加利福尼亚伯地山上的禅宗和尚（主要任务是每天给老师做饭），以及——不可避免地——一个老头。

事实上，他似乎从未年轻过。漫长而优雅的苍老绵延了他的整个艺术生命。（这也许正是他越来越迷人，越来越受欢迎的原因，如果作品——音乐，文学，表演，等等——的光芒来源于年轻，那光芒就会日渐黯淡，因为你会越来越不年轻；而如果相反，作品的光芒来源于苍老，它就会日益明亮，因为你会越来越老。）以上面的三张唱片为界，他的苍老可以分为三个阶段：首先是回忆。正如《精选集》封面上那个手抚领带的姿态所暗示的，科恩早期的歌曲充满了回忆，回忆过去（希腊，旧爱，甚至旧情敌），偶尔提及现在（酒，寂寞，纽约的冷），但从不提未来（似乎未来毫无意义，或者根本不存在）。那是一种带着苍老感的回忆，平静，忧伤，经过克制的一丝绝望。比如《苏珊娜》，《别了，玛丽安娜》，以及那首著名的《著名的蓝雨衣》。听这些歌，你仿佛能看见一片雪地，看见素描般的黑色树枝，看见小小音符般的"电线上的鸟"——那也是他的一首歌名。

然后是无所谓。既然——反正——越来越老。无所谓得，也无所谓失；无所谓将来，也无所谓过去。他已经懒得去回忆。他当然也懒得去反抗，懒得去愤怒，懒得去争抢。他甚至懒得去绝望。他已经看穿了这个世界，这个无聊虚伪充满暴力争名夺利的世界。他就像个退休的黑手党（那张戴墨镜吃香蕉的唱片封面就是最好的写照），已经厌倦了打打杀杀的生涯，决定投靠另一个老大：他所爱的女人。因为一切都没有意义。一切都不值一提。除了一件事——爱情。那就是莱昂纳德·科恩式的情歌。苍老而柔美，毫不激烈，毫无保留，把所有的情感与尊严都倾于自己深爱的女人，正如他流传最广的那首歌的歌名：《我是你的男人》（它以小小的、谦虚的黑体印在唱片封面那张黑手党快照的上方）。如果你想要个爱人，他在歌中唱道（用一种近乎喃喃自语的低沉声调），我会对你百依百顺／如果你想要不一样的爱／我会为你戴上面具／如果你想要个舞伴／请牵我的手／或者如果你发火想把我揍趴下／我就在这儿／我是你的男人。我是你的男人。他不停重复着这句话，像是一种咒语，一种哀求，或者，一种祈祷。

然后他继续唱，也继续老。直到有一天他突然感到厌倦——厌倦了唱，也厌倦了老。1994年，六十岁的他——已经是个真正意义上的老人——在南加州伯地山上的禅修中心，开始了长达五年的隐居修行。不久，他正式成为禅宗和尚，法号"自闲"。（具有讽刺意味的是，作为对以往人生的一种告别，"自闲"意为"沉默的一个"。）正是禅宗，以其特有的**为所欲为**，赋予了科恩式苍老新的活力。一种生气勃勃的苍老，一种因为放下自我而变得无所不能的苍老。他开始微笑，开始跳舞，一切都变得自然而然，就像风，就像溪流，就像一棵树或一朵云。五年之后，当他拎着皮箱里的近千首诗歌，从山林回到城市，一如孔子所说，年近七十的老科恩已经"七十而从心所欲，不逾矩"。于是2001年，我们有了《十首新歌》。封面上出现了久违的色彩（一片如同暮色般的蓝色，一抹令人想起晚霞的昏黄），久违的笑意，以及久违的女人（他的伴唱，莎朗·罗宾森[Sharon Robinson]）。他开始继续唱——或者不如说在低声吟诵——"我们依然做爱，在我的秘密人生"，"我老了，但我依然陷入，一千个吻那么深"。他的声音变得更苍老，更深情，仿佛已经没有火焰的温暖炉

科恩的诗与歌　187

火。(苍老使他的深情更加无所畏惧,无所顾忌,同时也无所匹敌,因为苍老对于矫情——深情最容易染上的毛病——有天生的免疫力。)他变得更自由,更轻盈,现在他可以自如地面对一切,通过释放一切——不管那是衰老、死亡,还是情欲。所以2006年,七十二岁的莱昂纳德·科恩,坦白——同时不无狡猾和骄傲——地把自己的新诗集(它们大多来自从伯地山带下的那个皮箱)命名为:《渴望之书》。

这本书现在就摆在我面前。一年多以来,它每天都陪在我身边。必须承认,如果不是因为他的歌,我们也许不会去读他的诗。这很难说是好是坏。一方面,正是那些美妙的歌把我们领向了这些同样美妙的诗。(另一位诗人,挪威老头奥拉夫·H. 豪格,就没这么幸运,虽然他的诗跟科恩的一样迷人,我向你强烈推荐他的诗集中译本《我站着,我受得了》。)而另一方面,他作为歌手的光芒如此耀眼,以至于他的诗和小说很容易被忽略(就像我们忽略贝克特的诗和罗伯-格里耶的电影)。不过,不管怎样,我们的老科恩似乎都无所谓——出于谦逊,出于禅宗式的无我,出于深深的、无名的寂寞,正如他那首名为《头衔》[1]的诗所写的：

>我有诗人的头衔
>
>或许有一阵子
>
>我是个诗人
>
>我也被仁慈地授予
>
>歌手的头衔
>
>尽管
>
>我几乎连音都唱不准
>
>有好多年
>
>我被大家当成和尚
>
>我剃了光头，穿上僧袍
>
>每天起得很早
>
>我讨厌每个人
>
>却装得很宽容
>
>结果谁也没发现
>
>我那大众情人的名声
>
>是个笑话
>
>它让我只能苦笑着
>
>度过一万个

---

[1] [加] 莱昂纳德·科恩著，孔亚雷、北岛译：《渴望之书》，上海译文出版社，2011年。

孤单的夜晚

从葡萄牙公园旁边

三楼的一扇窗户

我看着雪

下了一整天

一如往常

这儿一个人也没有

从来都没有

幸好

冬天的白噪音

消除了

内心的对话

也消除了

"我既不是思想，

智慧，

也不是内在的沉默之音……"

那么，敬爱的读者

你以什么名义

以谁的名义

来跟我一起

在这奢侈

每况愈下

无所事事的隐居王国中闲逛？

闲逛。难道这不是对读诗这一行为——多么**无用**的行为——绝妙而形象的比喻？而我又是以什么名义，在科恩先生那冷幽默、无政府、充满禅意的隐居王国中，毫无节制地闲逛呢？回答是：以一个译者的名义，或者，更抽象一点，以爱的名义。

2009年秋天的那个下午，接到邀请我翻译科恩诗集的电话时，我几乎毫不犹豫就答应下来。回想起来，我至今还感到后怕（但不后悔）。我竟然无视两个最明显的障碍：首先，诗是**不可能翻译**的（诗就是在翻译中丢失的东西——美国大诗人罗伯特·弗罗斯特说）；其次，我不是诗人（只有诗人才有资格翻译诗——我忘了是谁说的）。一向理智（或者你也可以说怯懦）的我，为什么会做出这样鲁莽的决定呢？唯一的解释就是爱。对科恩歌曲的爱。对科恩苍老的爱。说不清到底为什么的爱（我将在后面试着说清楚一点）。因此，当我译到下面这首小诗，我不禁发出会心的微笑（苦笑）。

> 老人和蔼。
>
> 年轻人愤怒。
>
> 爱也许盲目。
>
> 但欲望却不。
>
> ——《老人的悲哀》

因此也许可以说，这本译作的诞生源自爱，而不是欲望。这也是我个人对婚姻和工作（写小说和翻译）的态度。一切都应当**发源于爱，而非欲望**，不是吗？但经验也告诉我们，就过程和成绩而言，最好的效果往往产生于爱与欲望的结合。**爱也许盲目，但欲望却不**。对于婚姻，那会产生一个可爱的孩子；对于写作，那会产生一部美妙的作品。而具体到这本书，这本因为一种盲目的爱而开始的书，我有一个非常明确的欲望：尽可能把它译好。

我花了近一年半时间翻译这部《渴望之书》。其间写了几篇短篇小说（它们后来被收进名为《火山旅馆》的一部小说集里），也在为新长篇做准备（读书，做笔记，锻炼身体）。除周末外，大部分时间我都一个人待在莫干山上的一座石头房子里。清晨 —— 我一般六点起床 —— 在厨房煮咖啡的时候，从窗口可以看见院子里的月季和远处的群山。自然，这种生活经常让我想起科恩在诗中常提到的伯地山。自然，我也能深切体会到他那散发着黑色幽默的孤单。

> 我剃光了头
> 我穿上僧袍
> 我睡在一间小木屋的角落
> 在六千五百英尺的山上
> 这儿很凄凉

我唯一不需要的

就是梳子

——《害相思病的和尚》

但孤独是必需的，无论是对一个和尚，还是一个作家。无论是对修行，还是对写作。对于写作，孤独就像纸笔（或者电脑）、才华和耐心一样必不可少。你只能一个人写（或者翻译）。所以，制造出这本译作的，除了盲目的爱，明确的欲望，还应该加上无边的孤单。此外，值得一提的是，虽然众所周知，翻译诗歌极为困难和不讨巧，但就这本书而言，它有一个特别的优势：它是中英对照版。（一个朋友——也是位诗人——在听到这个消息后宣称，世界上所有的翻译诗集都应该是双语对照版。）因为当然，我的译文**不可能**比原文更好，而且我也可以自豪地——虽然出版中英对照版跟我并没有关系——对我同样热爱和尊重的罗伯特·弗罗斯特先生说，您瞧，**诗**没有丢，它还在那儿。

又一张照片。它是我在一个叫"莱昂纳德·科恩档案"的网站上发现的。这个网站的网址，www.leonardcohenfiles.com，被列在《渴望之书》最后一页致谢名单的第一段。《渴望之书》中的许多诗和画作，最早都发表在这个芬兰网站。点开蓝色主页左侧栏目列表中的 Articles and Interviews（报道与访谈），你立刻就会看见这张照片——《香巴拉太阳》杂志1998年9月号的封面照。拍的是两个和尚（两个老和尚）。在禅室中（书法，白墙，杯钵）。一坐一立。坐着的这位，嘴角下拉，表情严厉（但似乎是装的，就像大人在跟小孩开玩笑），他把脸别向左侧，眼睛故意不看镜头（似乎在说"我才懒得看你"）。他就是科恩在书中常常写到——也画到（也是这副表情）——的"老师"：杏山禅师。站在他身后的当然就是科恩。不，应该叫自闲。这是一个新科恩，一个**新**老头，跟以往的形象完全不同：他留着几乎是光头的短发（颜色花白）；他的站姿恭敬而谦卑；他的眼睛直视镜头；更重要的是，他的脸上流露出一种孩子般顽皮而可爱的笑容，而且似乎在忍着不让自己笑得太明显，似乎他刚刚犯了什么错（干了什么恶作剧），似乎他本该低下眼睛，现在却忍不住要偷偷看上一眼。还有衣服。他和老师都身着古老雅致的僧袍。至于僧袍的具体样式，科恩在一首诗中为我们做了很好的描述：

闹钟凌晨2：30把我叫醒：

我穿上僧袍

和服和褶裙

式样仿自12世纪

弓术家的装束：

再外面是海青

一件厚重的外衣

袖子奇大无比：

再外面是挂络

一种碎布拼成的围兜

上面系着一块象牙色圆环：

最后是四英尺长

蛇一般蜿蜒的腰带

打成一个巨大漂亮的结

像块绞成辫形的哈拉面包*

绑在挂络后面：

总共这些

大概20磅重的衣服

我在凌晨2：30

辉煌的勃起中

快速穿上

——《伯地山的清晨》

* 哈拉面包（challah），犹太教在安息日或其他假日食用的一种辫形或麻花形面包。

我们很难想象，以前的科恩会在他的诗或歌中如此直接地提到"勃起"这个词。早在1984年，科恩出版过另一本带有强烈宗教感的诗集,其中的诗篇在很大程度上受到《圣经》和犹太教律法书的影响,因而被称为"当代赞美诗"(科恩本人则认为它们是一种"祈祷")。与《渴望之书》形成鲜明对比的是,那部诗集的标题叫《仁慈之书》。所以,如果说西方宗教是在教我们如何仁慈地去面对这个世界,那么禅宗就在教我们如何坦诚地去面对这个世界,并且在禅宗看来,那实际上也就是如何坦诚地面对自己(因为世界和"我"已经融为一体),面对自己的存在,自己的消失,和自己的渴望。这种坦诚,说到底,是一种终极的超脱,它也体现在禅宗对于自身的态度上,禅宗甚至根本不把自己当成一种宗教——虽然当了禅宗和尚,但作为一名犹太人,科恩仍旧是个虔诚的犹太教徒。当《纽约时报》的记者问他如何在这两者间保持一致时,他回答说,"好多年前艾伦·金斯伯格也问过我同样的问题……首先,在我练习的禅宗传统里,没有虔诚的崇拜,也没有一个确定的神灵。所以理论上这对任何犹太信仰都不构成威胁"。的确,在《渴望之书》里,我们看不到虔诚的崇拜(他和老师一起喝酒——结果被灌醉;他给老师放重要的黄色录像——结果老师看睡着了,并在醒来后说"研究人类的爱很有意思,但也不是那么有意思"),也看不到确定的神灵(信上帝/真的很好玩/什么时候你一定要试试/现在就试/看看上帝/是不是/想让你/信他),我们只看到生命的坦然。那是一种禅宗所特有的,近乎天真的（但绝不幼稚），孩子般的坦然。如果我们要用一种表情来形容这些诗和画，那么毫无疑问，那就是科恩在与杏山禅师合影上所露出的老顽童式的笑容。它们带着恶作剧的幽默，清澈的智慧，以及由于摆脱了时间和焦虑控制的自在与喜悦。就像下面这几首奇妙的，俳句般的小诗：

每次我告诉他
接下来我想干什么，
莱顿就严肃地问：
莱昂纳德，你确定
你做的是错的吗？

——《莱顿的问题》

亲爱的，现在我有个黄油杯
形状做得像奶牛

——《黄油杯》

月亮在外面。
刚才我去小便的时候
看见了这个伟大而简洁的东西。
我应该看得再久一点。
我是个可怜的月亮爱好者。
我突然就看见了它

对我和月亮

都是这样。

——《月亮》

我做爱时作弊

她觉得很棒

她给我看

你只会给作弊者

看的东西

——《作弊》

在《作弊》这首诗下方,有一张小小的、妖冶的黑白裸女画。而在《月亮》下方,有两张稍大一点的画,一张是禅味十足的竹枝和月亮,一张是一朵梅花和科恩头像。在点缀书间的近百幅手绘小画中,占据前三位的主题依次为:自画像(大多很丑),裸女(丰乳肥臀),老师(样子很拽)。只要稍加观察,你就会发现——相对应地,那也是这部诗集最重要的三个主题:自我(丑陋的),欲望(旺盛的),禅宗(严厉的)。这三个主题是相互关联的。所有宗教都为了同一个目的而存在:解决做人的痛苦。禅宗也不例外(在广义上它仍然是一种宗教)。而人的痛苦主要来自两方面:精神和物质,或者具体一点,自我和欲望。但与所有其他宗教不同的是,禅宗提出的解决方法独具一格，甚至可以说绝无仅有：它主张面对，而不是逃避；它主张陶醉，而不是忍耐；它主张当机立断，而不是沉思冥想；它主张融入当下，而不是寄望来世；它主张依靠自己，而不是祈求神灵。更奇特的是，它战胜对手的手段不是打倒对手，而是**拥抱**对手。那种拥抱放肆而放松，有力而无心，瞬间而永恒，于是一切都融为一个不可分割的整体，于是也就无所谓——不存在——什么对手，什么成败，什么生死。于是自我变成无我。欲望变成希望。悖论成为真理。在禅宗声东击西的指引下（当然它会否认有过任何指引），我们进入了一个新世界，一个真正的**勇敢新世界**（跟赫胥黎笔下的完全不同）。

《渴望之书》，就是老科恩在那个新世界的笔记。

所以我们的老科恩开始勇敢地——放松而放肆地——拥抱他的自我和欲望。在那些线条狂野的自画像旁边，有这样一些手写的句子：生气勃勃／但已经死了；脸可以被画得看上去一点都不蠢／但却不平衡得吓人；发火，晚上11点；感觉不错；我们不会整场演出都待在那儿；我一直没找到那个女孩／我一直没发财／跟我学。而我觉得最有趣（也最有代表性）的是下面两条：担心，当然／失败，当然／老了，当然／感恩，当然／自从／背景／消失以后；以及还在看女孩／但根本／没有女孩／一个都没有／只有（这会害死你）／内心的平静／与和谐。

所以在一个《心乱之晨》，面对自己的欲望，他表现出几乎令人伤感的直白：

> 啊。那。
> 那就是我这个早晨
> 如此心乱的原因：
> 我的欲望回来了，
> 我再一次想要你。
> 我做得很好，
> 我超然面对一切。
> 男孩和女孩们都很美丽
> 而我是个老人，爱着每个人。
> 但现在我再一次想要你，
> 想要你全部的注意，
> 想要你的内裤迅速滑落
> 还挂在一只脚上，
> 而我脑海一片空白
> 只想着要到
> 那唯一的里面
> 那里
> 没有里，也没有外。

所以他开始抖落那些现成的框架和概念——就像在阳光下抖落僧袍上的灰尘——用更动物性、更直观、更接近孩童的方法去解决问题：

>我从未真正听懂
>
>他说的话
>
>但时不时地
>
>我发现自己
>
>在跟狗一起叫
>
>跟鸢尾花一起弯腰
>
>或用其他的小方式
>
>排忧解难
>
>　　　　　　　——《老师》

所以悖论成为真理（唯一的）：成功就是失败，失败也就是成功。学禅就是不学禅，学成就是学不成。在一首《禅的崩溃》中，他以一段充满欲望的场景开始：

>我可以把脸
>
>塞进那个地方
>
>跟我的呼吸搏斗
>
>当她垂下热切的手指
>
>　打开自己，
>
>好让我用整个嘴
>
>解除她的饥渴，

>她最隐秘的饥渴 ——
>我何必还要开悟?

我何必还要开悟?科恩在诗中不断地反问(就像反复出现的主音旋律),直到诗的最后两行:我何必在开悟的祭坛上瑟瑟发抖?/我何必要永远保持笑容?当他最终在五年后"离开伯地山",他干脆坦然承认:我最终明白了/我不是修行的料。(或许这正是修行成功——至少在某种意义上——的标志?)而当他回到万丈红尘,《向R. S. B. 汇报》(R. S. B是Ramesh S. Balsekar的缩写,印度圣人尼萨伽达塔·马哈拉吉的门徒,著名的不二论哲学大师),则用一种充满自嘲的"无我"总结了他的禅修成果:

> 平静没有进入我的生活。
> 我的生活逃走了
> 　　而平静还在那儿。
> 我常常碰见我的生活,
> 当它想歇口气,
> 付账单,
> 或忍受那些新闻,
> 当它一如既往
> 被某人
> 　　美的缆绳绊倒 ——

> 我小小的生活：
> 如此忠诚
> 如此执着于它那模糊的目标——
> 而且，我急忙汇报说，
> 没有我也干得很好。

没错，这是个新的世界，有新的光线，但它并没有失去旧世界的美好。它只是让原有的美好显得更加轮廓鲜明，更加毫无矫饰。因为无论从什么角度看，禅宗都更像一种自然而然的过渡和延续，而非某种人为的侵入或纠正。它就像晨光，暮色，花开，月亮，是在几乎无法被意识到的时间之流里不知不觉地发生。因此，当我们这些被科恩歌声吸引而来的人，当我们在这座禅园般的隐居王国里闲逛（无论是以译者的名义还是粉丝的名义），我们不会感到有任何陌生或不适。他还是我们亲爱的老科恩。不管身着西装还是僧袍，他那迷人的招牌式苍老都依然如故——不，也许更自然，更简洁，更深邃。他依然回忆：

> 我坐在这张桌旁
> 大约四十年前
> 那些歌
> 正是从这里开始——
> 忙碌得像只

>　　寂寞的蜜蜂

>　　　　　　　　——《餐桌》

他依然无所谓：

>　　时光感觉多么甜蜜
>　　当一切都太晚

>　　当你不必再跟随
>　　她摇曳的臀部

>　　一路进入
>　　你饥渴的想象

>　　　　　　　　——《甜蜜时光》

他依然失落：

>　　我和树叶一起走路。
>　　我和铬一起发亮。
>　　我几乎还活着。
>　　我几乎很舒服。

>　　没人可追随

没东西可教，

除了一点：目标

不可能达到。

——《目标》

他依然渴望：

今天早晨上帝打开我的眼睛

松开睡眠的绷带

让我看见

那个女侍者的小耳环

和她的小乳房

——《打开我的眼睛》

当然，他也依然情深款款。在这里，科恩写下了也许是世界上最简洁、最深情，也最动人的情诗，它仿佛是那首《我是你的男人》的遥远回声，正如诗的标题——《最甜蜜的短歌》——所暗示的，它只有短短两行：

你走你的路

我也走你的路

＊ ＊ ＊

我第一次听科恩的歌是在2003年1月。我记得这么清楚是因为几乎就在同时，我辞去了报社的工作（当时我是书评版编辑），决定全力以赴——在三十岁来临之前——写出自己的第一部小说。那年我二十八岁。我在一个朋友，一个先锋音乐家的旧公寓里（里面的唱片堆积如山）听到了那张《十首新歌》。（也许是某种巧合，也是在这个朋友家里，在他的唱片堆里，我**找到**了我第一部小说的名字：不失者——它是日本实验音乐家灰野敬二的一个乐队组合。）我立刻迷上了科恩。就像对我迷上的其他那些作家（比如让·艾什诺兹），歌手（比如比莉·哈乐黛）和导演（比如大卫·林奇）一样，我开始四处搜寻科恩的作品。不久——大概半年后——我就拥有了他的大部分CD，包括我在文章开头提到的那三张（大多是在杭州翠苑夜市卖原版唱片的地摊上淘到的，可惜这个夜市现在已经消失）。

虽然我做出辞职写作的决定跟听到科恩的歌并没有直接关系，但现在回想起来，科恩的歌，科恩的歌声，显然使我更加坚定了自己的决心——或许是在下意识里。那也解释了，为什么我在辞职后写的第一篇文章不是小说，而是一篇小小的，关于莱昂纳德·科恩的乐评。那篇乐评的标题是：《我老了》。

我老了。也许那就是我决定辞职的原因。也许那就是我——天真而偏执地——想在三十岁之前写一部小说的原因。我不想再浪费生命。我开始意识到我只有一次生命,而且它不可能重来。我必须抓住这唯一的机会,去做我想做的事(对我来说那就是写小说)。所以在我听来,科恩那苍老醇厚的歌声,仿佛是一种温暖的安慰和鼓舞。你只能活一次,他仿佛在说,所以要用**全部**力量,去爱你所爱的人,去做你想做的事。

我开始经常听他的歌,特别是在写《不失者》那段时间。我总在傍晚听,在吃完晚饭,结束一天的工作之后。坐在沙发上,一边喝廉价葡萄酒一边大脑一片空白地听。与其说是听音乐不如说在发呆。回过神来,房间里往往已经一片黑暗,而歌声听上去就像是黑暗本身在唱。有种安宁而充实的幸福感。就像被包裹在一个茧里面。你被茧里的黑暗(以及黑暗中的歌声)保护着。你知道自己在做正确的事——做你想做的事,而且会把它做好。

所以也许这很自然——甚至可以说必然——在《不失者》的一个场景里出现了科恩的歌(就像电影原声那样,这是小说原声)。不过,我并不是刻意要那样做。只是在写到那个部分时,我突然觉得那样的场景**应该**配上科恩的音乐。那是个面对死亡的场景,或者说,临死之前的场景(虽然跟世界上大部分小说的主人公一样,最后他并没有死)。为了更好地说明这个场景(为了更好地说明我对科恩**盲目的爱**），请允许我用一句话概括一下《不失者》的故事：一个普通的都市白领，有一天忽然发现自己是名**不失者**——出于某种特殊的商业利益，他的人生（记忆，工作，生活）完全受控于某个庞大的神秘组织，于是为了找回失去的记忆，为了追寻真正的自我（就像侦探小说里的追查真凶），他踏上了一场诡异的逃亡之旅（就像公路电影那样奇遇不断）。这个场景发生在故事的一半。主人公（以及一个女孩）本想逃入深山，但由于进山的道路被泥石流堵住，所以他们决定——也只能——在羁留的海边小镇上静静地等死。一对年轻男女，肩并肩坐在防波堤上，面对深夜月光下的大海，一首接一首地听着科恩，像等待天亮一样等待着死亡的光临。

就是那样的场景。

虽然写的时候并没有多想，但现在看回去（就在我写这篇文章的现在，此刻），我似乎突然发现了一个秘密。一个关于科恩的秘密。一个关于我对科恩"盲目的爱"的谜底。为什么我会那样本能地、自然而然地为那个场景配上科恩的音乐呢？那个场景有什么特别之处呢？答案——或者说秘密——就是死。也许在我们的内心深处，在我们的潜意识里，科恩的歌——或者可以扩大一点，科恩的诗与歌——让我们想到死。感觉到死。它们是面对死亡的诗与歌。它们并不抵抗，也不逃避，只是平静地，甚至温柔地凝望。凝望着无所不在，仿佛暗夜般的死亡。但那黑暗并不可怕。或者说，并没有我们想象的那么可怕。科恩的歌好像在告诉我们，黑暗也可以是一种保护，一层温暖的茧。死也一样。死也可以是一种保护，一种温暖的限制。我们常常都忘了自己会死，不是吗？所以我们才会成为不失者。所以我们才会糟蹋自己好不容易才轮到的人生。所以才有政治和战争，欺骗和罪恶。是死在保护我们。提醒我们。教导我们。教我们珍惜，教我们勇敢，教我们去爱，去劳动，去制造艺术。去怎样真正活着。

对，我想这就是我如此热爱科恩的原因，这就是为什么六年后的一个下午，我会毫不犹豫地答应翻译这本《渴望之书》。

八十部小说环游地球：
艾拉博士的神奇写作

1953年，布宜诺斯艾利斯，一位叫贡布罗维奇的四十九岁波兰流亡作家写下了也许是文学史上最有名（也最伟大）的日记开头：

星期一
我。

星期二
我。

星期三
我。

星期四

我。

与此同时，同样在阿根廷，一座距布宜诺斯艾利斯三百英里的外省小镇，普林格莱斯上校城，住着一个四岁的小男孩：塞萨尔·艾拉。他也将成为一位作家——一位跟贡布罗维奇同样奇特的作家。事实上，今天他已被广泛视为继博尔赫斯之后，拉丁美洲最奇特、最具独创性的小说家之一。自然，当时的小男孩艾拉对此一无所知。跟世界上所有的四五岁儿童一样，对他来说，"将来"（以及"文学"，或"艺术"）还不存在。他还处于自己个人的史前期，其中只有永恒的当下，和一种"动物般的幸福"（尼采语）。多年后，已成为知名小说家的艾拉，对这种史前童年期有段极为精妙的阐释：

> 神秘主义者和诗人们所梦寐以求的，对现实的直觉性吸收，是儿童每天都在做的事。之后的一切都必然是一种贫化。我们要为自己的新能力付出代价。为了保存记录，我们需要简化和系统，否则我们就会活在永恒的当下，而那是完全不可行的。……（比如）我们看见一只鸟在飞，成人的脑中立刻就会说"鸟"。相反，孩子看见的那个东西不仅没有名字，而且甚至也不是一个无名的东西：它是一种无

限的连续体,涉及空气,树木,一天中的时间,运动,温度,妈妈的声音,天空的颜色,几乎一切。同样的情况发生于所有事物和事件,或者说我们所谓的事物和事件。这几乎就是一种艺术品,或者说一种模式或母体,所有的艺术品都源自它。[1]

因而,他接着指出,所谓令人怀念的童年时代,也许并非我们通常认为的那种"天真的自然状态",而是一种"无比丰富,更加微妙和成熟的智力生活"。这或许是我们听过的关于童年(也是关于艺术)最动人而独特的解读之一。它出自塞萨尔·艾拉一篇自传性的短篇小说,《砖墙》。"小时候,在普林格莱斯,我经常去看电影。"这是小说的第一句。以一种异常清澈的口吻,它从一个成熟作家的视角,回忆了自己童年时最要好的小伙伴米格尔,以及最热衷的爱好——看电影。而将这两者交织起来的,是一个叫"ISI"的游戏,其灵感来自他们看的一部希区柯克电影,《西北偏北》——在阿根廷放映时的译名是《国际阴谋》(那就是"ISI"这个名字的由来:"国际秘密阴谋"的英文缩写)。这个游戏最基本的规则就是保密:"我们不允许向对方谈起ISI;我不应该发现米格尔是组织成员,

---

[1] [阿] 塞萨尔·艾拉著,孔亚雷译:《砖墙》,见于《音乐大脑》,浙江文艺出版社,2019年。

八十部小说环游地球:艾拉博士的神奇写作

反之亦然。交流通过放在一个双方商定的'信箱'中的匿名密件来进行。我们说好那是街角一栋废弃空房的木门上的一道裂缝……"于是一方面,他们通过"密件"交流进行"ISI"游戏("编造某种迫在眉睫的危险,或互相发出拯救世界的命令,或指出敌人的行踪……"),另一方面,他们又假装已经彻底忘了ISI这回事,他们继续一起玩别的游戏,从不提及ISI。至于为什么要制定这种奇妙的、自欺欺人的游戏规则,作者说那是因为:

> 机密是所有一切的中心。……(但)我们一定知道——很明显——我们不管做什么都不会引起大人的丝毫兴趣,这贬低了我们机密的价值。为了让秘密成为秘密,它必须不为人知。由于我们没有其他人,我们就只能不让我们自己知道。我们必须想办法将自己一分为二,而在游戏的世界里,那也并非完全不可能。

将自己**一分为二**——这既是这个游戏的核心,也是这篇小说的核心:它事关写作本身。在写作,尤其是小说写作的世界里,"将自己一分为二"不仅可能,而且必须。因为写小说在本质上就是一种游戏,一种特殊的、"ISI"式的游戏:一方面,当然是作家本人在写,但另一方面,作家又必须假装忘记是自己在写(以便让笔下的世界获得某种超越作者本人的生命力，让事件和人物自动发展）。而且由于写作是一个人的游戏，作家就只能自己不让自己知道——他（她）必须"想办法将自己一分为二"。在很大程度上，这是个微妙的分寸问题。而对这一分寸的把握能力（既控制，又不控制；既记得，又忘记），往往决定了作品的水平高低。

就这点而言，塞萨尔·艾拉无疑是个游戏大师。（另一位奇异的小说家，村上春树，也表达过类似的观点，他在一次访谈中称写作"就像在设计一个电子游戏，但同时又在玩这个游戏"，仿佛"左手不知道右手在做什么"，有种"超脱和分裂感"。）所以，《砖墙》被置于《音乐大脑》——他仅有的两部短篇小说集之一（另一部是《上帝的茶话会》）——的开篇，也许并非偶然。写于作家六十二岁之际，它并不是那种普通的追忆童年之作，而更像是对自己漫长（奇特）写作生涯的某种总结和探源。因此，只有将它放到塞萨尔·艾拉整个写作谱系的背景下，我们才能发现它所蕴藏的真正涵义——就像一颗钻石，只有把它拿出幽暗的套盒，放到阳光下，才能看见那种折射的，多层次的，充满智慧的美。

塞萨尔·艾拉与贡布罗维奇几乎擦肩而过。1967年，当十八岁的艾拉来到布宜诺斯艾利斯（此后他便一直居住在这座城市），贡布罗维奇刚于四年前，1963年，离开阿根廷去了欧洲——他再也没回来（他1969年在法国旺斯去世）。但我们几乎可以肯定，艾拉读过贡氏那部著名的《费尔迪杜凯》。这不仅是因为那部小说的知名度和艾拉巨大的阅读量，更是因为《费尔迪杜凯》本身：一个三十多岁的落魄作家突然返老还童，变成一个十几岁的少年？一场试图砸破所有文明模式——从学校、城市、乡村到爱情、道德、革命，甚至时空——的荒诞疯狂冒险？这听上去几乎就像是从塞萨尔·艾拉的八十部小说中随便挑出的某一部。

八十部？对，你没听错。八十部。（事实上，这个数字还在增加，因为他还在以每年一到两部的速度出版新作。）迄今为止，艾拉先生已经出版了八十（多）部小说。它们有几个共同点。首先，它们都是字数在四到六万之间的微型长篇小说。其次，它们在文体和题材上的包罗万象，简直已经达到了某种人类极限。它们囊括了我们所能想到的几乎所有小说类型：从科幻、犯罪、侦探、间谍到历史、自传、（伪）传记、书信体……而它们讲述的故事包括：一个小男孩因冰激淋中毒而昏迷，醒来后成了一个小女孩；关于风如何爱上了一个女裁缝；一名十九世纪的风景画家在阿根廷三次被闪电击中；一种能用意念治病的神奇疗法；一个小女孩受邀参加一群幽灵的新年派对；一名韩国僧侣带领一对法国艺术家夫妇参观寺庙时进入了一个平行世界；一位政府小职员突然莫名其妙地写出了一首伟大诗歌……但在所有这些犹如万花筒般诡丽的千变万化中，我们仍能确定无误地感受到某种不变，某种统一性。那就是叙述者——也就是塞萨尔·艾拉——的声音。这是那八十多部作品的另一个共同点：它们都是某种奇妙的矛盾混合体——尽管在想象力上天马行空，极尽狂野和迷幻，它们却都是用一种清晰、雅致而又略带嘲讽的语调写成。其结果是，当我们翻开他的小说，就像跌入了一个彩色的真空漩涡，或者《爱丽丝漫游奇境》中的兔子洞：一方面是连绵不绝、犹如服用过LSD似的缤纷变幻，但同时另一方面，我们又仿佛飘浮在失重的太空，感到如此悠然、宁静，甚至寂寥。

要探究塞萨尔·艾拉的这种矛盾性，我们可以从两方面入手：他的写作源头和写作方式。所有好作家（及其风格），在某种意义上，都是自我教育的结果。虽然塞萨尔·艾拉常被拿来与自己的著名同胞，博尔赫斯，相提并论，虽然他们的作品都有博学、玄妙和神秘主义的倾向，但实际上他们的品位和气质却有天壤之别。因为他们的自我教育方式完全不同。博尔赫斯的写作源头是父亲的私人图书馆，是《贝奥武夫》、《神曲》、莎士比亚、拉丁语、大英百科全书——总之，典型的高级精英知识分子；而塞萨尔·艾拉呢？是在家乡小镇看的两千部商业电影（大部分都是侦探、科幻之类的B级片），是从小鱼龙混杂无所不包的超量阅读（平均每天都要去图书馆借一两本），以及上百本仅在超市出售的英语畅销低俗小说（他甚至将它们都译成西班牙文卖给了一个地下书商）。所以，很显然，上述那些"神奇"的、散发出强烈"B级片"风味的故事情节正是源于此：盛行于上世纪五六十年代到八十年代的通俗流行文化。

而与这一源头形成鲜明对比的，是塞萨尔·艾拉的写作方式。虽然拜波普艺术所赐，通俗文化产品的地位有所提高，但在本质上它仍然是**反**艺术的，决定这一点的是它的制作方式：模式化和速成化。但塞萨尔·艾拉的写作方式却正好相反，它缓慢、严肃、精细——一种典型的福楼拜式的纯文学写作。根据传说，每天上午他都会出现在布宜诺斯艾利斯的某家咖啡馆，一边喝咖啡一边写上三四个小时，也许只写几个字，或者几十个字，最多不超过几百个字。如此日复一日，年复一年，从不中断。但跟福楼拜不同（事实上，跟世界上所有其他作家都不同），他从不修改。（是的，你没听错。从不修改。）也就是说，比如，不管周五时觉得周三写得如何，都绝不放弃或修改周三写下的东西——就好像不可能放弃或修改周三说过的话，或做过的事，仿佛作品**就是**人生，同样不可能更改或修正。他甚至给这种写法取了个名字："一路飞奔式写作"。

这怎么可能？毕竟，如果说小说世界有优于现实世界之处，那就是它更为有序，而这种不露痕迹的有序通常是作家反复打磨修改的结果。所以这只有两种可能：一，他写得极其谨慎而缓慢；二，传统小说世界中的有序——故事情节、逻辑推进、道德（或社会）意义——对他毫无意义，毫不重要。

也许那正是为什么他的作品题材如此多变：因为故事对他毫不重要。所以他可以随便使用什么故事——任何故事。如此一来，还有什么比流行通俗文化更好的故事资源？还有什么比它们更可以信手拈来，更取之不竭、引人注目、多姿多彩？

对流行文化进行文学上的回收再利用，这显然并非他的独创。后现代文学中的"戏仿"由来已久：最典型的例子莫过于唐纳德·巴塞尔姆的《白雪公主》和托马斯·品钦的《万有引力之虹》。（前者的戏仿对象是格林童话，后者则是侦探和战争小说。）但似乎是为了平衡文本的轻浮与滑稽感，这些戏仿作品往往被赋予了某种道德重量——想想《白雪公主》中强烈的社会批判，以及《万有引力之虹》中的战争和性隐喻。但塞萨尔·艾拉不同。虽然他的叙述语调也略带嘲讽，但那是一种优雅而节制的，托马斯·曼式的嘲讽。他那些表面令人眼花缭乱的作品，更像是对空洞流行文化的一种"借用"，一种"借尸还魂"。或者，换句话说，他是在用无比精致的文学手法描述一种无比空洞的内容。

这才是塞萨尔·艾拉的文学独创：一种奇妙的**空洞**

感。要更好地揭示这一点，我们还必须借助那篇《砖墙》。"最近有人问起我的品味和偏好，"小说的叙事者——即小说家本人——告诉我们，"当提到电影和我最爱的导演，对方提前代我回答说：希区柯克？"他说是的，然后他说如果对方能猜出他最爱的希区柯克电影，他会对其洞察力更加钦佩。对方想了想，自信地报出了《西北偏北》（而它恰好也是"ISI"游戏的灵感来源）。对此，塞萨尔·艾拉分析说：

> 这让我怀疑《西北偏北》与我想必有某种明显的类似。它是部著名的**空缺**电影，一次大师的艺术操练，它清空了间谍片和惊悚片中所有的传统元素。由于一帮笨得无可救药的坏蛋，一个无辜的男人发现自己被卷进了一桩没有目标的阴谋，而随着情节的展开，他能做的只有逃命，根本搞不清到底怎么回事。环绕这一空缺的形式再完美不过，因为它仅仅是形式而已，换句话说，它无须跟任何内容分享自己的品质。

在这里，塞萨尔·艾拉清楚地点明了自己的秘密：他写的是一种**空缺小说**。所以，如果说那些通俗文化产品表面上的多姿多彩是为了**掩饰**其内容的空洞无物，那么对塞萨尔·艾拉的作品而言，它们的多姿多彩恰恰是为了**凸显**

其内容的空洞无物。因为只有如此，才能让环绕这种空无的形式显得"再完美不过"，才能让形式"仅仅是形式"，而"无须跟任何内容分享自己的品质"。

于是，这样看来，塞萨尔·艾拉似乎已经完成了福楼拜的夙愿：写出一种没有内容只有形式的小说，一种纯粹的小说。（尽管他采用的方式是极为拉美化的——因极繁而极简，因疯狂而冷静，因充实而空无。）但我们仍无法满足。仅仅是形式？什么形式？"无须跟任何内容分享自己的品质"——那是什么品质？

我们对后现代文学中的形式创新并不陌生。从法国"新小说"的极度客观化视角（以罗伯-格里耶的《橡皮》《嫉妒》为代表），到对各种新媒体的兼收并用（比如在珍妮弗·伊根的《恶棍来访》中，有一章完全是用PPT呈现）。但塞萨尔·艾拉似乎对这种叙述方式的创新毫无兴趣——他的笔法和结构，正如我们之前说过的，一向简朴而精确到近乎古典。（如果用电影做比喻，他与另一位拉美后现代小说大师波拉尼奥的区别，就是希区柯克与大卫·林奇的区别。）那么他所谓的"形式"和"品质"到底是指什么呢？也许我们可以从他另一部具有浓郁自传性的小说，《艾拉医生的神奇疗法》中找到答案。

《艾拉医生的神奇疗法》——这一标题就颇具意味。虽然化身为医生，我们仍可以一眼看出那就是塞萨尔·艾拉本人。名字一模一样不说（而且"医生"这个词，无论在英语还是西班牙语里，都同样有"博士"的意思），难道还有什么比"治疗"更适合用来象征"写作"吗？小说这样开场：

> 一天清晨，艾拉医生突然发现自己走在布宜诺斯艾利斯某街区的一条林荫道上。他有梦游症，在陌生但其实很熟悉的小道上醒来也没什么奇怪（熟悉是因为所有街道都一样）。他的生活是一种半游离半专注、半退场半在场的行走。在这种交替中，他创造了一种连续性，即他的风格，或者说，如果一个周期结束，也就创造了他的生命——他的生命将一直如此，直到尽头，直到死亡。[1]

我们完全有理由将这段话视为某种隐晦的自传。"一种半游离半专注、半退场半在场的行走"——这不禁叫人想起"ISI"游戏（想起"ISI"游戏式的写作，确切地说）：我们必须将自己一分为二。事实上，在小说的第二章，当艾拉医生开始写作自己那部活页册式、带有百科全书性质的毕生著作《神奇疗法》时，他已经表现得越来越

---

[1] ［阿］塞萨尔·艾拉著，于施洋译：《艾拉医生的神奇疗法》，浙江文艺出版社，2019年。

像小说家艾拉（而那部著作，显然是在暗指艾拉本人的八十多部小说——就像巴尔扎克的《人间喜剧》，它们也可以被合称为《神奇写作》）：

> 写作收纳一切，或者说写作就是由痕迹构成的……究其本源，写作的纪律是：控制在写作本身这件事上，保持沉稳、周期性和时间份额。这是安抚焦虑的唯一方式……多年以来，艾拉医生养成了在咖啡馆写作的习惯……习惯的力量，加上不同的实际需求，让他到了一种不坐在某家热情的咖啡馆桌前就写不出一行字的地步。

但不管怎样，让我们继续假装那不是艾拉作家，而是艾拉医生。（因为阅读小说，在某种意义上，也是一种"ISI"游戏，我们也必须将自己一分为二：既知道那是虚构，又假装那是真的。）在经历了一场好莱坞式的闹剧之后，我们终于抵达了小说的最高潮——为拯救一名垂危的富商，艾拉医生决定当众施展他的神奇疗法：

> 真相大白的时刻近了。
> 真相就是他还没决定好要做什么。最近两天他琢磨了各种办法，但都没什么把握，就像最近几十年一样，自从年轻时领会到神奇疗法那个遥远的一

天起。从那时到现在,他的想法基本保持原样……总会有办法的……只要时间向前走,他一定会做出点什么。不是严格的即兴发挥,而是在他一辈子的珍贵反思中找到那个恰好合适的动作。这与其说是即兴,不如说是瞬时记忆训练。

所以,这就是艾拉医生(作家)的神奇疗法(写作):一种完全基于直觉的即兴发挥。所以塞萨尔·艾拉作品中独特的"形式"和"品质"不在于写作形式上的创新,而在于写作**方式**上的创新——那是一种完全地、几乎百分之百依赖直觉的写作(那也是他写作极为缓慢,并从不修改的真正原因)。如果说所有小说家或多或少都在玩着"ISI"式的游戏,那么没有人比塞萨尔·艾拉玩得更彻底,更疯狂——但同时也更冷静。

那是一种孩童式的冷静(兼疯狂)。因为这种彻底的直觉性写作,意味着要有一种超常的直觉力,而正如我们在文章开头所引用的,塞萨尔·艾拉对童年和艺术起源的解析:"神秘主义者和诗人们所梦寐以求的,对现实的直觉性吸收,是儿童每天都在做的事。"那也正是塞萨尔·艾拉的每部小说都在做——或者说,竭力在做——的事:对现实的直觉性吸收。于是他的小说常常让我们感觉像一种"无限的连续体",涉及星辰、超市、电影院、椴树、幽灵、狗、变老、阿尔卑斯山、睡眠、音乐、革命、暮色、马戏团……总之,"几乎一切"。于是,在《我如何成为修女》中,在一支有毒冰激淋的引导下,一个六岁小男孩(或小女孩)展开了一场糅合了幻觉、悲伤和自我认知(一种情感上的"无限连续体")的心理探险之旅;《风景画家的片段人生》则是真正的探险:一名流连于潘帕斯草原的德国风景画家竟然三次被闪电击中,虽然脸部被严重毁容,但他幸存了下来,并继续作画——极端的生理体验,壮阔的美洲风景,都与艺术的神秘交织在一起;而在《鬼魂的盛宴》中,我们将面对一个问题:假如收到来自另一个世界的派对邀请,你会接受吗——如果前提是你必须先去死?

尽管同样充满了各种超现实主义事件,但相对于以马尔克斯为代表的"魔幻现实主义",塞萨尔·艾拉或许更应该被称为"神奇现实主义"。因为"魔幻"这个词更偏于成人化,更有人工意味,所引发的寓言效果——正如马尔克斯在《百年孤独》中向我们展示的——更富含历史与政治性。而"神奇"则显然更接近童年与直觉,更为轻盈、纯粹而超脱。但请注意,我们要再次回到文章开头塞萨尔·艾拉对童年的解读:这种童年式的"神奇"并非某种"天真的自然状态",而是一种"无比丰富,更加微妙和成熟的智力生活"。于是相对应地,较之《百年孤独》那种浓烈的历史和政治寓意,塞萨尔·艾拉的"神奇现实主义"所散发的寓言感,则显得既单调又丰富。单调,是因为它只要用一个字就可以总结:"我"。而丰富,是因为这个"我"时刻都在对现实进行孩童式的"直觉性吸收",一如塞萨尔·艾拉举例所用的"鸟"。在孩子(及塞萨尔·艾拉的小说)那里,"我"不仅不是我,甚至也不是"无我","我"是"一种无限的连续体","我"就是一切,而一切也都是"我"。(而既然是**一切**,当然就已经包含了历史和政治。)

同时,这个"我"也是直觉的最终源头。因为即使你抛弃一切,你也永远无法抛弃"我"。(因为仍然是"我"在抛弃。)"我"是最卑微而弱小的,但同时也是最基本、最强大、最高贵而永久的。"我"最繁复又最简洁,最充实又最虚空。这个"我"并不局限于狭窄的个人视角,而更接近一种无限的,孩子般的"忘我"。正是这个"我",定义了塞萨尔·艾拉小说世界最核心的品质:既一无所有,又无所不有。

于是,我们似乎完全可以套用贡布罗维奇那奇妙的日记开头,来形容塞萨尔·艾拉的八十(多)部小说。《艾拉医生的神奇疗法》:我。《我如何成为修女》:我。《风景画家的片段人生》:我。《幽灵》:我。我。我。我。我……

但贡布罗维奇的"我"与塞萨尔·艾拉的"我"有本质的区别。《费尔迪杜凯》同样是一部关于"我"的小说。

这不仅指小说主人公显然就是作者本人的缩影，更是指主人公"自我身份"的不停转化：他先是逃离了自己的作家身份，变成一个叛逆的中学生；接着他又逃离学校，穿越城市与乡村，成为一个局外人；来到姨妈的旧式庄园，他摇身一变成了贵族；通过挑动农民反抗地主，他又俨然成了一名革命者；而当他最终逃离一片混乱的庄园，他发现自己又不得不扮演起多情爱人的角色……因此，我们看到，《费尔迪杜凯》中的荒诞历险实际上是一场永无止境的逃离——逃离各种各样的"我"。因为根本没有真正的"我"。在贡布罗维奇看来，所谓"自我"，不过是社会文明机器制造出的各种模式化的面具。不管怎样逃离，我们都逃不开一个虚伪、造作、角色扮演式的"我"。

而塞萨尔·艾拉则正好相反。如果说在他那流动、飘忽、时而令人晕眩的小说世界里有什么是固定不变的，那就是"自我"。对他（以及他赖以为生的直觉）而言，"我"不是文明社会的假面具，而是他在这个变幻无常、充满焦虑的世界中最后的，也是唯一的依靠。这种对"自我"的执着与固守，在他的另一篇短篇杰作《毕加索》中，通过一个身份认同的难题，得到了完美的展现。

那个难题就是：如果有个神灵让你选择，是拥有一幅毕加索，还是成为毕加索，你会选哪个？初想之下，似乎任何人——包括故事的叙述者，一位小说家（显然又是艾拉本人）——都会毫不犹豫地选择后者。"谁不想成为毕加索？"作者自问，"现代历史上还有比他更令人羡慕的命运吗？""任何人处在我的位置都会选择第二项"，他接着说，因为它已经包含了第一项：毕加索不仅可以画出所有他喜欢的作品，而且保留了大量自己的画作——此外，变成毕加索的优点还不止如此，那还意味着能享受到一种无与伦比的创造极乐。但最终，他还是选择了前者，原因是：

> 一个人要变成其他人，首先必须不再是自己，而没人会乐意接受这种放弃。这并不是说我自认为比毕加索更重要，或更健康，或在面对生活时心态更好。……然而，受惠于长期以来的耐心努力，我已经学会了与自己的神经质、恐惧、焦虑，以及其他精神障碍和平共处，或者至少能做到将它们置于我的控制之下，而这种权宜之计能否解决毕加索的问题就无法保证了。

这里有一种优雅的宿命感，一种平静的自认失败，一种带着适度心碎的放弃。它们不时闪现在塞萨尔·艾拉那些充满自传性的短篇小说里。正如我们开头所说，这些短篇要被置于塞萨尔·艾拉的整体写作背景下，才能放射出其深邃之光——如果把他的八十多部微型长篇小说看成一个整体，一种活页册式的百科全书（《神奇写作》），那么这两部短篇集就是一种附录式的评注。

于是它们常常表现为某种神奇的自我指涉。比如，在短篇集的标题小说《音乐大脑》中，捐书晚餐、奇特的自动音乐播放机、女侏儒产下的巨蛋交错构成了一幅作者文学之源的象征图腾："在普林格莱斯的传奇历史中，由此产生的奇妙图案——一本书被精巧、平衡地放置在巨蛋顶上——最终成为市立图书馆创立的象征。"

在《购物车》中，"我"发现了一辆会自己滑行的神奇购物车。它整晚都在超市里"四处转悠"，"缓慢而安静，就像一颗星，从未犹豫或停止"，而"作为一名感觉与自己那些文学同事如此疏远和格格不入的作家，我却感到与这辆超市购物车很亲近。甚至我们各自的技术手法也很相似：以难以察觉的极慢速度推进，最终积少成多；眼光看得不远；城市题材"。

《塞西尔·泰勒》则以真实的美国先锋爵士乐大师，塞西尔·泰勒的生平为蓝本——主要表现为由于艺术上过于超前而导致不断受挫。我们很容易注意到这两个名字的相似：塞西尔与塞萨尔。我们也同样容易注意到他们在艺术手法（及受挫程度）上的相似："一路飞奔式"的直觉与即兴。

再回到那篇《毕加索》。当主人公决定选择拥有一幅毕加索（而不是成为毕加索，也就是说，选择固守那个"我"），一幅中等大小的毕加索油画出现在他面前。画中是一个立体变形的女王形象。作者意识到它是对一则古老西班牙笑话的图解，那是关于一位没有意识到自己残疾的瘸腿女王，大臣们为了巧妙地提醒她，特意组织了一场盛大的花卉比赛，以便在最后请女王选出冠军时对她说出那句"*Su Majestad, escoja*"，即"陛下，请选择"——但如果把最后一个词破开读，意思也可以是："陛下是瘸子"。作者接着指出，这幅画有好几个层次的涵义：

> 首先是主人公瘸腿却不自知。人们有可能对自身的很多事情无从知晓（比如，就拿眼前这个例子来说，一个人到底是不是天才），但很难想象一个人会连自己瘸腿这么明显的生理缺陷都意识不到。也许原因就在于主人公的君王地位，她那独一无二的身份，这使她无法以正常的生理标准来评判自己。

"独一无二，正如世上也只有一个毕加索。"他接着说，"这里有某种自传性，关于绘画，关于灵感……"因为"到了三十年代，毕加索已被公认是画不对称女人的大师：通过一种语言学上的绕弯子来使一幅图像的解读复杂化，可谓另一种意义上的扭曲变形，而为了突出他赋予这种手法的重要性，他选择了将其安放到一位女王身上"。最后，他又提到了这幅画的第三层涵义，即它的"神奇来源"：

直到那时,没有一个人知道这幅画的存在;它的奥妙,它的秘密,一直以来都尘封不动,直到它在我——一个说西班牙语的人,一个热爱杜尚和鲁塞尔(法国超现实主义文学、新小说流派的先导者)的阿根廷作家——面前显形。

显然,这三层意义有一个共同的核心:**独一无二**。无论是女王、毕加索,还是我,都是独一无二、不可替代的,都是宇宙间唯一的存在。这是一个近乎终极的对自我意识的审视。这是另一种意义上的,或许也是真正的一种"民主":每个人都是平等的。每个人都觉得自己最重要(不管我们愿不愿意承认)。事实上,不仅是女王,**每个人都无法以正常的标准来评判自己**,不是吗?因为那是不可能的——就像一个人无法提着自己的头发离开地面。"自我"是一种精神上的万有引力,没有它我们就会飘向彻底的虚空。

但正如我们所看到的,在塞萨尔·艾拉这里,这种对"自我"偏执狂般的沉迷并没有散发出丝毫的骄傲自大。相反,它显得轻柔、谦逊而又坚韧,那个独一无二的"我",似乎成了对抗这个支离破碎、充满复制和模拟的世界的最后武器。在可能是塞萨尔·艾拉最广为人知的小说之一,《文学会议》中,一名失业的翻译家兼疯狂科学家,试图以墨西哥著名作家富恩特斯(Carlos Fuentes)为原型，克隆一支军队来掌控地球。（又一个空洞的通俗小说外壳。当然，最终计划失败了，这似乎从另一个角度暗示了自我的独一无二性：自我不可能被复制——克隆。）在小说的前半部，主人公无意间神奇地解开了一个历史谜团，从而发现了一笔古代宝藏，对于这一成就，他分析道：

> 那倒不是因为我是个天才或特别有天赋，怎么可能！完全相反。事实在于，每个人的思想构成，与这一个体的经历、记忆和知识相一致，是这一切的总和，是所有数据的完整积累，也正是它们使其独一无二，极具个体特色。每个人都是自己思想的主人，不管其所携带的力量大小如何，总是独一无二的，为这一个体所独有。它们使他能够完成某项"丰功伟绩"，平凡也好，伟大也好，都唯独只有他才能够完成。……除了书籍以外，仅仅在文化领域，就还有唱片、画作、电影……所有这些，加上自我出生以来的日日夜夜所交织成的一切，给了我与其他任何一个人都不一样的思想构造。而那恰巧是用来解开"马库托之索"的奥秘所需要的；因此我才能最为轻而易举地、自然而然地解开这一谜题，就如同2+2那样简单。……我是唯一的那一个，从某种

意义上而言，也是命中注定的那一个。[1]

这显然是个巧妙的隐喻。它似乎在说，对于每一个人，世界上都有一个只为他（她）而存在，也只有他（她）才能解开的谜。这一隐喻贯穿了艾拉博士的所有作品。借用他想必很喜欢的凡尔纳的小说标题，《八十天环游地球》，我们也许可以将塞萨尔·艾拉的所有作品总结为：八十部小说环游地球。但不管环游到何地，不管那些经历（故事）表面上多么奇特和不可思议，"我"依然是"我"。"我"，是最大和最后的局限，但也是最大和最后的安慰。也许那就是我们每个人存在的真正唯一目的——不然还能是什么呢？——去解开那个只有你才能解开的谜：生活——**你的生活**。

---

[1] [阿] 塞萨尔·艾拉著，徐泉译：《文学会议》，浙江文艺出版社，2021年。

极乐生活指南

> 生活本身就是极乐。它不可能是别的,因为生活就是爱,生活的全部形式和力量都在于爱,产生于爱。
>
> ——费希特,《极乐生活指南》,1806

我有一个习惯(我本来想说坏习惯,但习惯,从本质上说,跟欲望一样,是超越善恶的):在写一篇文章之前,要无所事事地晃荡一段时间——时间的长短与文章的重要性成正比。我在各个房间走来走去。我给自己弄各种喝的。我整理书架。我听音乐。我上网。我到院子查看花草的生长情况。我出门散步。我担心下雨(因为没带伞),又担心不下雨(因为院子里的植物需要雨水)。诸如此类——这是第一阶段。第二阶段,我终于让自己坐下来,虽然不是在书桌前,而是在沙发上,我面前摆着两叠书,一叠是与要写的文章直接相关的，另一叠则是我凭本能从书架上胡乱抽出来的。然后我开始翻翻这本，翻翻那本，做点零星的、毫无系统的笔记，在可能会引用的句子下面划杠（同时继续不断站起来去给自己弄各种喝的）。最后，当这种福楼拜所说的"腌渍状态"达到极限，也就是说，当我再也无法忍受了，我才会坐到一直开着——一直处于一种自欺欺人的虚假备战状态——的电脑前，这样我便进入了晃荡期的第三阶段：我不知道怎么给文章开头。因为它如此重要。重要到我几乎不敢，不忍心，甚至不舍得给它开头。因为我知道一旦写出开头，我就不可能写出**更好的**开头。总之，我是那么地渴望写出开头，以至于几乎不可能写出开头。

这篇文章也一样。不，应该说更加。因为我意识到，自己这种拖延写作的习惯，这种焦虑和折磨，这种充满黑色幽默的欲望悖论，完全是"杰夫·戴尔式"的。所以这很自然：当我写（将要写）杰夫·戴尔的时候，我就变得更加**杰夫·戴尔**。也就是说，虽然我们对这种状态并不陌生——不管那是写文章，谈恋爱，还是找一家好餐厅——但正如所有优秀的作家一样，是杰夫·戴尔将它——将这种后现代焦虑，提炼成了一道定理，那就是：**我是那么地渴望……以至于不可能……**

我是那么地渴望睡着，以至于不可能睡着。我是那么地渴望真爱，以至于不可能得到真爱。我是那么地渴望写好这篇文章，以至于不可能写好这篇文章（所以如果写不好请谅解）。

这道"杰夫·戴尔定理"，在他的代表作之一，《一怒之下：与D. H. 劳伦斯搏斗》中，得到了最绝妙的体现。

"多年前我就决心将来要写一本关于D. H. 劳伦斯的书，向这位让我想成为作家的作家致敬。"杰夫·戴尔在《一怒之下》的开头写道。每个作家都有一个让他（或她）想成为作家的作家，一个父亲式的作家。他们之间常常会有一种类似血缘关系的亲近、继承和延续。跟劳伦斯一样，杰夫·戴尔也出身于英国蓝领阶层家庭（生于1958年，父亲是钣金工，母亲是餐厅服务员），他们甚至在长相上也很相近（"我们都是那种窄肩膀、骨瘦如柴的男人，劳伦斯和我。"）；跟劳伦斯一样，大学毕业后（牛津大学英语文学系），杰夫·戴尔没有如父母所期望的那样跻身"安稳而受尊敬的"中产阶级，而是成了一名四海为家、以笔为生的自由作家；跟劳伦斯一样，无论是在文学上还是地理上，他都竭力远离英格兰的严肃和阴霾，在为美国"现代图书馆版"《儿子与情人》所写的前言中，他这样总结劳伦斯："……经过一系列的波折，他最终觉得自己'不属于任何阶层'；经过多年的游荡，在任何地方都觉得自己像个陌生人，他最终觉得'在任何地方……都很自在。'"显然，这段话同样可以用来形容杰夫·戴尔自己。

事实上，这段话也可以作为对《一怒之下》奇异文体的一种解读。这部关于D. H. 劳伦斯的非学术著作，既像传记又不是传记，既像小说又不是小说，既像游记又不是游记，既像回忆录又不是回忆录，它的这种"四不像"文体，最终让人觉得它"不属于任何文体"；而这也许是因为，经过多年的文学游荡，杰夫·戴尔发觉自己对任何一种特定文体都感到陌生、不自在，以至于他最终创造出了一种"对任何文体都很自在"的新文体——一种融合，或者说超越了所有特定文体的后现代文体，一种反文体的文体。

所以，虽然书中的"我"一再声称要写一部"研究劳伦斯的严肃学术著作"，但最终却写成了一部既不严肃也不学术，而且让人从头笑到尾的幽默喜剧。它仍然是关于劳伦斯的，不过更准确地说，是关于"想写一部关于劳伦斯的书却没有写成的书"，或者，用"杰夫·戴尔定理"来表述，是关于"他是那么地渴望写一本关于劳伦斯的书，以至于不可能写出一本关于劳伦斯的书"。作者——不无自嘲地——在扉页上选用的两条题记生动地说明了全书的写作手法与结构（以及书名来源），一条摘自D. H. 劳伦斯1914年9月5日的书信："一怒之下，我开始写哈代的书。恐怕这书除了哈代将无所不谈——一本怪书——倒也不坏。"另一条则是福楼拜对雨果《悲惨世界》的一句评价："无关紧要的细节说明没完没了，对主题不可缺少的东西却丝毫没有。"

悲惨世界。跟所有效果强劲——也就是让我们不自觉地不断笑出声——的伟大喜剧文学一样,《一怒之下》也把我们带入了一个多灾多难、充满荒诞色彩的"悲惨世界";但与《匹克威克外传》或《好兵帅克》不同,《一怒之下》中的主人公所遭受到的磨难品种极其单一,那就是作者"我"的极度写作焦虑:

> 虽然我决定要写本关于劳伦斯的书,但同时也决定要写本小说……最初,我迫切地想要同时写这两本书,但这两股欲望互相拉扯,到最后哪本我都不想写了。……最终,我能做的就是在两个文档——空文档——之间犹疑不定,一个文档叫C:\DHL(劳伦斯的全名缩写),另一个叫C:\NOVEL(小说),在被它们像打乒乓一样来回纠结了一个半小时后,我不得不合上电脑,因为我知道,最糟的就是像这样把自己拖垮。最好的做法就是什么都不做,平静地坐着,当然,不可能平静:相反,我感到彻骨的悲凉,因为我意识到自己什么都写不出,不管是劳伦斯还是小说。[1]

---

[1] [英]杰夫·戴尔著,叶芽译:《一怒之下》,浙江文艺出版社,2016年。

但为什么？为什么一个人的焦虑会如此好笑，如此吸引人？答案是：《猫和老鼠》。汤姆猫就是"我"，而老鼠杰瑞就是那本"关于劳伦斯的书"。虽然花样百出没完没了，但主题只有一个：猫千方百计地想制服老鼠，但怎么都无法得逞（并受尽折磨）——"我"千方百计地想写出那本关于劳伦斯的书，但怎么都写不出（并受尽折磨）。继在写劳伦斯和写小说之间纠缠不休之后（他最终决定放弃小说），他又遇上了一个新问题：他不知该在哪儿写劳伦斯，因为他可以选择住任何地方——所以他无法选择住任何地方。他先是在巴黎（太贵）。然后去了罗马（太热）。然后又去了希腊（太美）。总之，没有任何地方适合写作（希腊部分是全书的高潮之一，他不仅——再次——一个字没写，还遭遇了一场车祸，而你可能会笑得连书都拿不稳）。于是他决定转而展开一场文学朝圣。可当他和女友劳拉费尽周折来到意大利西西里劳伦斯住过的喷泉别墅时，"我能与以前读到的文学朝圣者产生一种共鸣，我绝对能理解当时他们的感受，那也是我此刻的感受：你看了又看，结果发现所谓的朝圣感其实并不存在"。因此，这本书最终成了一部充满失败的流水账，一部焦虑日记，而它的魅力则源于所有叙事艺术的本质：关于他人的痛苦。跟《猫和老鼠》一样，它满足了我们的虐待狂倾向（施虐兼受虐），它让我们大笑，感到欣慰，甚至鼓舞，就像纪德说陀思妥耶夫斯基日记中反复出现的各种痛苦和折磨——贫穷、疾病、写作障碍——让他受到激励，因为"尽管如此，他还是写出了作品"。

同样，尽管**如此**，他还是写出了这本关于劳伦斯的书。不仅**如此**，杰夫·戴尔还用他那自由自在的新文体，用如香料般遍撒在文本中的对劳伦斯作品的摘录、描述和评论，为我们勾勒出了一个独特的D. H. 劳伦斯。我们从中得到的不是一个伟大作家干瘪的木乃伊，而是他留给这个世界的一种感觉，一种精神——一阵裹挟着劳伦斯灵魂的风，正如作者在朝圣之旅的尽头，在新墨西哥劳伦斯去世的小屋的游廊上，看到一只摇椅和一把扫帚时发出的感慨：

> 不管它们是不是从劳伦斯时代就一直在那儿——几乎可以肯定不是——那只椅子和扫帚比我们见过的任何劳伦斯遗物都更能体现他的精神：它们仍然有用，它们存在的目的超越了生存下去的简单需要。

在《一怒之下》的结尾，主人公再次剖析了自己为什么对写一本关于劳伦斯的书如此感兴趣，原因是"为了让自己对此完全不再感兴趣"。然后他接着说，"一个人开始写某本书是因为对某个主题感兴趣；一个人写完这本书是为了对这个主题不再感兴趣：书本身便是这种转化的一个记录"。这是杰夫·戴尔定理的一个变体：他对某个主题是如此感兴趣，以至于最终——在就这个主题写了一本书之后——变得对它毫无兴趣。

这句话可以说是对杰夫·戴尔写作生涯的完美总结。今年（2013）五十五岁的他出版过两部随笔集，四部小说，以及六部无法归类——"不属于任何文体"——的作品。他的小说给他带来的声誉非常有限（这点我们稍后再谈）。他的文学影响力主要建立在那六本——用劳伦斯的话说——怪书上。它们按时间顺序分别是：《然而，很美》（关于爵士乐）、《寻踪索姆河》（关于一战）、《一怒之下》（关于 D. H. 劳伦斯）、《懒人瑜伽》（关于旅行）、《此刻》（关于摄影），以及最新的《潜行者》（关于塔可夫斯基的电影《潜行者》）。如果说这些看上去毫无联系的主题有什么共同点，那就是它们都曾让杰夫·戴尔"如此感兴趣"，以至于要专门为它们写本书，以便彻底耗尽自己对它们的兴趣——然后转向另一个兴趣。

这也许正是他至今都没有写出一流小说的原因。因为他对写小说——对纯粹的虚构——从未"如此感兴趣"。写小说对他来说更像是出于一种责任，而不是兴趣。在杰夫·戴尔的写作中，"兴趣"是个核心的关键词。他最好的作品都源于兴趣，源于热爱，源于对愉悦、对快乐——对极乐——顽强而孜孜不倦的渴求。他回忆说，当他刚大学毕业时，"以为当作家就意味着写小说，要不你就是个评论家，评论作家写的小说"。然后他发现了罗兰·巴尔特、本雅明、尼采、雷蒙德·威廉姆斯和约翰·伯格，于是意识到"还有另一种当作家的方式"，他用威廉·哈兹里特的话来形容这种方式："无所事事地闲逛，读书，欣赏画作，看戏，聆听，思考，写让自己感到最愉悦的东西。""还有什么生活比这更好吗？"他感叹道，"这种生活最关键的一点就是闲逛，在学院派的门外闲逛——不想进去——不被专业研究的条条框框捆死"。上面的六本"怪书"显然就是这种"闲逛"的产物。虽然它们的主题都相当专业，都谈不上新鲜（而且已经被多次出色地阐释过），但还是让我们耳目一新：那些漫游般的视角，恣意生长的闲笔，令人惊艳的描绘……如果说学院派的学术专著像宏伟规整的皇家园林，那么杰夫·戴尔就是一座无拘无束、杂乱无章的秘密花园，里面充满神秘、惊喜，以及生机勃勃的野趣与活力。

这六部作品中，主题性最不强的是《懒人瑜伽》。虽然它获得过"2004年度W. H. 史密斯最佳旅行书籍奖"，但我们还是无法把它当成一部真正的游记。它更像是一部"自传、游记、短篇小说"的混合体。书中的十一个故事发生在除了英国之外的世界各地（新奥尔良、柬埔寨、泰国、巴黎、罗马、迈阿密、阿姆斯特丹、利比亚……），都用第一人称叙述。用**故事**来形容它们是合适的，因为你很难分辨它们到底是真是假。一方面，它很像一部活页夹式的、以地点为线索的自传,用坦率、自嘲、毫不自得的口吻告诉我们(罗兰·巴尔特曾在一篇文章中问,"我们该如何毫不自得地谈论自己?"这本书是个很好的回答):杰夫·戴尔是个自由作家——不过大部分时候都陷于写作瓶颈中;他喜爱电影、音乐和羊角面包,但他最爱的还是闲散和大麻;他热衷,并多少也有点擅长泡妞……等等。而另一方面,不知为什么,这些故事又散发出唯独短篇小说才会有的那种画面感、悬念感,那种微妙的共鸣与回味(尤其是那篇《臭麻》,几乎**就是**一篇美妙的短篇小说),以至于让人怀疑这一切都是某种精巧的虚构。与此同时,你也不得不承认,它丝毫无愧于那项"最佳旅行书籍奖"。既不像奈保尔那样充满政治性,也不像保罗·索鲁那样机警睿智,杰夫·戴尔的做法是让自己成为自己所写的地方,或者说,让那个地方成为杰夫·戴尔,通过与那个地方融为一体,他准确而极富直觉性地捕捉到了那里的本质——那里最本质的情绪,因为那也是他自己的情绪:在新奥尔良,那是密西西比河的疲倦与失落;在泰国,那是热带海洋的情欲修行;巴黎是海市蜃楼般的虚幻;迈阿密弥漫着超现实的荒诞;而在罗马,他自己也"渐渐成了废墟"。

苏珊·桑塔格说,"优秀的作家要么是丈夫,要么是情人"。杰夫·戴尔显然是后者——《懒人瑜伽》就是最好的证明。它迷人、性感、富于诱惑力,它具有作为情人最根本的特征：把欲望摆在道德的前面。它让我们觉得（并相信），跟真实而纯粹的欲望相比，道德显得虚幻、虚伪，甚至荒谬。在杰夫·戴尔笔下，欲望不仅纯粹，而且纯洁，因为它已经不再是我们熟悉的那种被道德污染的欲望，而是一种极乐，一种由此产生的狂喜和宁静。这种极乐主要有两种表现途径。一种是像《一怒之下》中那样，表现为追求极乐过程中的极度焦虑、疲倦和绝望，具体说就是琳琅满目的写作障碍；另一种则是对极乐状态本身的描写，具体表现为《懒人瑜伽》中那绵延不绝的性和各种致幻剂（大麻、LSD、迷幻蘑菇……）。对于前一种，他使用的笔法常常略带夸张（一种冷静的、充满黑色幽默的夸张），而对后一种他却轻描淡写，不动声色：当他谈论性和致幻剂时，口气就像在谈论意大利皮鞋或者动物园的海豹。比如"我们接吻，各自握着一只精细的酒杯，放在对方的背后。接完吻后我们不知道做什么，就又接了些吻"。而当阿姆斯特丹的一家咖啡馆不让他们嗑药，把他们撵出去时，其中一个人抱怨说"这就跟因为喝啤酒而被酒吧赶出来一样"。在泰国小岛的沙滩上，他看见一个穿红色比基尼的美女——她叫凯特，他们后来上了床——在海中游泳时被水母蜇得满身伤痕，第二天他对她说：

"（昨天）我看见你从水里出来，有两个特别强烈的反应。"

"是什么?"

"我会告诉你,但如果可以的话,我不想按顺序告诉你。"

"可以。"

"一个反应是:想到是你而不是我被蛰了,我大大地松了一口气。"

"另一个呢?"

"你穿着红色的比基尼,性感极了。"[1]

如果说《一怒之下》让人想笑,那么《懒人瑜伽》则让人想做别的事。它的鲜活和流畅,它所营造的气氛和舒适感——就像一个放着冷爵士,有柔软沙发,光线恰到好处的小咖啡馆——会让你有种温柔而暧昧的愉悦,会激起你生理上的渴望。你会想放下书发会儿呆,想喝杯冰镇啤酒,想找个人接吻……但它们要么太容易做到(以至于懒得去做),要么太难做到(所以也懒得去做),最终你发现你唯一能做的就是:去读更多的杰夫·戴尔。

这也许可以部分地解释为什么《杰夫在威尼斯,死亡在瓦拉纳西》会成为杰夫·戴尔迄今最有名的小说。在某种程度上,它很像是《懒人瑜伽》的拉长版。它由两个看上去没有太大联系的中篇构成,第一篇用第三人称——

---

[1] [英] 杰夫·戴尔著,陈笑黎译:《懒人瑜伽》,浙江文艺出版社,2013年。

一个小小的伎俩，使其更具小说感——叙述了一个叫杰夫瑞·阿特曼的自由撰稿人在采访威尼斯双年展时的完美艳遇；第二篇中，同为自由撰稿人的"我"前去印度瓦拉纳西采访，最终却决定永远羁留在肮脏而神圣的恒河之滨。它具有《懒人瑜伽》的全部优点，但却更令人震撼，这既是因为其中对性和迷幻药的描写更加勇敢而详尽，也是因为它散发出一股混杂着厌倦与悲悯的哲学意味，一种对"杰夫·戴尔定理"的禅宗式解答。

这种禅宗式解答，也曾以一种完全不同的方式，出现在他的第二部小说《寻找马洛里》中（《杰》是第四部）。跟其他三部小说相比（另外两部是《记忆的颜色》和《巴黎迷幻》，分别回忆了他以嬉皮士兼见习作家身份在伦敦和巴黎度过的青年时代），《寻找马洛里》是最不具自传性的，最像小说的——可能也是最好的。

"这场搜寻开始于沃克与蕾切尔的相遇。"这是小说的第一句。一开始，《寻找马洛里》看上去仿佛是部十分正常——正常得几乎有点乏味——的硬汉派黑色侦探小说。落落寡欢的中年男子沃克在一次派对上认识了神秘女子蕾切尔，后者请求他帮助寻找自己失踪的丈夫马洛里。他答应了，因为无聊，因为蕾切尔那"不确定性"的美，因为这是侦探小说。从马洛里信用卡账单上的租车公司，到其下榻酒店的电话记录，到查明那个电话号码的拥有者是住在默里迪恩的马洛里姐姐，至此一切正常——也就是说，仍然乏味。但就在他开车前往默里迪恩的路上，天气突变，"一道闪电划破夜空。接着是一阵长久的寂静，久得仿佛寂静本身就是一种等待，然后雷声大作"，而当他迷路后下车走向一家小镇餐厅，"雨声听起来就像肥肉在油锅里煎炸"。这场大雷雨是条分界线。而迷路既是事实又是隐喻。当雨过天晴，我们已经进入了另一个世界。在默里迪恩，沃克发现除了一张蕾切尔寄来的模糊不清的照片，一切线索都中断了，他甚至考虑要求助于塔罗牌或通灵师：

> 尽管这些想法荒诞之极，但这标志了一个转折点——转机的开始——在他对马洛里的寻找过程中。从这一刻开始，这场搜寻的性质发生了微妙的变化，他将越来越少地依赖外在线索，而更多地依靠自己对在相似的环境下马洛里会做些什么的直觉。[1]

这的确是个转折点，也是一个对读者的暗示，它好像在说：所以，你看，这其实**不是**侦探小说。一切都似乎没变，一切似乎又都变了。就像进入一个逼真的梦境，一切

---

[1] [英]杰夫·戴尔著，叶芽译：《寻找马洛里》，浙江文艺出版社，2013年。

都跟现实一模一样，但偶尔随意掠过的超现实场景却因此更加令人惊颤：在一个酒吧，电视上正在转播的球赛比分是540∶665。随着搜寻的继续，线索的来源变得越来越不可思议（它甚至会"像风中的种子"一样直接落入他脑海），同时，以一种理所当然——因而也是不知不觉——的方式，类似的超现实场景越来越多，直到最终彻底取代了现实。他来到一座像整幢建筑物的城市，那里"没有马路或街道，但走廊和过道充当了街道，巨大的舞池成了停车场，无数的房间代替了一栋栋房子"。在一座叫"独立"的冻结之城，世界像庞贝古城一样被凝固在瞬间，一幅"静止的繁忙景象"，走在这群活雕像之间，他发现"像这样冻住之后，每个姿势都近乎完美，那是人们普通一天的生活片段——无论多么微不足道——都值得像对待伟大的艺术品一样看待……每个细微的生活瞬间都被揭示出来"。在到处荡漾着风铃声的新月城，一切都如此似曾相识，以至于他"重复以前做过的动作"，走进一栋老木头房子，他看见花园里有个头发花白的男人，他有着跟自己一样的习惯动作——"用拇指和食指拽自己的右耳"，而在书桌上有张明信片，"明信片的背面是他自己的笔迹，写着图片中城市的名字：艾姆利亚"。于是，艾姆利亚。"那是个广场城市，四周是红色的塔楼和看不到尽头的拱廊。……这儿没有距离和方向感，只有城市的全景，深黄色的墙壁，赭色的街道。整个城市从任何一个方向看都是一样的——拱廊，广场，塔楼和长长的影子——但每看一眼感觉都不一样，有股陌生感。"这显然正是基里科那幅著名油画《抵达之谜》所描绘的城市，画中浓郁的神秘和超现实主义气氛与这部小说极为契合。随后，他走到同样散发出强烈基里科感的海边（"一把白色的拐杖靠在墙边。一尊雕塑遥望着大海。"），看见海岸边有本书：

> 书页在风中翻动着——可是那儿并没有风。所有东西都是静止的，只有书页在翻动，像是有风吹过。他走近那本书，听到书页翻动的声音：这本书就像活的一样，仿佛是个什么生物，它的呼吸只够维持这样轻微的动作。

在此，这场梦境式寻找达到了顶点（又一部《抵达之谜》，但比奈保尔的更贴切）。这本"像活的一样"的书，不禁让人想起博尔赫斯的嵌套式迷宫，我们不禁觉得，这本书就是**这本书**，这本《寻找马洛里》。的确如此。因为书的"每一页上，虽然被海水溅得斑斑点点，都写着他经过的那些城市名，按照他走访的顺序。艾姆利亚是这本书上倒数第二个名字，最后一个城市……名叫涅米西斯"。

梦境开始像海潮般渐渐退去。在旅程的终点，沃克所拥有的唯一正常线索，那张马洛里照片，发挥了作用。在一个前卫导演正在制作的新型电影中（一部"城市蒙太奇"，由"这个城里的居民或游客所拍摄的照片、快照和录像组成"），他发现了马洛里的踪迹，但似乎有越来越多的证据表明，马洛里其实一直远在天边近在眼前，甚至有可能——就是沃克本人。

只是**有可能**。与很多借用侦探小说外壳的后现代小说一样，它给出的答案是开放的，不确定的，似是而非的，散发出抽象的形而上气质，一如这方面最典型的代表，保罗·奥斯特的《纽约三部曲》。而对那些幻想城市充满细节与想象力的描述，则可以看成是卡尔维诺《看不见的城市》的"美国现代版"。书中还有几场精彩的追杀和打斗戏，强烈的视觉效果显然是对六十年代黑色电影及黑色漫画的借鉴和致敬。只要稍加分析，我们就会发现，《寻找马洛里》与《一怒之下》有着相似的追寻模式：沃克寻找的马洛里，就是"我"想寻找（写出）的劳伦斯；而最终，就像"我"写出的更多是关于"我"自己（而非劳伦斯），沃克找到的也是他自己（而非马洛里——甚至连马洛里这个人名，也是对雷蒙德·钱德勒笔下的硬汉侦探，菲利普·马洛的一种变形，于是马洛式的沃克一直在寻找的是另一个马洛，也就是另一个自我）。它们最后都通向一个充满禅意的悬而未决：我们终将变成我们所追寻的东西——或者说，**无论我们在寻找什么，实际上我们都是在寻找自己**。仿佛忍不住要给它刻上一个杰夫·戴尔印记，在旅程的后半段，作者让沃克陷入了一次"杰夫·戴尔定理":在一个破败的小镇,当他经过无比漫长的自虐式拖延,终于再度上路时,他感到一种筋疲力尽后的超脱,一种否极泰来,然后他像个开悟者那样说,"每件事最终都走向幸运。这场寻找是一种幸运……幸运就是一切"。

《寻找马洛里》出版于1993年,作为独立的一部小说看它也许略嫌单薄,但如果把它放到杰夫·戴尔的整体作品谱系中,它的精炼与节制,它的非自传性,甚至它的单薄,便都获得了一种新的光芒,显得既必要又重要,就像一首交响曲中的过渡部。正如《杰夫在威尼斯,死亡在瓦拉纳西》与《懒人瑜伽》的一脉相承,《寻找马洛里》也是对杰夫·戴尔1991年的作品,《然而,很美:爵士乐之书》的一种呼应和延续。被《洛杉矶时报》称为"也许是有史以来关于爵士乐的最佳书籍",《然而,很美》无疑是杰夫·戴尔至今最为精美,同时也是最受欢迎、影响力最大的作品(它的美国版十年间重版了九次)。

这本书也是他那六部"怪书"的开端。在一篇名为《破门而入》的随笔中,他回忆了自己在美国新泽西的爵士乐研究学院查找资料时遭到的诘问,"他(图书馆员)想知道我在写的这本书是不是有关爵士乐史。不是,我说。传记?不是。好吧,那么它究竟是什么类型的书呢?我说我也不知道"。他确实不知道——也不想知道。在

《然而，很美》的序言中，他说，"当我动手写这本书的时候，我并不清楚该采取怎样的形式。这点很有好处，因为这意味着我必须即兴发挥，于是从一开始，主题的基本特性便赋予了写作一股活力"。所以，不管这是什么类型的书，这都是一本充满爵士乐即兴精神的书，一本闲逛式的书。打开它，你就像走进了一座藏在城市角落的小型爵士乐博物馆（当然，是私人性质的），里面只有七个不大的房间，每个房间都属于一位爵士音乐家，房门上用漂亮的花体写着他们的名字：莱斯特·扬（Lester Young）。瑟隆尼斯·蒙克（Thelonious Monk）。巴德·鲍威尔（Bud Powell）。本·韦伯斯特（Ben Webster）。查尔斯·明格斯（Charles Mingus）。切特·贝克（Chet Baker）。亚特·派伯（Art Pepper）。你一间一间逛下去。与常见的博物馆展厅不同，这里几乎没有任何资料性的说明或展品，也没有专业的讲解员。但有音乐，有家具，有明暗摇曳的光线，光线里飘浮着尘埃般的回忆。每个房间都弥漫着自己独特的气氛：有的温柔，有的迷幻，有的忧伤，有的狂暴……你坐下来，让身体陷入沙发，你闭上眼睛，你能听见音乐，你能**看见**音乐……

这就是它给人的感受。因此，这本书不是研究的结果，是感受的结果。它的写作不是源于学术上的需要，而是源于情感上的需要——源自爱。在上述的同一篇随笔中，当被问道他有什么资格去写一本关于爵士乐的书——

既然他既不是音乐家,也不是音乐评论家——杰夫·戴尔回答说,"什么资格都没有,我只是爱听"。所以并不奇怪,从结构到内容,这本书都散发出典型的爵士乐气质:既遵循传统,又勇于创新;既严谨,又自由;既随心所欲,又浑然天成。它的主体由七个篇幅差不多的部分组成,每部分都聚焦于某一位爵士音乐家,之间再用艾灵顿公爵电影片段般的公路旅程把它们串联起来(就像联接七个房间的走廊),最后是一篇作为后记的、条理清晰、语气冷静并极具创见的爵士乐论文(尽管如此,作者还是认为它"只是一种补充,而非与正文不可分割的一部分"——就像博物馆里设计很酷的小卖部)。

这七部分,无论是篇幅还是文体,都让人想到短篇小说——后现代短篇小说。它们由无数长短不一、非线性的片段构成,以一种错落有致的方式联缀在一起。场景,对话,旁白,引用,突然插入的评论,梦……但它们又不是真正的短篇小说,它们缺乏好小说的那种纵深和角色代入感——再说,它们的目的也不是为了变成小说。正如作者在序言中说的,"那些音乐里发生了什么?为了描绘出我心中的答案……最终形成的东西越来越类似于小说。然而,与此同时,这些场景依然是一种刻意而为的评论,要么是对一首乐曲,要么是对一个音乐家的某种特质。于是,应运而生的,既像是小说,也像是一种**想象性评论**"。

这种杰夫·戴尔所独创的"想象性评论",也许是评论爵士乐的最好方法——尤其是考虑到这本书的出色表现。这主要是因为,从本质上说,爵士乐——或者说音乐,或者说艺术——是无法评论的。艺术是用来欣赏的,不是用来评论的。传统评论存在的目的是为了引诱或引导你去欣赏(就像本文),即使在最好的情况下,它也是次一等的艺术(比如厄普代克的书评)。在后记中,杰夫·戴尔引用了乔治·斯坦纳的话,"对艺术最好的解读是艺术"。他接着说,"所有艺术都是一种评论。……比如《一位女士的画像》,除去其他种种,本身就是对《米德尔马契》的一种注释和评论"。他这样说是为了说明一点:对爵士乐最好的评论就是爵士乐本身。事实上,这也从侧面说明了另一点:对爵士乐的"想象性评论"就是另一种爵士乐,一种用文字演绎——而不是评论——的爵士乐。音符变成了词语。乐曲变成了场景。(所以我们既能听见,又能看见。)就像爵士乐中的引用和创新,那些场景有的来自真实的轶事,有的则完全是虚构,而且,用作者自己的话说,"虚构或变动的成分多于引用。因为在整本书中,我的目的是要呈现出这些音乐家在我心目中的模样,而非他们本来的模样。……即使我表面看上去是在叙述,但其实我并非在描绘那些工作中的音乐家,而是更多地在表达三十年后我初次听到他们音乐时的感受"。

但感受,仅仅是感受,会不会过于轻飘,过于脆弱?

杰夫·戴尔用他形容蒙克的话回答了这个问题：

> 如果蒙克去造桥，他会把大家认为必需的东西一点点地抽掉，直到最后只剩下装饰的部分——但不知怎么他就是有本事让那些装饰品承担起支撑桥梁的重量，因此看上去那座桥就像建在一片空无之上。它应该不可能立得住，但它又确实立住了。[1]

《然而，很美》就像一座蒙克造的桥。它充满了装饰品——只有装饰品。但那是何等精妙的装饰品：艾灵顿公爵和司机哈利在开夜车，"就像汽车是台扫雪机，把黑暗铲到一边，清出一条光的道路"。莱斯特·扬站在法庭上，"他的声音像微风在寻找风"。巴德·鲍威尔的妻子躺在枕头上，她哭泣，微笑，她说，"我耳朵里全是眼泪"。"锡色的天空，石棉般的云。""城市静得像海滩，车流声像涨潮。""一阵饥饿的风夺走他香烟的烟雾。"本·韦伯斯特的萨克斯"听上去充满了呼吸感，似乎它根本不是金属做的，而是个有血有肉的活物"。查尔斯·明格斯："如果他是一艘船，那么大海就挡了他的道。"在阿姆斯特丹，切特·贝克"走过像家一样的古董店，走过像古董店一样的家"，他"站在窗边，望着外面咖啡馆的灯光像落叶在

---

[1] [英] 杰夫·戴尔著，孔亚雷译：《然而，很美》，浙江文艺出版社，2013年。

运河上荡漾，听见钟声在黑暗的水面上敲响"。……这样的句子和场景比比皆是，俯拾可得。它们如此美丽，甚至过于美丽，你不禁会怀疑它们是否能"承担起支撑文学的重量"，是否能经受时间的重压。

它们可以。它"立得住"。十多年后的今天，它依然<u>矗立</u>——并将继续<u>矗立</u>。这是一座美丽、坚固而实用的桥，它不设收费站，没有任何限制和门槛，对所有人开放。即使撇开它的实用功能不谈，它本身就是一个艺术品，一个令人赞叹和欣赏的对象，更何况，它还可以把我们带向另一个更加美妙的世界：爵士乐。无论你是不是爵士乐迷，无论你有没有听过那些歌，这本书都会让你想去听一听（或再听一听）。比如对几乎每个人都听过的切特·贝克：

> 突然毫无缘由地，她明白了他音乐中温柔的来源：他只能如此温柔地吹奏，因为他一生中从不知道什么是真正的温柔。……（他）不把自己的任何东西放进他的音乐，因此，他的演奏才会有那种凄婉。他吹出的音乐感觉仿佛被他抛弃了。……切特只会让一首歌感到失落。被他吹奏的歌需要安慰：不是因为他的演奏充满感情，而是那首歌自己，感情受伤了。你感觉每个音符都想跟他多待一会儿，都在向他苦苦哀求。

这些句子让你想听，不是吗？而当你听过之后，你会想再看看这些句子。你的心会变得柔软而敏感，像只可怜的小动物。有时你会微笑，有时你会莫名地想哭，有时你会突然想起很久以前的某件事、某个人，有时你会站起来，走到阳台抽支烟。而当你看完，你知道你会再看，你会自信（甚至自豪）地向朋友推荐，你会永远把它留在书架，希望有一天，当你离开这个世界，你的孩子——你孩子的孩子——也会去读它。

就像它是另一部小小的《圣经》。或者，更确切地说，另一部《使徒行传》。莱斯特、蒙克、巴德、明格斯、贝克、亚特·派伯、比莉·哈乐黛……他们是另一种意义上的圣徒。他们无一例外的，宿命般的酗酒、吸毒、受凌辱、入狱、精神错乱（"如此众多四五十年代的爵士乐领军人物深受精神崩溃之苦，以至于可以毫不夸张地说，贝尔维精神病院跟鸟园俱乐部一样，都是现代爵士乐之家"），完全可以——应该——被视为一种献身和殉道。只不过，基督教的保罗们为之献身（并被其拯救）的是上帝，而他们为之献身（并被其拯救）的，是爵士乐。因而，不管他们的人生有多么悲惨，多么不幸，他们仍然是幸福的；不管世界有时显得多么丑陋，多么充满苦痛，然而，它还是很美。正如这本书的标题。它来自比莉·哈乐黛的一首名曲，也来自书中的一段对话：

——什么是布鲁斯?

……

——怎么说呢,那就像……那就像一个家伙孤孤单单,被关在某个地方,因为卷进了什么麻烦,而那并不是他的错。……他希望有人在等他,他想着自己荒废的人生,想着自己怎么把一切都搞砸了。他希望能改变这一切,但又知道不可能……那就是布鲁斯。

等他说完,她开始更为专注地听音乐,就像一个人凝视爱人父母的照片,竭力想找出某种隐约的相似。

——充满受伤和痛苦,最后她说。然而……然而……

——然而什么?

——然而……很美。就像亲吻眼泪……

再一次,这里回荡起杰夫·戴尔永远的主题:人生的自相矛盾,欲望的悖论,极乐与极痛的不可分割。不管是《一怒之下》中的作家,《寻找马洛里》中的侦探,还是《然而,很美》里的乐手,都被他们自己追寻的东西所折磨,所摧残,但同时又被它所拯救,所升华。我们也是。我们每个人。这是生命的法则。杰夫·戴尔用他的所有作品,为我们提供了一份极乐生活指南,它们从不同的角度指向同一个方向：通往极乐之路。那条路的另一个名字叫"痛苦"。顺利通过它的唯一办法，就是爱，爱你的痛苦 ——"就像亲吻眼泪"。

W. G. 塞巴尔德：作茧自缚

任何刚接触W. G. 塞巴尔德的读者，很快就会发现他的作品有两个显著的特点（也是共同点）：一是文本中穿插有大量的图片（主要是照片，偶尔也有一些剪报、票据和图表）；二是句子绵延不绝，很少分段——一个段落经常要横跨数页甚至数十页。这两个特点，就效果而言，方向似乎是相反的。前者隐约指向文字被日益边缘化、力图让阅读更简易的所谓读图时代，后者却令人想到诸如伯恩哈德（《历代大师》）和克拉斯诺霍尔卡伊（《撒旦探戈》）之类以难读著称的实验或先锋文学。这是某种策略上的平衡吗？只有当你真正进入塞巴尔德的世界，这一疑问才会迎刃而解。

将我们带入塞巴尔德小说世界的，不是场景、故事或人物，而是一个声音。或者更确切地说，是一种语调。一种充满追忆和怀旧感,衰弱但却坚忍,仿佛大病初愈或交代遗嘱般的语调。不妨来看看——听听——这些开头。《移民》:一九七〇年九月底,在我于东英吉利城市诺里奇任职前不久,我同克拉拉一道出城去欣厄姆寻找住所。《土星之环》:一九九二年八月,当热得像狗一样的盛夏时节渐近尾声,我开始了徒步穿越英格兰东部萨福克郡的旅程……《奥斯特利茨》:二十世纪六十年代后半期,有时为了去做研究,有时出于连我自己都不太清楚的缘由,我多次从英国出发前往比利时,有时只待上一两天,有时则待上几个星期。

是的,这些开头如此类似,听上去就像一片苍老的回音。它们都遵循同样的模式:确定的时间和地点,第一人称,以及最重要的,一段在本质上漫无目标的旅程。正是最后这点,将它们与那些近乎泛滥的自我展示区别开来。因为虽然是以第一人称"我"开始,但随之而来的那些故事并不是"我"的回忆——更多时候这个"我"只是一个旁观者、聆听者,或探究者。正如但丁是在古罗马诗人维吉尔的鬼魂引导下游览地狱,塞巴尔德的叙述者仿佛也是在某种幽灵般的神秘力量引导下——"出于连我自己都不太清楚的缘由"——展开了漫游。(再想想《神曲》那著名的开头:在人生的中途,我进入一片幽暗的森林……你会发现塞巴尔德的那些开头在句式上与它惊人的一致。)

它们与但丁《神曲》的相似之处还不止于此。随着他那种漫游式旅程的逐渐展开，我们会隐隐约约地意识到，自己也许正在参观另一座地狱，一座人间地狱——一座人心的地狱。《移民》由四个相对独立的中短篇构成，每篇都以人名为标题：《亨利·塞尔温大夫》《保罗·贝雷耶特》《安布罗斯·阿德尔瓦尔特》《马克斯·费尔贝尔》。他们分别是"我"曾经的房东，"我"的小学老师，"我"的美国舅公，以及"我"多年的画家朋友。正如书名所总结的，这四个人都是移民，更确切地说，都是犹太移民。值得注意的是，他们都是某种意义上的幸存者，也就是说，他们并非纳粹种族灭绝的直接受害者，摧毁他们的更像是某种超时空的、隐形而致命的放射性辐射。其临床症状常常表现为一种永远无法摆脱的（除非去死）、几近神秘的彻底孤独与哀伤。

于是我们看到隐居在一座荒废的花园大宅的亨利·塞尔温大夫：他收养了几匹马（那些马"明显对他极有好感"），有个疯女仆（"她会间歇性地在厨房里发出莫名的怪笑"），他自幼便随家人从立陶宛移居到伦敦，"像做梦一样学会了英语"，因为他"出于纯粹的喜爱，照着年轻美丽的女教师萨莉·欧文的嘴唇念每一个单词"。在改掉自己的犹太名字后，他考入剑桥大学攻读医学，并在接下来的一战和二战中分别失去了挚友和妻子。前者是一位叫约翰内斯的瑞士登山向导，他几乎于战争爆发的同时在山中失踪。而后者很可能是因为亨利最终被揭穿的犹太身份，夫妻二人渐渐形同陌路。在同叙事者"我"的最后一次长谈中，他漫不经心地提到对于"二战那些年以及战后的几十年……即使我想说什么，也没什么好说的"，谈话结束时，"他带着一种更确切地说是深不可测的微笑站起身来，以极其奇特的方式同我握手告别"。这次告别显然是永别的前兆——不久他就用一支从未射杀过任何生命的大口径猎枪射杀了自己。但故事并未结束：十几年后，"我"途经瑞士时偶然看到一则当地报纸上的报道，说1914年失踪的伯尔尼登山向导约翰内斯，其尸骸在七十二年后，在上阿尔冰川重见天日。"他们就是这么回来的，这些死者。"小说的结尾这样写道，"在过了七十多年后，他们不时地从冰里出来，被发现躺在冰碛旁，只剩下一小堆被磨光的骨头和一双钉鞋"。

他们就是这么回来的，这些死者。这句话几乎回荡在《移民》的每个故事里。对于保罗·贝雷耶特，一位你所能想象到的最完美、最博学的小学教师，或者马克斯·费尔贝尔，一位重度抑郁、数十年如一日疯狂工作的隐士画家，这些多年后归来的死者就是他们在二战反犹暴行中失去的父母——不管如何逃避和自我隐瞒，在他们心中这些逝者始终如冰封般栩栩如生。（因此我们看到保罗"在课堂上、课间休息或远足途中，随时都有可能在某个地方独自停下或坐下，仿佛他这个总是显得精神很好、兴致勃勃的人实际上内心非常荒凉"。）再来看安布罗斯。在这四个故事中，安布罗斯的经历最具传奇色彩，因而也最具寓言性。跟塞尔温大夫一样，他也有超常的语言天赋：他的法语如此之好，就像"他吸收了它"；他可以轻松地掌握一门外语，秘诀是"只需通过内在自我的某些调整"。他的另一个天赋是为富人做管家。他大半辈子都在为纽约最富有的犹太银行家所罗门家族服务，永远穿着全套制服和闪亮的漆皮皮靴，几乎"从未以私人身份存在过"（他何时睡觉或稍事休息"是一个谜"）。不过，作为犹太人，虽然两次大战时都远在美国，但他却以一种诡异的、类似心灵感应的方式同样受到战争的折磨。这先是体现在他全心服侍的科斯莫·所罗门身上，这个很容易让人想到维特根斯坦的纨绔子弟（同样出身豪门，同样从工程学院辍学并热衷于研制飞行器），其通灵般的天才既让他在赌场日进斗金，也让他在一战中陷入了精神崩溃——他声称能遥视到欧洲大地上的"燃烧、死亡和腐烂"。而如果说科斯莫的极度敏感表现为冒险与癫狂，那么同样极度敏感的安布罗斯则表现得正好相反：他永远都保持着近乎病态的体面与镇静。（用他一位亲戚的话说是"令人同情"，因为"他这一辈子都不会让任何事情把自己弄得心慌意乱"。）正是这种对自我情感的完全压抑，在他的管家生涯与二战几乎同时结束时，终于压垮了他：他主动住进精神病院，并如同殉教般忍受着非人的电击休克疗法，原因是他"渴望尽可能不可逆转地根绝自己的思考力和记忆力"。

这里有一个悖论：对于《移民》里的几位主人公来说，就像某种求生本能，那些悲痛的记忆无法被讲述，甚至触及；但另一方面，作为小说叙事者的"我"，通过各种地理和精神上的漫游，却又在不断地遇见这些隐秘的记忆——当"我"来回翻阅几乎囊括了保罗·贝雷耶特一生的相册，不禁感觉"好像这些死者又回来了"。（他们就是这么回来的，这些死者。）确实，当我们看到那些频繁出现的私人照片，或者被那些绵密悠长的转述所缠绕，或者面对安布罗斯的旅行日志和马克斯母亲的回忆札记时，都会有同样的感觉：仿佛那些死者在"不时地从冰里出来"——而这里的"冰"，可以理解为就是照片和文字。

跟"冰"一样，照片和文字的重要功能之一就是**封存**。特别是照片。照片与冰甚至有一种物理上的相似性——它们都被一层特殊的透明性所覆盖。而无论是从实际上还是比喻上，这层透明性都意味着时间的凝固。只有取消时间的意义，才能让时间真正获得意义。那正是照片的诡秘之处。这也为我们解开了开头的那个疑问：为什么塞巴尔德要在文本中插入如此多的照片？那显然不是为了满足看图说话这种低级功能，尽管这些图片与文本确实有严格的对应关系。（比如在叙述某次家庭聚会时，旁边就出现了那次聚会的照片。）但这种对应与其说是为了解释文本，不如说是为了强化文本——这些照片让我们感到惊愕。关于这种惊愕，没有比罗兰·巴尔特在《明室》

中说得更好了：

> 照片让我吃惊，那种惊愕是持续的，反复出现的。很可能，这种惊愕，这种挥之不去的惊愕，已经沉浸到滋养我成长的宗教意识中。……照片有某种与复活相关的东西。说到照片的时候，能不能像拜占庭人提到耶稣圣像时说的那样，即能不能说：照片如同都灵的耶稣裹尸布上印着的耶稣圣像一样，不是人手制作的？[1]

的确，不知为什么，塞巴尔德作品中那些小小的、黑白的、散发出克制与谦卑气息的照片总让人感觉拍下它们的不是某个人，而是某种更为强大而神秘的力量。（时间？命运？）它们在拍摄手法上的业余非但没有削弱，反而增强了这种印象。这些照片主要分为三类：文中提到的各种家庭相册，叙事者四处漫游时随手拍下的风景照，以及相关笔记、图表和票据等的存影。不管属于哪一类，它们都有一种雅致的旧式家庭照的气质。这种家庭照之所以存在的唯一目的就是为了**留念**。但这种留念因其无可避免的私人性而必须同具体的记忆相结合，否则那些图像就有

---

[1] ［法］罗兰·巴尔特著，赵克非译：《明室》，中国人民大学出版社，2011年。

落入审美陷阱的危险。正如都灵的耶稣裹尸布对于虔诚的基督徒是苦痛与复活的明证，但对没有信仰的人来说却只是一件有趣的历史遗物。

也许那就是为什么，穿插在塞巴尔德书中的那些家庭照看似轻巧，却又似乎隐含着某种神秘的震慑力。原因就在于它们与具体的记忆——即另一种封存工具：那些绵延多姿的文字——紧密相连，从而避免了苏珊·桑塔格所说的"照片把过去变成被温柔地注视的物件，通过凝视过去时产生的笼统化的感染力来扰乱道德分野和取消历史判断"。这些照片仍然会被温柔地注视——或许可能更温柔，但这种对过去的凝视没有落入笼统的伤感，而是与充满细节和真实感的叙事相融合，由此产生了一种极为具体的感染力：这种感染力不仅强烈，而且宁静、庄重，令人心生悲悯——因为它为我们标示出了清晰的道德分野和历史判断。

感情的强烈（包括道德感情）与感染力的强烈是两回事。文学的重要功能之一就是将前者转化为后者。感情越强烈，这种转化的难度就越高——"奥斯维辛之后，写诗是野蛮的"，这里更贴切的词其实不是"野蛮"，而是"艰难"。而且实际上，奥斯维辛之后，我们更需要诗（文学），因为像这类几乎无法用语言表述的悲痛，只有通过运用更高等的语言，也就是文学，才有可能被最大程度地传达。塞巴尔德就是最好的例子。塞巴尔德的伟大就在于，他找到了一种崭新而有效的方式来描述本来几乎无法描述的悲痛经验。这种方式就是我们在文初提到的另一个疑问，即那种初看上去让人想到难以卒读的先锋实验文学的繁复长句。当然，这种滔滔不绝、很少分段的文学手法并非塞巴尔德的首创，但用这种手法来表述悲痛却是他的独创。一般来说，这种手法通常是被用来烘托荒诞绝望（比如波拉尼奥）或愤世嫉俗（比如伯恩哈德），并因此而往往多少会显得炫技、冷漠和迷狂。但在塞巴尔德这里，同样的手段却起到了截然相反的效果：它们显得低调、温柔、平静。在伯恩哈德那里是一泻千里，塞巴尔德却是柔肠百结。伯恩哈德像瀑布，塞巴尔德则像蚕茧。

这种蚕茧式文本，具体来说，就是通过双重甚至三重转述，如同春蚕吐丝一般连绵不断地分泌出纤细、优雅而又坚韧的词句之线，比如下面这段：

……奥斯特利茨说，我还记得，薇拉这样给我讲，是奥蒂利厄婶婶在我三岁半时教会了我数数，数缝在我特别喜欢的一只半长丝绒手套上的一行黑光闪闪的小孔雀石纽扣——1、2、3，奥斯特利茨说，薇拉数着，然后我就接着数下去——4、5、6、7。这时，我感到自己犹如一个迟疑地走在冰上的人。奥斯特利茨说……如今我无法再详细地回忆起薇拉讲的所有故事了，但我想我们的对话从奥蒂利厄的手套商店转移到了艾斯特剧院,那儿是阿加塔于一九三八年秋天第一次在布拉格登台演出的地方,那次她扮演了从艺术生涯开始以来就梦寐以求的奥林匹亚的角色。薇拉说,十月中旬,在演出的第一晚之前,我们一道去看了这部轻歌剧的彩排。尽管之前我们在穿城而过的路上一直讲个不停,但一走进剧院的后台入口,我就陷入了一种虔诚的静默之中。甚至在演出那几场多少是随心所欲地串在一起的戏时,以及后来在坐电车回家的途中,我都异乎寻常地安静,沉浸在沉思默想之中。奥斯特利茨说,由于薇拉这个多少挺偶然的评论,我第二天早上走进了艾斯特剧院,独自一人待在正好位于穹顶顶点下面的正厅前排的座位上。[1]

这段话出自塞巴尔德的最后一部小说,《奥斯特利茨》。从各种意义上,它都可以被看成是《移民》的延续。在《移民》中,四个以人物姓名命名的章节,无论从篇幅还是力度上,都呈现出一种递进关系,犹如主题渐渐增强的奏鸣曲。(《亨利·塞尔温大夫》只有26页,而《马克斯·费尔贝尔》长达103页,前者尚显神秘和轻盈,后

---

[1] [德] 温弗里德·塞巴尔德著,刁承俊译:《奥斯特利茨》,广西师范大学出版社,2019年。

者却始终弥漫着浓郁的忧伤。)因此我们完全可以将《奥斯特利茨》看作是《移民》的第五章。它同样以人名为标题,奥斯特利茨同样也是犹太移民,同样也饱受回忆幽灵的困扰,并由此陷入不可自拔的抑郁和绝望。不过,鉴于《奥斯特利茨》的规模(它比整部《移民》还长),它或许更像一部独立的交响曲,极致而完美地再现并强化了《移民》的主题:用语言讲述悲痛的可能与不可能。而且这次这一主题被赋予了一个既广为人知又颇为神秘的传奇人物形象——维特根斯坦。

《奥斯特利茨》的叙事者"我"很显然与《移民》中的"我"是同一个人,或者也可以说,同样是塞巴尔德本人。在小说的开始,"我"在安特卫普的夜间动物园"久久地观察浣熊,看它神情严肃地坐在一道小溪旁,一而再再而三地清洗着同一片苹果,仿佛它希望通过这种远超任何理性范畴的清洗,就能逃出自己所在的这个虚幻世界,而可以说,这并非它自己的过错"。接着"我"又发现,那里一些动物"有着引人注目的大眼睛,那种目不转睛、凝神审视的目光,恰似人们在某些画家和哲学家眼中见到的那种目光"。"我"很快又遇见了这种目光,它来自一位叫奥斯特利茨的艺术史学者,其研究方向是资本主义时期的建筑风格,尤其是具有"强迫性的秩序感和近乎纪念碑风格"的建筑,比如法院和监狱,火车站和交易所,歌剧院和精神病院。在几次博物馆讲解式的漫谈之后（因为"不大可能同奥斯特利茨谈论任何私人话题"），他们失去了联系。等到多年后两人再次偶遇时，"我"不禁"就他的外貌同路德维希·维特根斯坦所具有的相似性，以及他们脸上都有的那种可怕表情思索了好一会儿"。随后这个"我"又说：

> 现在，只要在某处看到维特根斯坦的照片，我就愈发觉得那是奥斯特利茨正从照片里看着我，或者说，每当我凝视奥斯特利茨时，就仿佛在他身上看到了那个惆怅的哲学家，那个被同时禁锢在他明晰的逻辑思考和困惑情绪中的人。

实际上，维特根斯坦在《移民》中就出现过，不过是以一种更为隐蔽的方式。其中一处就是我们之前提过的科斯莫·所罗门。另一处则更为明显。1943年，二战正酣，十八岁的马克斯·费尔贝尔——四年前他从慕尼黑被送到英国，从而逃脱了他父母遭受的悲惨命运——作为美术学院学生来到曼彻斯特，寄宿在巴拉丁路104号，而这里正是1908年二十岁的工程学院学生维特根斯坦的住所。对此"费尔贝尔说，与维特根斯坦的这种回顾性的联系，虽然无疑纯属幻想，但对他的重要性却不会因此有所减弱"。

这种反复闪现的，重要的回顾性联系是什么？它可以用维特根斯坦那句最著名的哲学论点加以总结：**对无法言说的东西，我们必须保持沉默**。那正是奥斯特利茨，以及《移民》中的几位主人公竭力在做的：对那些无法言说的伤痛保持沉默。跟维特根斯坦一样，他们都"被同时禁锢在明晰的逻辑思维和困惑情绪中"。也就是说，一方面，逃避伤害的逻辑理性让他们尽可能地去拒绝回忆，但另一方面，那些往事并没有因此而消失——相反，它们的影响因为这种压抑而变得更加强烈，并最终通过一种非理性的、潜意识的、表面上令人迷惑的方式爆发出来：即各种方式的自杀和精神崩溃。所以，也许我们应该对维特根斯坦那句名言做点小小的补充：是的，对无法言说的东西，我们必须保持沉默——尽管我们不可能**真正**保持沉默。

也正是这种自相矛盾的"沉默"，导致了我们之前提到的那个意象：被无数转述之丝包裹（禁锢）而成的文本蚕茧。

无论是《移民》还是《奥斯特利茨》，故事都是通过层层转述展开的。这种蚕丝般层叠缠绕的句式和结构不仅有一种语言上外在的繁复之美，而且极其贴切而传神地展现了典型的塞巴尔德式人物所具有的那种悖论式的矛盾心理：对过往的伤痛深藏不露却又欲说还休，极力掩饰却又无法真正掩饰。（正如尼采所说，这是艺术的最佳状态：形式本身成了内容。）

W. G. 塞巴尔德：作茧自缚 273

我们同样可以将那些家庭照看成是另一种转述。跟转述一样,它们也必须借助他人进行——家庭照都是别人拍的,正如那些主人公的故事也都是别人讲的。而反过来,那些故事也都带有某种"家庭照"式的特质。没人会在家庭相册里放入悲伤或可怕的照片。家庭照展示的都是快乐、幸福,最多是滑稽的场景,虽然翻看它们往往令人伤感。那些故事也同样如此。如果说它们读起来叫人悲伤,那是因为它们很少描写悲伤。相反,它们描写的是"暮色已经下垂,烟雨霏微,丝丝细雨好像并未降下,而是挂在空中";"墙上挂着几面高高的、有些地方已经模糊的镜子,通过镜面的映照,大壁炉里闪烁的炉火数量翻了几番,显现出几幅炉火飘忽不定的画面";或者"一种奇特的、由正在消散的香水和尘土混合而成的剧院气味";"月桂树的树叶像小铁片一样轻声簌簌作响";或者是"他有点害羞,但其实天性无忧无虑";"她已经十六岁了,很漂亮,结着一条很长、很粗的金黄色辫子"。事实上,不仅避免直接描写悲痛,塞巴尔德还向我们提供了或许是文学史上最为忧伤、深沉而又纯正的幽默,比如:"火车上,我们寥寥几个乘客在昏暗中坐在磨损严重的淡紫色坐垫上,大家都朝着行驶的方向,尽可能相互离得远一点,且如此缄默,似乎有生之年还没有说过一句话。"又比如:"您舅公(即安布罗斯)在临终前,关节和四肢逐步出现了一种很可能是由于休克疗法引起的僵化状态。几乎整整一天，他都花在了穿衣上；只是扣上袖扣和打蝴蝶结，就需要好几个小时。当他差不多穿好衣服，又到了脱下衣服的时间。"更令人震撼的是下面这个例子，它出现在《移民》中《保罗·贝雷耶特》那一篇的结尾：

> 兰道夫人说，保罗当时跟我讲，他儿时在林道待过一个暑假，每天从湖岸边看火车从陆地开到岛上，从岛上开到陆地。蓝天中的白色蒸汽云、从打开的窗户向外挥手的旅行者、下面水中的倒影——这种每隔一段时间就重复出现的景色使他如此入迷，致使他整个假期都从未准时吃过午饭。对此，婶婶往往只好无可奈何地摇头，而叔叔则说他会在铁路上了结。[1]

如果说"从未准时吃过午饭"让我们会心一笑，紧接的那句却让我们一阵心悸，因为保罗的确是"在铁路上了结"的——在这章开头，我们就被告知保罗在七十四岁生日之后不久卧轨自杀了。这种预言式的首尾呼应仿佛蕴藏着某种凡人无法理解的奥秘，但却又似乎"完全是合乎逻辑的"，因为据兰道夫人告诉我们，保罗一直痴迷

---

[1] [德] 温弗里德·塞巴尔德著，刁承俊译：《移民》，广西师范大学出版社，2019年。

于"行车路线、时刻表、整个铁路系统"。"对保罗而言,"她说,"铁路总是有一种深刻的含义——可能他认为它们通向死亡。"当然,这是因为它们通向奥斯维辛。虽然塞巴尔德并没有——也无须——指明这一点。因为他知道(就像他笔下的人物也知道),奥斯维辛之后,已无法去描述奥斯维辛——对无法言说的东西,我们必须保持沉默。所以他选择了转述,一种极致的、多重角度的转述(照片、叙旧、札记)。所以他选择去讲述那些幸存者——因为他们通向那些受害者。所以他平静、耐心、温文尔雅地去讲述那些幸福与善——因为它们通向无法言说的不幸与极恶。甚至那些密密麻麻、缺少空隙、让人透不过气的大片铅字本身也像是一种暗示:对于那种不幸,缓慢的阅读是最起码的尊重。(这种密集还产生了另一种效果:它让镶嵌其中的那些照片看上去恍如某种令人抚慰的、通往另一个时空的入口。)

所以在塞巴尔德那里,哀伤很少显现,但又无所不在。或者更准确地说,哀伤仿佛以一种看不见的、辐射或渗透的方式进入了塞巴尔德作品中的每一句话,每一幅照片。《移民》中提到一种"在职业摄影师身上并不罕见的银中毒症状",说有一位照相馆助手因为身体吸收了如此多的银,以至于变成了照相的感光板,那意味着,叙事者告诉我们,"这个人的脸和双手在强光照射时会变成,或者也可以说是显影成,蓝色"。这同样也适用于塞巴尔德笔下的那些故事和场景：它们吸收了如此多的悲伤，以至于变成了命运的感光板，于是在语言之光的照射下，它们——包括（尤其是）欢乐、幽默、惊奇、美妙至极的比喻——都无不被染上了一层暮色般的苍凉，一层忧郁的蓝色。

那也正是塞巴尔德独特语调的魅力所在：一种迷人的悲伤。但可以允许苦难显得迷人吗？难道那不会让悲痛流于轻浮？答案是乐观的——前提是如果苦难由此可以被转化成一种悲悯，一种饱经沧桑者的无限温柔。这种温柔来自无法形容的伤痛，无法释放的愤怒，以及——更重要的——无可奈何的放弃。这种温柔让人想起比莉·哈乐黛与莱昂纳德·科恩那沙哑的、灰烬般的浅吟低唱。这种温柔也让人想起一句神秘主义者的奇特箴言：**爱是熄灭了的愤怒**。但愤怒的熄灭并不意味着道德的熄灭。（因为道德最浅层的表现就是愤怒、控诉、声泪俱下，就是执拗地试图去言说——去直接言说——无法言说之事。）实际情况是，这种迷人和温柔非但没有削弱或损害塞巴尔德所传达的道德观，反而使其变得更加深邃，更有说服力，也更引人深思——我们不禁要问：那种如铁路系统般充满理性，却又完全缺乏并摧毁理性的恶，究竟来自何处？

我们可以将《土星之环》视为一种回答。

虽然《移民》和《奥斯特利茨》也在刻意混淆虚构与

纪实的界线，但《土星之环》显然走得更远。它看上去更像一部游记，而不是小说。它记录了作者在英格兰东部萨福克郡地区一次长达数月的徒步旅行，以及在此期间触景而生的各种沉思和联想。这种以空间为线索的方式，似乎纵容了一种在时间和主题上不加节制的自由：从1632年阿姆斯特丹的一次人体解剖课（因伦勃朗的画作而闻名），到1890年康拉德的非洲刚果之行（它正是《黑暗的心》的素材来源）；从有关鲱鱼的自然史，到制糖业与艺术间的微妙关系；从夏多布里昂的爱情故事到纺织工人的精神疾病……在《移民》和《奥斯特利茨》中就令人印象深刻的博物学展示和百科全书感，在这里被推向了极致。几乎随便翻开一页，我们都能发现几则奇特的知识或轶事，比如伦勃朗那幅名画中暗藏的解剖学错误，比如巴西这个国名其实源自法语中的"炭木"。

  这一方面当然增添了阅读的意趣，但同时也容易形成某种障碍——在这座博物馆迷宫里，我们有迷失的危险。而可以领我们走出这座迷宫的，我们的阿里阿德涅线团，是对一个问题的追问：它到底是游记还是小说？如果它是一部小说，那么它为什么是？

  《土星之环》之所以不像小说，是因为它缺少通常小说必备的那条情节故事线。但它却具有小说更本质的特征：虚构，及这种虚构所承载的意义，或者说情感。它的庞杂和散乱只是一种表象。本雅明的一句话很适合用来解释这种杂乱:"理念之于物件就如星座之于星星。"这意味着,只有看完整本书(最好是重看),我们才有机会发现所有那些看似随意、偶然、兴之所至的繁杂思绪之间的关联,从而将它们连成一幅图案——就像星座从星空中凸显。同时我们也会意识到,这种隐约闪烁的呼应和联接是如此精妙,以至于它只可能是一种虚构。我们甚至可以说,它看上去越像一部真实的游记,就越说明它是一部技艺高超的小说。

那也就是为什么,只有读第二遍时,我们才会感觉到书中开头这段话的重要:

> 我还看到,当早晨第一缕光线升起的时候,一条航迹云是如何——看似凭一己之力一般——穿过被我的窗户框起来的那块天空。我那时认为这白色痕迹是一种好的征兆,但现在回过头去看,我担心它是一条裂隙的开端,从那时起这条裂隙就贯穿着我的人生。飞行轨迹顶部的那台机器和它里面的乘客一样都是看不清的。触动我们内心的事物,其不可见性和不可捉摸性对于托马斯·布朗而言,也是一个到最后都无法探测的谜团,他把我们的世界看成仅仅是另一个世界的投影。他不停地思考,不停地书写,试图从一个局外人的立场,或者也可以说,用造物主的眼睛去观察尘世的存在,观察他身边的

事物，观察宇宙的领域。[1]

因为只有重读时，我们才会发觉，这段话怎样以全息碎片的方式映射出了整部作品。先是一架飞机（一台**机器**），遥远而宁静地将天空——将世界，也将这本书——撕开了一条裂口。然后那条裂口通向一个"到最后都无法探测的谜团"，这个谜团正是《移民》和《奥斯特利茨》始终在迂回环绕着提出的难题：这个世界为什么有恶？恶究竟来自何处？而要想解开，甚至只是看清这个谜，就不能再将视线仅聚焦于纳粹，必须升到更高处，从俯瞰全局的角度，"用造物主的眼睛"来观察这个大千世界。也只有通过这种对整体的俯视，才能看出《土星之环》中所有那些博物学碎片最终联接形成的图案（它是这部小说真正的主人公）：恶之谜。

上面这段话的场景发生在医院。在开始徒步旅行一年后，叙述者"在一种几乎完全不能动弹的状态中被送进郡治诺里奇的医院"，在那里他"开始写下后面的篇章，至少已经打下了腹稿"。同样，只有重读，才能让我们意识到这一设置的巧妙。作为旅程的终点和回忆的起点，还有什么地方比医院更适合让人自然地联想到死——这一存

---

[1] [德]温弗里德·塞巴尔德著，闵志荣译：《土星之环》，广西师范大学出版社，2020年。

在之恶的直接表现？（毕竟，从广义上，我们可以将疾病视为一种最普遍而低等的恶。）将医院的地点放在诺里奇同样用心良苦。因为正是在诺里奇，托马斯·布朗，这位十七世纪作家，百科全书式博物学写作的鼻祖（因此也是《土星之环》的文风源头），当过一阵实习医生，并留下了不少奇异之作，而且据《不列颠百科全书》记载，布朗的头骨**恰好**就保存在诺里奇医院的博物馆。这样一来，在第一章的结尾，我们便被顺畅地带到了布朗的一篇论及火葬的文章，《瓮葬》。这篇文章缘起于当时无意中被发掘出土的一些骨灰瓮，布朗在文中描述了"蚂蚁的安葬小室和蜜蜂从蜂巢中出发为它们的死者送葬"，以及各种民族的丧葬礼仪和火葬的历史，并提出——"和普遍的推论不一样"——焚烧人体并没有想象的那么困难，对此他还补充说，如果经受住上帝考验的亚伯拉罕让独生子以撒背在身上、打算用来烧死以撒的那捆柴真能引起一场燔祭，"那么我们每个人肩上都可能扛着一捆给自己火葬的柴"。

在尽情地展开一场死亡博览之后，对超越死亡的复活或者新生的思考就显得理所当然。这一章的最后几句是这样的："于是布朗在可以逃脱毁灭的东西中苦苦寻找着神秘的轮回能力的踪迹，他经常在毛虫和飞蛾身上研究这种能力。他写到的帕特洛克罗斯的骨灰瓮中那一小片紫色丝绸，会是什么意思呢？"

这会是什么意思呢？火葬与丝绸，死亡与永生。意

W. G. 塞巴尔德：作茧自缚　　281

思也许就在于，它暗示着最终我们会发现，火与丝，是这部作品用来解开恶之谜的两大线索。先来看火。火是文明诞生的标志（恩格斯的名言：摩擦生火第一次使人支配了一种自然力，从而最终把人和动物分开），但也是毁灭文明的重要手段。因而，意味深长地，在第二章开头，正式拉开旅程序幕的是一辆老式柴油内燃机火车（由火驱动），它将我们带到了曾经灯火辉煌但如今已成荒宅的萨默莱顿庄园，以及二战期间频繁从庄园上空掠过的盟军轰炸机编队——其目的和结果是让一座座德国城市陷入火海。接下来，以一种弗洛伊德式的自由联想（虽然其实是精心虚构的），我们又被带到了一场荷兰与英国的惨烈海战（作战主要靠"纵火船"），一位也叫塞巴尔德的圣徒的神迹传说（用冰柱点燃了一团火），一张培雷火山爆发的照片……以及鸦片战争时的中国。

使中国在联想版图中出现的，同样是一辆火车。根据不确切的记载，1875年左右清政府向英国订购了一辆皇家宫廷小火车，但不知为何最终合同没有履行，这辆火车被留在了英格兰，只是在黑色的火车外壳上留下了中国龙的图案。随之我们看到了许多即使——或者说尤其——作为中国读者也会感到讶异的画面。比如在太平天国的灭亡中"据说很多人甚至把自己活埋了"；慈禧太后嗜好养蚕；而光绪年间的大饥荒导致"所有人的动作都变慢了"。当然，还有火烧圆明园。

也许是资料上的疏漏，塞巴尔德没有提及当时有三百多名躲在圆明园安佑宫里的宫女和太监被活活烧死（据说是太监自己将门反锁了）——这一事实正好呼应了布朗对焚烧人体的议论。但如果这是疏忽的结果，那么对更著名的纳粹焚尸炉闭口不谈则显然是故意的。这既是因为纳粹是另两本书的焦点，也是因为不提比提的效果更好，就像一幅挂了太久的画，被突然拿掉后在墙上留下的空白更引人注目。

除了以上这些与死亡直接相关的火，还有一些意义更不确定的火。也就是说，有些火看似给人类带来了生命和文明，但如果从更高的位置看，却在通向另一种或许更深度的毁灭。在指出巴西这个国名的来源后（源于西方对亚马逊丛林的持续大规模砍伐、碳化），有这样一段航拍式的、造物主视角的沉思：

> 高大植物种类的碳化，所有可燃烧物质不断燃烧，是我们在地球上散布开来的推动力。从第一盏风灯到十八世纪的街灯，从街灯的光到比利时高速公路上弧光灯的苍白光芒，所有的一切都是燃烧活动，燃烧是每一样被我们制造出来的东西的最核心原理。一个鱼钩、一只瓷杯、一套电视节目的制作，最终都是以同样的燃烧过程为基础的。……整个人类文明一开始只不过是一团一点点变得越来越强烈

的火焰，没人知道它会上升到多少度，没人知道它什么时候会逐渐消失。眼下我们的城市正在发出光芒，火光还在不断蔓延。在意大利、法国和西班牙，在匈牙利、波兰和立陶宛，在加拿大和加利福尼亚……

这是个尽管谈不上有多新颖，却依然让人震撼的见解——就像突然被提醒你有天会死。的确，一切都源自燃烧（火），而一切也都将终止于燃烧。这就意味着，从根本上说，我们赖以生存的东西，也正是将我们带向毁灭的东西。

丝绸也同样具有这种与火相类似的、善恶难辨的特性。它首先表现为一种道德上的自相矛盾。作为一种舒适、柔软、美及智慧的象征，它实际上却来自痛苦与折磨。正如作者在谈到十八世纪英国高度发达的手工丝织业时所说的：

> 让我感到惊讶的是，大量的人——至少在一些地方——在工业化进程之前的时代，就已经带着他们瘦弱的身躯，几乎整个一生都被套在用木头框架和梁柱搭建而成的、挂满秤砣的、使人想起行刑架或笼子的织布机前。这种独特的共生现象，也许正是由于它相校而言的原始性，所以比我们日后那些

工业形式更好地显示出，我们要想在地球上存活，只能把我们自己套在由我们发明的机器中。

作者紧接着指出，这种迫使人"总是弯曲地坐着、不断地敏锐思考、无尽地核对大量图样"的工作，致使纺织工——以及"在某些方面可以类比"的学者和作家——更易患上抑郁类的疾病。而讽刺的是，这种抑郁的产物，织锦缎和过水塔夫绸、仿驼毛呢和雪芙呢……却有着"用语言无法描述的美丽"，它们的图样目录仿佛"来自唯一一本真正的、我们的任何文章或图画无论如何都比不上的书"。

这段话出现在《土星之环》最后一章。这一章的核心话题就是丝绸。而从养蚕业被传到欧洲后的种种历史际遇，可以看出丝绸的善恶一体不仅体现在纺织工人的职业病上，也体现在桑蚕这一多少有点不可思议的奇特生物本身——它似乎在某种俯瞰式的比喻层面上象征着作为整体的人类。

这种象征可以回溯到之前关于中国那一章，其中特意提到慈禧太后对蚕这种"神奇的虫子"的热爱。她喜欢"身心投入地倾听由无数条桑蚕啃咬新鲜桑叶时发出的轻轻的、均匀的、极其抚慰人的声音"，"她觉得它们是理想的民众，勤勉、愿意赴死……以给它们指派的唯一任务为目的"。回到最后一章，这种从暴政角度，将桑蚕与民众进行类比，在此有个恐怖的呼应：当我们看到在一部德国纳粹拍摄的养蚕科教电影里，蚕茧是如何被有计划地用高温水蒸气加以灭杀——"当人们完成一批之后，就会开始下一批，直到完成整个灭杀工作"——我们几乎不可能不想到二战中被残害的犹太人，他们同样是被成批地、有条不紊地加以灭杀，就像他们只是一些虫子。

于是我们可以看到，《土星之环》始于死亡与火的结合——火葬，而终结于死亡与丝绸的结合——真丝丧服。书中最后一则轶事是这样的：据说在维多利亚女王的葬礼上，泰克公爵夫人穿了一件令人惊艳的黑色真丝连衣裙，它是由诺里奇的一家丝织厂在最终倒闭前"为了展示其在真丝丧服领域一如既往不可超越的艺术技巧"而制作的。"作为丝绸商人的儿子"，作者随后写道，"托马斯·布朗可能注意到了这种产品"，因为他在一篇文章中提到荷兰有种风俗，要将逝者家中的镜子和图画都盖上真丝黑纱，以防离开肉体的灵魂受到尘世的诱惑而恋恋不舍。

这里必须再次强调重读的必要。因为只有如此，我们才能欣赏到整部作品那种封闭的环形结构（那种感觉，就像标题暗示的，恍若由无数碎片组成的美丽的土星光环，或是完美无缺的精致蚕茧），我们才会发现，结尾处的诺里奇也正是开始时作者生病住院的那个诺里奇，并且在一开头就有句表面平淡，实则暗藏玄机的陈述："一六零五年，托马斯·布朗出生于伦敦的一个丝绸商家庭。"

在某种意义上，我们可以将这句话看成《土星之环》这个精美蚕茧上那条细长透明的蚕丝的首尾连接点。那条蚕丝就是引导我们走出这座文字迷宫的阿里阿德涅之线，它将一切都联接起来：从绵延繁复的文体，到旁征博引的见闻，而这一切如茧般层层包裹的，就是恶之谜底。更妙的是，作为一个完美的环体，这个谜底其实早已写在书最初始的题词页上，它来自弥尔顿《失乐园》中的一行诗句：**我们在这个世界范围内知道的善与恶几乎是不可分割地一起成长的。**

这是个令人绝望的谜底。就像说凶手便是受害者本人。原来一直在将我们不断推向灭亡的，正是我们的存在本身。更可悲的是，这一死结般的因果关系是无可避免的，几乎没有破解的可能。而火与丝，是这种自毁倾向的最佳体现。它既表现为人类的自相残杀和奴役，也表现为人类在不知不觉中，在看似进步中，一点点被自己创造的文明所折磨、所围困、所毁灭。也正是从这个意义上，"我们每个人肩上都可能扛着一捆给自己火葬的柴"。或者用另一个跟丝绸有关，更贴合塞巴尔德文风的比喻：作茧自缚。

如果说塞巴尔德对人类存在的终极困境——即一种无可逃脱的自取灭亡——还暗示了丝毫希望的话，那么它同样与蚕茧这个意象有关。作茧自缚的下一步是什么？

是化茧成蝶，是获得新生。这意味着，如果灵魂不灭，那么死亡就是一种希望。但对于这个宗教的解决方案，塞巴尔德似乎更多的是担忧，而非依赖。（因此他才借布朗之口说，他"虽然明确坚定着基督教信仰，私下里也许仍在怀疑灵魂的不可毁灭性"，"他最沉重的忧郁石块就是害怕我们的自然毫无希望地终结"。）

另一种较为切实的对策是安于绝望，去过一种安静而神秘的、苦修式的隐居生活，一种尽可能无欲无求的生活。那也正是塞巴尔德作品中大部分人物的生存方式。（比如"在一个大多数人为了维持自身存在而必须连续不停购物的时代，实际上迈克尔根本从未去买过东西"。）

还有一种隐藏更深，也更为虚无缥缈的方案：文学。如果要给那种绝望的隐士生活赋予一个符号式的人物形象，那显然就是前面提到过的维特根斯坦；而对于用文学来对抗绝望，塞巴尔德也设置了一个符号式人物——纳博科夫。如同某种复活节彩蛋，纳博科夫的形象被精心暗藏在《移民》中四个故事的缝隙里：塞尔温大夫的一张夹着捕蝶网的旅行照片"连细节都像纳博科夫"；唯一让住在精神病院的安布罗斯感到愉快的，是一个神秘的"捕蝶人"；而费尔贝尔在极其艰难地创作的一幅画也叫《捕蝶人》，因为就在有次他想要从山顶坠落自杀的时候，是一个手持巨大白纱捕蝶网的老人救了他。虽然《保罗·贝雷耶特》里没有出现捕蝶网，但我们会发现，当保罗与拯救他的兰道夫人初次相遇时，她正坐在公园长椅上读纳博科夫自传。

选择纳博科夫当然是因为他是一位文学大师，但更是因为他那标志性的捕蝶网。利用蝴蝶、飞蛾和桑蚕之间的这种类同性——它们都同属无脊椎的蛾类——就像用一缕看不见的蚕丝，塞巴尔德将这几部作品巧妙地串联起来。不止一次地，他暗示我们注意蛾类这种美丽、沉默而又卑微的动物和芸芸众生是何等相似，像捕蝶那样去捕捉人类生存的美与悲哀，制成标本，这不正是文学一直在做的事吗？

但对于人类的苦难而言，以文学作为拯救方式，显然是一种天真的想法。最多它也只能算是一种幻觉，一种权宜之计。所以塞巴尔德笔下的人物经常抱怨文字的无能，事实上，他们不仅把文学，甚至也把生活本身视为一种权宜之计——就像他们不知怎么来错了地方。然而由于他们也不知道自己究竟要去哪儿，在这种情况下，文学、艺术（或者更广一点，知识），至少算是一种暂时的安慰。

可以说，塞巴尔德这几部精美的作品本身就是这种安慰的证明。例如，当你读过下面这句话，在你整个余生，机场都会变得有所不同：时不时传来女广播员显然无形的、像天使般播送着通知的声音。

温弗里德·塞巴尔德1944年出生于德国南部的韦尔塔

赫，跟他小说中的人物一样，他似乎对自己的存在感到某种程度的厌恶。据说他非常厌恶"温弗里德"这个名字，因为他觉得这是个标准的纳粹名字；他还自嘲是"法西斯的产物"，因为他父母是在1939年德国入侵波兰时结识的。他的生平可以用上面提到的两种生存策略加以概括，即隐居和文学。他在1966年二十二岁时便移居英国，先是上学，然后教书，主要研究方向是奥地利文学；自1970年起直到2001年五十七岁去世，他一直任教于英国诺里奇的东英吉利大学（又是诺里奇）。他年近五十才开始创作，一出手便老练沉稳如大师，但即使在一举成名后，他也依然偏居一隅，恰如他笔下人物那样简朴而低调。甚至他的死也像是发生在他书中的故事，既令人震惊悲痛，又似乎有某种超越我们理解的奥秘——他死于一场交通意外，因为驾车时心脏病突发。

如果塞巴尔德给人一种生活与作品彼此交错的感觉，部分原因是他一直让自己的身影闪现在自己的小说中。虽然并没有过分强调，但他常会通过各种（看似）不经意的细节提示我们，小说中的那个"我"，那个但丁式的游荡者和记录者，就是他本人。这种提示的顶点，是出现在《土星之环》里的一张多年前"我"靠在一棵巨型黎巴嫩雪松前的照片，而那的确就是年轻时的塞巴尔德。

这就引出了这篇文章的最后一个疑问：贯穿在塞巴尔德所有作品中的那些照片，到底哪些是真的，哪些是假的？尤其是那些跟小说人物与情节紧密契合的照片。比如《奥斯特利茨》里那张主人公儿时身穿白色斗篷的照片（在英文版里它被用作书的封面）。这个问题既重要又不重要。不重要是因为这些作品本身已经构成了一个封闭完整的世界，在那个世界里，一切假的都是真的。重要则是因为，如果它是假的——它确实是假的，根据《纽约客》书评家詹姆斯·伍德的说法，他在塞巴尔德文学档案室里发现那不过是张普通的跳蚤市场上的摄影明信片——那么这是否属于某种道德的灰色地带？也就是说，对这些照片的虚构是否伤害，甚至侮辱了它本来真正的拍摄对象？这难道不是另一种遗忘？我们永远都不会知道那些家庭照后面真正的故事。不过，我们也可以从另一个角度去解读，即这些照片的无名性更加深了作品的迫切程度，因为那可能是任何一个人的照片，任何一个人的故事，那可能成为你我每个人的经历，甚至也许此刻就正在发生。

秋日之光

我醒过来——就像有什么在呼唤我。但是没有。周围昏暗而寂静。我伸出手去拿手表,触碰到磨旧的皮质表带。差五分五点。这是一栋湖边小村庄里的老房子。一年前我们租下了这里,作为工作室兼家庭度假屋。我又躺了一会儿。然后我起身下床,打开门走到露台上。

世界一片幽蓝。仿佛可以被呼吸进去的蓝。我看着湖对岸远处的群山。山的边缘微微发红,就像它们背面是灼热的烙铁。一切都在期待着。我突然涌起一股对工作的渴望。我突然知道了是什么在呼唤我。

我下楼来到厨房,给自己做了杯咖啡。(我想起修士作家托马斯·莫顿日记中的一句话,"早餐只喝咖啡意义非凡"。)我选了一张唱片放进唱机:格伦·古尔德(Glenn Gould)1982年版的《哥德堡变奏曲》。我调小音量。然后我坐下来,一边喝咖啡一边翻译《光年》的最后一章。

* * *

"如你想象的那样去生活,否则,你会如你生活那样去想象。"法国诗人瓦莱里在一篇文章中说。我们很容易把这句话当成是出自芮德娜 ——《光年》的女主人公 —— 之口。我们甚至可以看到她说话时的样子:四十多岁,离异,单身,一张美丽而知性的面孔("没有丝毫的多愁善感"),嘴角带着浅淡的微笑,优雅,沉静,超然,散发出某种近乎透明的神秘 —— 就像一束光。

而在小说开头,我们第一次看见芮德娜的时候,她二十八岁,正在一个最适合家庭主妇的场所:厨房。

> 她的戒指摆在旁边。她身材颀长,全神贯注;她的脖子光着。她停下来去看食谱,低着头,她聚精会神的样子美得惊人……摊在木质台面上的花,她已经修剪好茎干,准备插进花瓶。她面前是剪刀,薄如纸片的盒装奶酪,法式餐刀。她的肩上有香水。[1]

---

[1] [美] 詹姆斯·索特著,孔亚雷译:《光年》,广西师范大学出版社,2018年。

随即，镜头一转，摇向她所居住的这幢带花园的河畔大宅，维多利亚式的外观搭配波希米亚风的内饰，一如她的生活本身，既典雅又嬉皮，既摩登又自然。

我打算从里到外来描述她的生活，从它的内核，房子也一样，从各个房间收集生活的碎片，那些沐浴在晨光里的房间，地板上铺着曾属于她婆婆的东方地毯，杏黄，胭脂红，棕褐，它们纵然破旧，却似乎喝足了阳光，汲取了它的温暖；书籍，干花罐，马蒂斯色系的靠垫，物件如证据闪烁。

其他闪烁的证据包括：一对天使般可爱的女儿（七岁和五岁），一个温柔而有才华的建筑师丈夫，一辆绿色敞篷跑车，一只叫哈吉的牧羊犬，一个无所不谈的闺蜜，以及，一个秘密情人。某种意义上，小说便是围绕着这些证据在缓缓展开。但那到底是什么的证据呢？是幸福？还是不幸？

从表面上看，《光年》是一部碎片化的婚姻生活编年史。通过一系列电影化的场景切换，它为我们生动地展现了一对美国中产阶级夫妇，维瑞和芮德娜，从1958到1978年这二十年间的生活切片。它的结构犹如巴洛克音乐，既华丽又清晰：一方面，是繁复而有质感，令人愉悦而充实的大量细节铺陈；另一方面，就像巴赫的《哥德堡变奏曲》，这些华美的变奏都源自同一个简洁的主题。这个主题显然就是维瑞夫妇。哦不，等等——也许我们应该说芮德娜夫妇？或者，更确切一点，我们也许应该直接说，这个主题就是芮德娜，而且**只**是芮德娜。正如他们的好友彼得指出的，离婚后的维瑞之所以不快乐，是因为"任何两个人，当他们分开时，就像劈开一根原木。两边不对称。核心含在其中一边"。"带走那神圣核心的是你。"他接着对芮德娜说，"你可以一个人快乐地生活，他不行。"

这就是整部小说的秘密所在。芮德娜。芮德娜不仅是他们婚姻中的神圣核心，也是这部小说的神圣核心。她掌控了整部小说的精神气质。为什么这部以婚姻生活为主要材料的小说却几乎没有任何对婚姻的深刻观察和见解？（而且这种缺失似乎并不是由于缺乏才能，而是由于缺乏兴趣。）为什么时光的流逝在书中显得如此飘逸，如此冷漠，如此漫不经心？因为芮德娜。因为无论是对婚姻还是时间，芮德娜都毫无兴趣，也毫不畏惧。

那么，芮德娜对什么感兴趣呢？生活。生活这件事**本身**。"她真正关心的是生活的本质：食物，床单，衣服。其他的毫无意义；总能应付过去。"对芮德娜来说，"生活是天气。生活是食物"。其他的——工作、交际、政治，甚至友谊和爱情——都毫无意义。对芮德娜来说，有意义的是：抚摸小狗柔软的皮毛；开车进城（"她只在几个固定的地方购买食物"）；在书店里的艺术书籍间流连；野餐；在林间的松木教堂听音乐会；海（"海浪丝滑"）；为女儿们编写童话；充满生命力的性爱；松香味的希腊葡萄酒；法国布里奶酪、黄苹果和木柄餐刀；阅读马勒传记；晚睡晚起（"在床上一直赖到九点，然后醒来，舒展身体，呼吸着新空气。久睡者通常特立独行"）……因此，正如我们的恐惧通常与我们的所爱紧密相连，芮德娜最畏惧的，同样是生活——也就是，不能"如你想象的那样去生活"。跟女友伊芙逛街时，芮德娜看中了一套昂贵的葡萄酒杯，当伊芙说"你不怕它们打碎吗？"，她的回答是："我只怕一件事，那就是'平庸生活'这个词"。

显然，这里的"平庸生活"并非指日常生活本身，而是指一种生活态度。芮德娜所恐惧的（以及她所厌恶和抛弃的），是以庸常而缺乏想象力的方式去**对待**生活（"如你生活那样去想象"），是怯懦或麻木地陷于那些平常而庸俗的外在规则中无法自拔——从而看不见生活本身所蕴含的奇迹般的美。

这些规则中，婚姻无疑是最重要和最醒目的之一。我们很难相信芮德娜不是为了爱情而结婚。这样一来，小说把叙事的起始时间定在他们成婚八年之后，就显得别具意味。因为即使从最平常的标准看，这时爱情也已经自然死亡。（或者，在较好的情况下，转化为一种坚固而美丽的结晶体：亲情。）事实上，这时的芮德娜看上去就像一个殉难的圣徒：

秋日之光　297

> 她知道那是她必犯的错,最后终于犯下。她的面孔放射出知识之光。一条无色的静脉像道伤痕,垂直划过她前额的中心。她已经接受了人生的限制。正是这种悲伤,这种满足,造就了她的优雅。

而出于某种直觉,维瑞从一开始就意识到了这场婚姻的不对等:

> 他对她的拥有已得到认可,而与此同时,她身上有什么变了。……那种令人绝望、无法承受的情感消失了,取而代之的是一个二十岁的年轻女人,被判处和他一起生活。他无法精确地解释。她已经逃离。

因此,当他**终于**出轨,他最强烈的感受不是内疚,而是一种夹杂着恐惧的骄傲。他感到"在某种意义上,他与她突然平等了;他的爱不再单单依赖于她,而是更为广阔"。当他第一次偷情归来面对芮德娜的时候,他感觉空虚而平静,他觉得自己"充满了秘密、欺骗",但是,"这让他完整"。

芮德娜则始终是完整的(以至于似乎没有什么能**真正**伤害到她,束缚住她)。这种反差也表现在对他们夫妇各自外遇的不同叙述手法上。在维瑞这里,一切都遵循传统的出轨模式：从派对到餐厅到床上。就像"一部有着愚蠢片段的电影，但却仍然令他们沉迷"——也令我们沉迷——那些场景虽然老套，细节上却显得古老而新颖，并带有一种不可思议的穿透力。（最好的例子是，做爱后，维瑞给卡亚放水洗澡，他看着她滑入浴缸。"水怎么样？"他问。"像又一次做爱。"她答道。）再来看看芮德娜。10月的一个黄昏，杰文，他们的家庭朋友，带着礼物前来拜访。他跟维瑞寒暄，跟孩子们逗趣。他接过芮德娜递来的餐前酒。然后，突然，毫无铺垫，毫无过渡，出现了这样一段：

> 午间，一周两次，有时更多，她躺在他床上，后屋一个安静的房间。她枕边的桌上有两只空玻璃杯，她的手镯，戒指。她什么都没戴，双手赤裸，手腕也是。

随后是一连串流畅的，新浪潮电影般的场景交叉切换：温馨的家庭画面与激情的午后幽会平行推进。一边是喝酒，聊天，给壁炉生火；一边是呻吟，扭动，拥眠。一边是"她看见他在自己高高的上方。她双手扯紧床单"；一边是杰文蹲在壁炉前，"火升起来，发出噼啪声，在粗重的木块间窜动"。这或许是小说史上对外遇最冷酷、最令人震惊的描写之一。然而，在很大程度上，导致这种震惊的并不是芮德娜的行为本身，而是她对这一行为的态度——以及与之对应的奇特叙述方式：如此平常，如此自由，简直就像季节转换——无比自然，却又带着生命自身那种永恒而本质的神秘。

与维瑞的犹豫、惊慌和空虚相比，这就更值得惊讶。同样是婚外情，芮德娜却显得自在、安宁、充实。她的出轨似乎拥有某种纯真，使其不只是情欲那么简单，而更接近于某种修行（以至于我们用通奸这个词都会感到别扭）。似乎她通过不忠做到了另一种忠诚：忠于充满存在感的生命力——为此她几乎可以不顾一切。（也许除了孩子，这是唯一对她有效的世俗规则，但那是因为"在所有爱中，这才是真正的爱""最好的爱"。）这种忠诚甚至还有一个不乏讽刺的体现。虽然不断地更换情人，但你会发现，在一定时期内，芮德娜的身心只属于某一个人，也就是说，她不会跟任何别的男人做爱——即使那个人是她丈夫。"他们睡觉时仿佛彼此订过协议；俩人连脚都不会碰。""不过的确有协议，"后面紧接着写道，"那就是婚姻。"

除了婚姻，芮德娜——实际上也是这部小说——的另一个蔑视对象是政治。当然，这里指的是广义上的政治，即对时事或真或假的关注。这也是一种规则：无论个人还是作品，当其对自己的时代背景采取全然漠视的态度，都会面临道德上受谴责的危险。在这点上，《光年》

几乎达到了现实主义小说的极限。二十世纪六七十年代的所有重要时事，从越战到刺杀肯尼迪，从登月到古巴导弹危机，从伍德斯托克音乐节到披头士，在书中都无影无踪——就像从未发生过。取而代之的是精美的晚餐、钓鳟鱼、插花、塔罗牌、在雪莱住过的英国小镇散步、《天鹅湖》、莫扎特、瑜伽、纽约大都会博物馆的古雕像……这不禁让人想到另一部美国小说，《斯通纳》。一如《光年》，它对时代的漠然也同样令人侧目（而且它也同样一度被严重低估）。不同的是，大部分时候，拥有大学终身教职的斯通纳都是在被动接受（就像穿着防弹衣），而在芮德娜这里，一切都是开放的，裸露的，主动的。我们会有一种感觉，《光年》中的道德和时代感之所以缺失，纯粹是因为芮德娜抛弃了它们，她根本不屑于遵守或谈论它们，因为它们不符合她的品位，因为它们"毫无意义；总能应付过去"，因为，归根结底，它们不是"生活的本质"。

但问题是，究竟什么才是**生活的本质**？"食物，床单，衣服"这个回答显然无法让人真正满意。而且我们也必须提防"品位"这个词——它往往让人联想到虚荣、做作和附庸风雅。（还有什么比"品位"这个词更没有品位吗？）这个词缺乏力量、反叛和创意。而这些正是芮德娜的特质。所以也许更适合她的词是"风格"。在她极具风格化的世界里，没有世俗规则的位置。她有自己的道德和时代,自己的标准和规则,而简单地说,那就是竭尽全力,"如你想象的那样去生活",去感受生活最深处的本质,以及随之而来的意义。于是我们又回到了那个问题:什么是生活的本质?随之而来的意义又是什么?事实上,这也是我们在阅读《光年》时所面对的问题:什么是这部小说的本质?这些连绵不绝、精妙绝伦的场景意义何在?

一个美丽的谜。

谜底也许隐藏在十七世纪的荷兰。不知是有意还是无意,"荷兰"这个词出现在小说的第一页(但仅此一次):"这里曾属于荷兰。""这里"指的是纽约哈德逊河流域——芮德娜和维瑞的家就在河边——它于十七世纪最早由荷兰人开拓为定居点。正是这一时期的荷兰人,不仅创建了《光年》中的故事发生地(纽约),而且还以一种隐秘的方式——或许连作者本人都没有意识到——对应着这部小说的美学风格。那就是十七世纪中期到末期,以维米尔、伦勃朗、哈尔斯为代表的荷兰风俗画派。法国学者茨维坦·托多罗夫,在他论述这一画派的杰作,《日常生活颂歌》中指出,是荷兰风俗画将绘画第一次彻底"从宗教画中解放了出来",使那些最普通的日常活动——切洋葱,戴项链,看信,甚至发呆和打瞌睡——成为"完全独立的主题","获得了一种特殊的尊严"。而且,由于这种对日常生活的描摹达到了一种前所未有(也后继无人）的高度，散发出一种几乎接近神秘的生命力，以至于"荷兰绘画似乎实现了某种等级上的颠覆……画家发现，即使最微不足道的事物，最平淡无奇的举止之中都可能存在美……凭借他的画笔，他能够向人们表明，物体值得拥有美学甚至伦理上的赞美"。

这几乎就已经解答了《光年》之谜，不是吗？为什么那些场景描写的无比美妙竟然会让人迷惑？因为它们"实现了某种等级上的颠覆"。它们颠覆了正常的文学制度。那些日常生活场景——起床，做饭，开车，聊天，在海滩上，在餐厅，在朋友家——的存在（及其美妙）不再是为某个主题服务，它们本身就是主题。它们没有（也不需要）任何内在意义，它们本身——它们散发出来的美和愉悦，就是全部意义。它们"获得了一种特殊的尊严"，散发出一种特殊的光芒："海发出隐约的轰鸣，仿佛在玻璃杯里"。"河流是一种明亮的灰色，阳光看上去像鳞片。"做爱时动作"带着某种庄重、残忍的缓慢"。小马的耳朵"是暖的，硬得像只鞋"。圣诞树"枝叶茂盛如熊皮"。而书中随处可见的对话场景流畅而极具节奏感（有时几乎像诗），它们既像真正的聊天（似乎什么都说了，又似乎什么都没说），也像最好的聊天（其间常常闪现着令人回味的睿智，例如："冷漠带来幽默"。）

通常来说，意义即道德。这些句子、片段和场景在意义上的自足导致了它们在道德上的超越。它们拥有自己的道德，因为它们"值得拥有伦理上的赞美"。这种道德，一如荷兰风俗画所体现的，是一种对世界具体而充实的爱，对生活直接而宁静的喜悦。这种道德追求的是表面化，是充满生命力和物质感的爱和欲望，是生活本身。而这也正是芮德娜的价值观。由此，小说的形式与内容、文本与灵魂达成了一种深度的结合与共鸣。

这实际上是一种古老而美妙，但已被现代人遗失的价值观。它源于古希腊人对生命的着迷与感激。他们对生活充满爱意，但并不去探求生活背后的意义或秘密，那是神的范畴。（美貌、智慧、性欲、食物，甚至睡眠——在古希腊人看来，生活本身已是一连串的奇迹。）他们有一种孩子般的自在和幸福。（正如尼采所说，他们的深度就在于他们的肤浅。）这种幸福显然已经被宗教、工业化、电子化所摧毁，但它又永远不会被真正摧毁。因为生活本身不会被真正摧毁——只要我们还**活着**。这种原始而本真的价值观永远会在黑暗中闪现：尼采的酒神狂欢；佩索阿的长诗《守羊人》（思考事物的内在意义／是多此一举，好像去思索健康）；维米尔那幅《戴珍珠耳环的少女》；詹姆斯·索特的《光年》。它们都以不同方式，对应着方济各会修士、神秘主义者托德（Jacopone da Todi）的那句话：玫瑰没有"为什么"的问题。

生活也没有"为什么"的问题。

生活的目的就是生活本身。生活的本质即表面。生活的意义就是不需要意义。对生活之谜来说，谜面即谜底。它由无数基本而常见，微妙而闪烁的细节构成。它是充满爱意和创意地去衣食住行、生老病死。它还事物和欲望以本来面目。"物件如证据闪烁"。但那既不是幸福的证据，也不是不幸的证据。那是存在的证据。那是任何微不足道、平淡无奇的事物和动作（词语和句子）都能散发光亮，都蕴含着美和愉悦的证据——当然，这必须要通过艺术：绘画的艺术，文学的艺术，人生的艺术。

* * *

2016年初，我们在莫干山脚下的一座小村庄里租了栋老房子。我一直想住到乡下。房子不大，但有个宽敞明亮的庭院，周围被茶园、群山和湖水环绕。我包揽了所有的装修设计，就像那是我创作的一部作品——在某种意义上，它也的确是。我保留了它的外观和结构：石基，黄土墙，木梁和灰瓦，但将内部改造成了某种简洁而混搭的北欧风格：老木头地板，整面墙的白色书架，黑胶唱机，铸铁壁炉和尼泊尔地毯。大部分家具都是一件件从旧货市场淘来的，因此它们有几个特点：便宜；散发出美妙而无价的时间感；而且，如同写作一样，你不知道自己到底会遇见什么——于是经常，它们就像某种恩赐。

我想芮德娜也会喜欢这里。事实上，这里似乎跟《光年》中她的房子在遥相呼应。它们都在水边,都是乡村老宅,都有书籍、音乐、花园、孩子的身影。在这里,我能如此真切地——几乎是身体性地——感受到她的感受。湖面上的光。旧餐桌上的水果。室外无声飘落的雪,而室内"木块在壁炉里如枪击般轻柔地爆裂"。孩子的成长仿佛"开始履行承诺"。开车进城购物,返回时"一路飞驰,只开左车道,超速,疲惫,快乐,充满计划",然后,从远处,看到自己的房子"像一艘船,在黑暗中,屹立不动,每扇窗都充满了光"。

但我对芮德娜的认同还有更深层的原因。福柯有句名言:"令我惊讶的是,"他说,"在我们的社会中,艺术只与某个对象或客体有关,而不是与个人或生命有关。为什么一盏灯或一座房子可以成为艺术对象,而我们的生活却不行?我们的人生为什么不能成为一件艺术品呢?"我想,芮德娜和我,或者说,詹姆斯·索特和我,都是这句话的信徒。

* * *

詹姆斯·索特不是他的真名。直到1956年——那年他三十一岁——他的第一部小说《猎手》出版之前,他都叫詹姆斯·霍罗维茨。霍罗维茨1925年出生于新泽西一个殷实的中产阶级家庭,他在纽约的上曼哈顿长大,高中就读于著名的私立学校霍瑞斯曼，比另一个未来的大作家，杰克·凯鲁亚克，低两个年级。在父亲的要求下，跟父亲一样，他大学上了西点军校。在那里他受训成为一名飞行员。他一直想驾驶战斗机，但他错过了第二次世界大战——1945年，就在他毕业前一个月，战争在欧洲结束。不过总会有战争——这次是在朝鲜。在开了六年运输机后，他的新飞机是F-86"佩刀"，美国空军第一代喷气式战斗机。

《猎手》便直接取材于他执行的近百次战斗任务。这也许是美国在朝鲜战争中的最大收获：《猎手》对空战和飞行生活精确而富于启示性的描写，使它成为有史以来最伟大的飞行小说之一。而霍罗维茨——不，现在他已经是詹姆斯·索特——则因此被公认是文学史上迄今最伟大的两位飞行员作家之一，另一位，当然就是《小王子》的作者，圣埃克苏佩里。

索特（Salter）的词根是"盐"（salt）。这是个合适的笔名。跟盐一样，索特的作品宛如某种纯粹的结晶体，既高贵又平凡。战斗机飞行员是天生高贵的士兵。他使用的武器如此昂贵。他在天空中作战。所以这也许并非偶然：正如圣埃克苏佩里以一部童话闻名，索特的小说也往往令人想起某种神话。他们俯瞰人类生活。他们看到的是全景和本质，对附着于生活的污渍和灰尘——时事、谋生、权力，他们既看不见，也不屑一顾。他们飞翔于这个世界之上。但飞行（更何况战斗飞行）同时又与最直接、最本能的生理感受紧密相连。孤身一人，飘浮在天空，心与肌肉的收缩，精确与放纵，刺激与宁静，高潮与坠落。这也解释了为什么索特的作品主题常常聚焦于高处——要么在肉体上，要么在精神上——而同时又带有一种强劲的、几乎是原始的生命力，一种令人身心战栗的冲击力。《猎手》自不用说，它的故事背景就是高空。《独面》，他的另一部小说杰作，同样与真实的高度有关。以美国传奇登山家加里·赫明（Gary Hemming）为原型，它改编自一部遭拒绝的电影剧本，却因其逼真可信而受到专业登山者的极度推崇。（"你简直可以攀着那些句子往上爬。"一位评论者说。）而《寻欢》——也许是索特最有名的小说——处理的则是另一种高峰：性高峰。被誉为二十世纪最性感的情色小说之一，它从一个不确定的、谜一般的旁观者视角，偷窥并想象了一个美国年轻人和一位法国少女间的情爱关系。无论是法国还是性爱，虽然这两者都是老生常谈，但在文学上，索特都将其提升到了一个不可思议的新水平。而在他的代表作，《光年》中，芮德娜则仿佛一名高贵的战士。她超脱、轻盈而无敌，她决意要击败那些平庸的世俗规则，而她的武器——正如我们之前提到的——同样既珍贵又平凡，那就是纯粹的、生理性的日常生活本身："食物，床单，衣服"，或者，"午餐在一块蓝色格子布上，有点盐撒落到上面"。

如果我们将索特的长篇小说看成某种远距离飞行，那么他的短篇小说就是花式飞行表演。虽然数量不多——大约只有二十几篇，分别收录于两部短篇集，《暮色》和《昨夜》中——但他被广泛认为是一位短篇小说大师，并对这一体裁做出了耀眼的创新。1989年，《暮色》获得美国笔会的福克纳奖。"年轻时他就会飞。"著名非虚构作家菲利普·古雷维奇在《暮色》的前言中写道，"……而且他一直在飞，事实上，是永远在飞"——只不过，后来是用句子在飞。他接着指出，阅读詹姆斯·索特的最大乐趣之一，便是"他似乎允许自己做任何事"，以至于有时"连他自己笔下的人物也感到震惊"。奇特的、毫无准备的突然离题和插叙。闪电般照亮一切（但又立刻熄灭）的真相。大幅度、犹如时空黑洞的情节省略。的确，读索特的短篇小说就像在飞，就像坐在正进行花式表演的飞机副驾驶座：猛烈转向，垂直上升和下降，瞬间提速和停顿——我们的肾上腺素会急速飙升，或者，按《华盛顿邮报》的说法，"他用一句话就能让你心碎"。

这显然需要高超的技巧。他是怎么做到的？既然他的手段并不比别的作家更多——无非是白纸黑字——甚至可以说更少：他以行文简洁而著称。这也许要归结于他除了飞行员之外的另两种身份，法国爱好者和电影人。虽然他的电报式文风，他大胆的性描写，经常让人想到海明威和亨利·米勒，但他更隐秘的文学导师却是那些法国作家：纪德，塞利纳，杜拉斯。这种对法国的迷恋，这种欧洲气质，不仅表现在小说的背景设置上（《寻欢》几乎完全发生在法国，《光年》中也有相当篇幅的欧洲场景），更体现在他的写作风格上：无论是文字还是叙述方式，它们都弥漫着一股颓废贵族式的优雅、唯美和放荡不羁。而他的电影人经历则赋予了这种风格一种无与伦比的质感和分寸，在最好的时候，其美妙程度，会让人恍若置身于克洛岱尔所说的——"必要性的天堂"。

他的电影生涯并不成功。1961年，处女作《猎手》的出版及其带来的高额电影版权费，坚定了他离开军队的决心。他携妻子安和两个年幼的女儿定居在纽约哈德逊河畔的一个中产阶级社区。正是在这里，他遇见了《光年》中维瑞夫妇的原型，罗森塔尔夫妇，并为其精致而充满知性的生活方式所倾倒。也正是在这里，他渐渐变成一个无名的低产作家，和一名失败的电影编剧兼导演。他写了十六部电影剧本，但只有四部开拍。他唯一的导演作品，改编自欧文·肖同名短篇小说的《三角关系》，也差强人意反应平平。电影带给他的，是欧洲旅行、婚姻破裂、高级酒店和餐厅、充满魅力的男人和女人，以及，最重要的——一种极具画面感、近乎卓绝的新文体。我们很难想象，如果他没有进入过电影业，《光年》中会出现这样的句子：

最终她睡了几个小时，车孤单地停在蓝色灯光

的服务区。当她醒来,东边的天空已经泛白。她到了一个似曾相识的国度:倾斜的山坡,深色的树。公路已经可以看见,平滑而苍白,目力所及全是森林,没有任何房屋或灯火。她莫名地兴奋;或许一贯如此,她想。一天的开始,就像海边的黎明,会让她震颤,赋予她新生。

远景——近景——特写。色彩——视角——情绪。另一个更妙的例子:

他仔细地阅读菜单,读了两遍,像在寻找什么莫名其妙丢失的东西。侍者立在他的肘边。

一个静止的横切镜头。奇特而有效。我们看不到面孔或表情,也不需要看到——菜单一角,僵硬的肘部,侍者制服上的纽扣(金色?),全都散发出微妙的焦躁与等待。我们感到无以名状的愉悦。这是一种奇异的愉悦:它既熟悉又陌生。熟悉的是,这种愉悦显然是文学性的,它与词语的组合方式有关,与这种方式带来的意象与氛围有关。陌生的是,它似乎**只**与词语有关,它似乎停留在那些意象与氛围表面——仿佛那已经**足够**——从而消除了一般文学所蕴含的心理和道德意味。在某种程度上甚至可以说,凭借神秘的天赋和孤傲的勇气,詹姆斯·索特创立了一种新的文学价值观,它与《光年》中芮德娜的人生价值观形成完美的对应:本质即表面,文学即语句,形式即内容。

这也再次让我们想起托多罗夫的《日常生活颂歌》。他对十七世纪荷兰风俗画大师维米尔的阐述同样也适用于索特。"他将绘画带到了如此完美的境地,以至于我们再也无法超越其表面形象。"而"他描绘所有物体的那种强度,他给予描绘对象的不朽性",让人感觉到"与其说他是在为某个主题服务,倒不如说是他利用了这个主题"。于是我们会发现,"这些作品的意图既不是心理学层面的,也不是道德层面的——它们是绘画层面的……他带给世界的,是作为根本价值的绘画本身"。

我们只需将绘画改成文学。詹姆斯·索特带给世界的,是作为根本价值的文学本身。这种类型的作家一直都有,比如博尔赫斯(虽然是以完全不同的方式)。有一个特别针对他们的专业名词:作家的作家。而对于詹姆斯·索特,正如《纽约客》指出的,我们甚至可以更进一步:他是作家的作家的作家。

在《光年》中,被提及和引用最多的,也许便是芮德娜对"名声"的质问:"名声必须是伟大的一部分吗?"对此,维瑞的回答是yes。"名声不仅是伟大的一部分,"他在心里对自己说,"它是更多。它是证据,是唯一的证明。"

而詹姆斯·索特缺乏这"唯一的证明"。那就是这一质问被频频提及的原因——詹姆斯·索特不出名。被普遍认为是二十世纪最被低估和忽略的美国小说家，他严格符合身为"作家的作家"的标准条件：写得极好，卖得极差。与同时代的索尔·贝娄、厄普代克、菲利普·罗斯这些闪亮的名字相比，詹姆斯·索特这个名字黯淡得犹如正午的星光。虽然在许多同行看来（他们大部分都比他更有名），他在文学上的造诣和影响丝毫不输于那些大师。苏珊·桑塔格称他属于极少数自己"渴望阅读其全部作品的北美作家"。至今保持最年轻普利策小说奖得主纪录的裘帕·拉希莉，说自己一直在"无耻地向《光年》偷师"。而与雷蒙德·卡佛同为"肮脏现实主义小说"主将的理查德·福特，则在企鹅现代经典版的《光年》前言中宣称，"这已成为一种坚定的信念，那就是詹姆斯·索特写的句子好过当今美国任何一个作家"。那么，他为什么不出名？事实上，这也正是《纽约客》杂志对詹姆斯·索特的长篇特写，《最后一本书》的副标题。

最后一本书，指的是索特2013年的最新长篇小说《这一切》。（它的出版成为当年一个重要的文学事件，它终于获得了某种程度上的成功：广受关注，入选多个年度最佳，进入畅销榜单。）小说主人公是一位经历过二战的纽约文学编辑，对他房子的形容同样也适用于他——以及这部作品本身——"让人感觉有种美妙的干燥"。它包含了所有迷人的索特式元素（洗练而磁性的文字，绝佳的电影画面感，令人心悸的爱与背叛），但语调更为放松而苍凉，就像位看透一切，疲倦，但仍然风度翩翩的老绅士——他也的确是：2013年，索特已经八十八岁。这是他三十多年来出版的首部小说。低产，这是《纽约客》特写中剖析他为什么默默无闻的原因之一（他的上一部重要作品，也就是《光年》，出版于1975年）。其他几个原因包括：对时代的极度漠视（"他的人物似乎存在于一个没有政治、阶层、科技或流行音乐的世界，"《纽约客》上写道，"而且，大部分时候，根本不考虑谋生"）；过于风格化（"他的视角太过狭窄、私密而微妙"）；以及，贯穿他所有作品灵魂的，一种古希腊式的英雄主义（"在一个反英雄的时代，他却倡导英雄主义"）。

如果说这些原因听上去很熟悉，那显然是因为它们令人想到芮德娜——它们简直**就是**芮德娜。对于名声与伟大的关系，大部分评论都把焦点放在维瑞的想法上（并多少将其看成是詹姆斯·索特的心声），却忽略了真正的重点：芮德娜对自己的问题其实早有答案。

"我真正想知道的是，"芮德娜说，"名声必须是伟大的一部分吗？"

"唔，这个问题很难回答。"莱恩哈特最终说道，"答案是，并不一定，但从现实的角度看，必须有某种共识。它迟早要被加以确认。"

"这里面还少了点什么。"芮德娜说。

"或许。"他承认。

"我认为芮德娜的意思是伟大,就像美德,不需要靠说出来才能存在。"维瑞解释说。

"但愿如此。"莱恩哈特说。

是的,这里面还少了点什么——如果简单地将名声视作伟大的"唯一证明",那么伟大就会变得像名声一样不可信任。(正如在小说的结尾部分,芮德娜对一位终于成名的画家朋友的评论:"只是很难相信有真正的伟大","尤其是朋友之间"。)当然,跟所有正常人一样,索特也渴望名声。也无可否认,在维瑞身上,能看到些许索特的身影,但他真正的精神化身无疑是芮德娜。(就像福楼拜说"包法利夫人就是我,我就是包法利夫人"。)所以詹姆斯·索特不出名的根本原因也许是他并不**那么渴望名声**——他不愿改变风格去吸引众人的眼光,就像芮德娜不会为了他人的认可而循规蹈矩。在他们的生命之书里,最重要的永远是风格。他们相信伟大(甚至也相信"伟大会为自己所有"),但他们并不相信名声必须是伟大的一部分,他们相信真正的伟大不是依靠外在,而是来自内心,来自每个人生命最深处、某种根源性的东西——也就是芮德娜所说的,**这里面还少了点什么。**

秋日之光 315

但那到底是什么呢?

*　*　*

在1993年《巴黎评论》的采访中,詹姆斯·索特说,"我相信人应该有正确的活法和死法"。芮德娜的人生,显然,是对这句话的最佳阐释。而在芮德娜看来,"正确的活法"中必须要做的一件事,便是离婚,去独自生活。

我们只要稍加观察就会发现,《光年》中的几个标志性事件都发生在秋天。而如果要用一个季节来形容芮德娜,那么也应该是秋天。她是个有秋天气质的女人:成熟,感性,智慧,适宜中带着一丝冷。这本书也是如此。所以这并不奇怪,小说的结构,随同芮德娜的人生一起,以"离婚"为界,被分成清晰的两部分,而它们都是从秋天开始。

在小说的开篇,她二十八岁:

> 这是1958年秋天。他们的孩子七岁和五岁。河面上,颜色像石板,光倾泻而下。柔和的光,神的悠闲。远处的新桥闪耀如一项声明,像某封信中让人停住的一行。

离婚时,她已经四十一:

> 那年秋天他们离婚了。我本希望可以不必如此。他们都被秋日的清澈所打动。对于芮德娜,仿佛她的眼睛终于睁开了;她看见了一切,她全身充满了一种巨大、从容的力量。天气仍然暖和得可以坐到室外。维瑞在散步,那条老狗游荡在他身后。凋零的草,树木,那特别的光,都令他晕眩,仿佛他病了,或饿了。他闻到自己生命消逝的芬芳。

除了秋天,这两段里另一个共同的意象是"光"。事实上,"光"是这部小说里出现最多,也是最关键的意象——它照亮了小说的每个角落(同时也暗示了黑暗的存在)。光,也许是所有自然现象中最具神性的(以至于有时候它让人感觉就像神本身),它几乎不言而喻地象征着一种来自更高力量的启示。但并非所有人都愿意,或能够面对这种启示。同样的光,让芮德娜"看见了一切",却令维瑞晕眩。这正是他们之间最本质的区别,也是使芮德娜成为他们婚姻——以及这部小说——"神圣核心"的原因:她身上有一种维瑞所缺乏的,古希腊式的英雄主义。

正是这种英雄主义,促使芮德娜做出了种种在常人看来"不合时宜"的选择:年过四十,没有青春,没有稳定收入，却毅然离开温暖舒适的安全地带，投入一种全然自我的新生活。

所以这并不是我们熟知的，现代社会中那种与民族或牺牲有关的英雄主义。这是一种个体与神性相结合的英雄主义。与其说它是面对世界的，不如说它是朝向自身的。它对应的是苏格拉底所说的"认识你自己"（或者，按照福柯的解释：发明你自己）。这是一种极其个人化的英雄主义。它看重的不是身份的高贵，而是内心的高贵。它追求的不是金钱和权力的自由，而是爱和欲望的自由。因此，它所定义的英雄或伟人是古希腊意义上的：他（或她）必须能从爱和欲望的熔合中获取强大的力量，而不是——像大部分现代人那样——因爱和欲望的分离而倍受折磨。换句话说，他（或她）必须顺从自己的爱和欲望，从而让它们发出耀眼的光芒——但在现代社会，这种顺从往往表现为背叛。

芮德娜离婚之前的部分，正是对这种力量（光芒）的追寻：她对欲望的无比珍惜和顺从（无论那是食欲，性欲，还是求知欲），她对日常生活细节的无限迷恋。当她跟随一名叫莱昂的希腊老人（注意：希腊）在健身房锻炼时，"她的身体苏醒了，她突然察觉到，在自己体内——仿佛本身就存在——有种深切的力量感"。这种力量感，这种光芒，在她离婚后得到了充分、美妙，但同时又不无凄楚的展示：

她住在玛丽娜名下的一间工作室。要穿过各式卡车和凌乱的小街。一对夫妇带着个孩子住在楼上,她听见他们争吵。

她买了一床棕色的床罩,以及玫瑰,熏香,干花。床头放着书,她收藏的放大镜,闹钟。女儿们每天给她打电话。她从不抱怨。她充满力量。

夏天,她仍然去了海边,但这次不是和维瑞和孩子们:

她的生活就像完整的、被充分利用的一小时。其秘诀在于她没有自责或自怜。她感觉自己被净化了。日子就像采自一个永不枯竭的采石场。填入其中的有书籍,家务,海滩,偶尔的几封邮件。坐在阳光下,那些邮件她读得缓慢而仔细,仿佛它们是来自国外的报纸。

跟芮德娜一样,我们感觉既幸福又悲伤,既充实又空虚,既渺小又伟大。我们感觉到一种勇气——有时它会被误认为是一种自私。但那不是自私,那只是自我。(恰如书中对戏剧奇才卡森的形容:"自我感强烈到被当成自私,两者已合而为一。")自我与自私的区别是:前者需要勇气,而后者是出于怯懦——出于对自我的逃避——逃入貌合神离的婚姻、友谊、工作（因而很多时候，自私会伪装成某种表面上的"无私"）。

所以这就是芮德娜的最动人之处：一种勇气。一种敢于面对自我，投入自我，并创造自我的勇气。这也是那一丝凄楚的来源。因为真正的勇气、力量都带有一种天生的悲伤。这是一场必败之战。一趟必死之旅。但一切也因此变得更美，甚至更令人愉悦，也更值得我们去——全力以赴地，无所顾忌地——享受和珍惜所有真实的爱和欲望。因为一切将逝。我们应该鼓起勇气，但并不是那种盲目、轻浮、短暂而充满激情的勇气。我们需要的是一种冷酷、坚定而又持久的勇气，一种芮德娜式的勇气："充满力量"，"从不抱怨"，"没有自责或自怜"，也没有幼稚的希望或梦想。可以说，这是一种艺术家的勇气——如果我们要把生活变成一件艺术品。对这种勇气，格雷厄姆·格林说过一句很精彩的话（它常被用来形容詹姆斯·索特，但也同样适用于芮德娜）："作家心中必须有一块小小的冰"。

芮德娜同样也死于秋天（"仿佛在她最爱的乐章离开音乐会"）。她才四十七岁。她依然美丽——她将永不衰老。对于死亡，就像对于道德和时间，她同样毫不畏惧。因为她已竭尽全力地投入生命。"一种收获和丰饶感，充盈着她。她无事可做，她等待着。"这就像在说詹姆斯·索特自己：2015年，他逝世于纽约。他九十岁。他度过了丰美的一生，在某种意义上，他也已无事可做——他已经写完最后一本书——他等待着，满怀平静。事实上，早在四十年前，他就已经提前想象了这种平静。在芮德娜人生最后的夏天，最后的海滩，长女弗兰卡陪在她身边：

> 她们躺在那儿，神圣的阳光覆盖着她们，鸟儿飘浮在她们头顶，沙子温暖着她们的脚踝，她们的腿背。像马赛尔－马斯一样，她也抵达了。终于抵达了。一个疾病的声音在对她说话。那就像上帝的声音，她不知道它的来源，她只知道自己被召唤了……她突然感到一种平静，那种伟大旅程走向结束的平静。

马赛尔－马斯就是芮德娜那位最终成名的画家朋友。他终于抵达了伟大——有名声为证。但芮德娜和詹姆斯·索特同样也抵达了伟大——因为名声并非"唯一的证明"。因为"这里面还少了点什么"。除了名声，真正让一个人伟大的是更为内在，更为高贵，同时又更为简朴的什么。那就是勇气。那是因风格而抛弃名利的勇气。那是完全投入并创造自我的勇气。那意味着做一个真实而纯正的人，不绝望也不希望，不妥协也不后悔，不慌不忙，只爱自己真爱的人，只做自己真爱的事。那也意味着一种

"正确的死法"：就像芮德娜和索特那样，当人生走到尽头，会有"一种收获和丰饶感"，一种"伟大旅程走向结束的平静"，因为，正如《圣经》中的使徒保罗所说，"那美好的仗我已打过"。

*　*　*

最后一章很短。短得就像死。短得就像一个句号：简洁，完满，空虚。我合上电脑，走到院子里。世界已经充满了光。秋日之光。一切都如此清晰。空气清凉而干爽。狂躁的夏日已成为过去（或将来）。世界现在既冷静又洗练，既古老又崭新，像个真正的成年人——不年轻，也不苍老。我在台阶上坐下。我四十二岁。我感受着心中那块小小的冰。

附录

作家、艺术家列表及相关书目
（按在正文中出现的先后排序）

神秘主义入门

约瑟夫·布罗茨基	（Joseph Brodsky，1940—1996），俄裔美国诗人，1987 年获诺贝尔文学奖。
W. H. 奥登	（W. H. Auden，1907—1973），英裔美国诗人。
切斯瓦夫·米沃什	（Czesław Miłosz，1911—2004），美籍波兰诗人，1980 年获诺贝尔文学奖。
亚当·扎加耶夫斯基	（Adam Zagajewski，1945—2021），波兰诗人。
安东尼奥·马查多	（Antonio Machado，1875—1939），西班牙诗人。
苏珊·桑塔格	（Susan Sontag，1933—2004），美国评论家、小说家。
维斯瓦娃·辛波斯卡	（Wisława Szymborska，1923—2012），波兰诗人，1996 年获诺贝尔文学奖。
约瑟夫·恰普斯基	（Józef Czapski，1896—1993），波兰艺术家、作家和评论家。
兹比格涅夫·赫贝特	（Zbigniew Herbert，1924—1998），波兰诗人。
约翰内斯·维米尔	（Johannes Vermeer，1632—1675），荷兰画家。
威尔汉姆·哈莫修依	（Vilhelm Hammershøi，1864—1916），丹麦画家。
乔治基奥·莫兰迪	（Giorgio Morandi，1890—1964），意大利画家。
E. M. 齐奥朗	（E. M. Cioran，1911—1995），罗马尼亚裔法国作家。
菲利普·罗斯	（Philip Roth，1933—2018），美国小说家。

相关书目

《无止境》	［波］亚当·扎加耶夫斯基著，李以亮译，花城出版社，2015。

附录 323

《另一种美》	[波]亚当·扎加耶夫斯基著,李以亮译,花城出版社,2017。
《重点所在》	[美]苏珊·桑塔格著,陶洁、黄灿然等译,上海译文出版社,2011。
《眼泪与圣徒》	[法]E. M. 齐奥朗著,沙湄译,商务印书馆,2014。
《垂死的肉身》	[美]菲利普·罗斯著,吴其尧译,上海译文出版社,2010。

古老的光

爱德华·霍珀　　　　　（Edward Hopper，1882—1967），美国画家。

相关书目

《斯通纳》	[美]约翰·威廉斯著,杨向荣译,上海人民出版社,2016。
《屠夫十字镇》	[美]约翰·威廉斯著,李广荣译,上海人民出版社,2016。
《寂静的深度》	[美]马克·斯克兰德著,光哲译,全本书店|民主与建设出版社,2018。

白色污迹

哈维尔·马里亚斯　　（Javier Marías，1951— ），西班牙小说家、翻译家。
金·诺瓦克　　　　　（Kim Novak，1933— ），美国女演员。

相关书目

《如此苍白的心》	[西]哈维尔·马里亚斯著,姚云青、蔡耘译,上海文艺出版社,2015。
《迷情》	[西]哈维尔·马里亚斯著,蔡学娣译,人民文学出版社,2016。
《重估一切价值》	[德]尼采著,林笳译,华东师范大学出版社,2013。

标本博物馆

小川洋子　　　　　　　　（Yoko Ogawa，1962— ），日本小说家。

相关书目

《妊娠日历》　　　　　　[日]小川洋子著，竺家荣译，浙江文艺出版社，2014。
《无名指的标本》　　　　[日]小川洋子著，颜尚吟译，浙江文艺出版社，2018。
《冻结的香气》　　　　　[日]小川洋子著，星野空译，浙江文艺出版社，2014。

2666：一篇书评

雷蒙德・卡佛　　　　　　（Raymond Carver，1938—1988），美国小说家、诗人。
保罗・奥斯特　　　　　　（Paul Auster，1947— ），美国小说家、诗人。
迪伦・托马斯　　　　　　（Dylan Thomas，1914—1953），威尔士诗人、作家。
亚当・戈普尼克　　　　　（Adam Gopnik，1956— ），美国作家、散文家。
朱莉娅・克里斯特娃　　　（Julia Kristeva，1941— ），保加利亚裔法国哲学家、
　　　　　　　　　　　　文学评论家。
莱昂内尔・特里林　　　　（Lionel Trilling，1905—1975），美国文学评论家、作家。
沃尔夫拉姆斯・埃申巴赫　（Wolframs Eschenbach，约 1170—1220），德国诗人。
弗里德里希・席勒　　　　（Friedrich Schiller，1759—1805），德国戏剧家、诗人。
弗里德里希・荷尔德林　　（Friedrich Hölderlin，1770—1843），德国诗人。

相关书目

《2666》　　　　　　　　[智]罗贝托・波拉尼奥著，
　　　　　　　　　　　　赵德明译，上海人民出版社，2012。
《荒野侦探》　　　　　　[智]罗贝托・波拉尼奥著，
　　　　　　　　　　　　杨向荣 译，上海人民出版社，2013。
《护身符》　　　　　　　[智]罗贝托・波拉尼奥著，
　　　　　　　　　　　　赵德明译，上海人民出版社，2013。
《智利之夜》　　　　　　[智]罗贝托・波拉尼奥著，
　　　　　　　　　　　　徐泉译，上海人民出版社，2018。
《地球上最后的夜晚》　　[智]罗贝托・波拉尼奥著，
　　　　　　　　　　　　赵德明译，上海人民出版社，2013。

《巴黎到月亮》	［美］亚当·戈普尼克著，
	晓征译，江苏人民出版社，2005。
《堂吉诃德》	［西］米盖尔·德·塞万提斯著，
	杨绛译，人民文学出版社，2005。

爱丽丝漫游卡罗尔奇境

刘易斯·卡罗尔	（Lewis Carroll，1832—1898），英国作家、数学家。
杰妮·伍尔芙	（Jenny Woolf，1957— ），英国作家。
雅克·德里达	（Jacques Derrida，1930—2004），法国哲学家。
阿尔维托·曼古埃尔	（Alberto Manguel，1948— ），加拿大作家。
蒂姆·波顿	（Tim Burton，1958— ），美国导演、编剧。
玛丽莲·曼森	（Marilyn Manson，1969— ），美国歌手。
纳尔逊·古德曼	（Henry Nelson Goodman，1906—1998），美国哲学家。

相关书目

《爱丽丝漫游奇境》	［英］刘易斯·卡罗尔著，
	吴钧陶译，上海译文出版社，2009。
《爱丽丝镜中奇遇记》	［英］刘易斯·卡罗尔著，
	吴钧陶译，上海译文出版社，2012。
《爱丽丝梦游仙境的创造者》	［英］爱德华·韦克林著，
	许若青译，黑龙江教育出版社，2016。

爱丽丝漫游冷酷仙境

让·波德里亚	（Jean Baudrillard，1929—2007），法国哲学家、社会学家。
伯特兰·罗素	（Bertrand Russell，1872—1970），英国哲学家、数学家。
罗兰·巴尔特	（Roland Barthes，1915—1980），法国文学评论家。
埃利亚斯·卡内蒂	（Elias Canetti，1905—1994），英籍德语作家，
	1981年获诺贝尔文学奖。

相关书目

《冷记忆》(1-5)　　　　　　［法］让·波德里亚著，张新木等译，南京大学出版社。
《象征交换与死亡》　　　　　［法］让·波德里亚著，车槿山译，译林出版社，2006。
《完美的罪行》　　　　　　　［法］让·波德里亚著，王为民译，商务印书馆，2014。

让·艾什诺兹公园中按顺时针排列的十五部小说

让·艾什诺兹　　　　　　　（Jean Echenoz，1947— ），法国小说家。
莫里茨·科内利斯·埃舍尔（Maurits Cornelis Escher，1898—1972），荷兰版画家。
约瑟夫·康拉德　　　　　　（Joseph Conrad，1857—1924），波兰裔英国作家。
查理·帕克　　　　　　　　（Charlie Parker，1929—1955），美国爵士乐手。
J. P. 芒谢特　　　　　　　　（Jean-Patrick Manchette，1942—1995），法国作家、演员。
阿兰·罗伯-格里耶　　　　　（Alain Robbe-Grillet，1922—2008），
　　　　　　　　　　　　　法国小说家、电影制片人。
让-菲利普·图森　　　　　　（Jean-Philippe Toussaint，1957— ），比利时法语小说家。

相关书目

《格林威治子午线》　　　　　［法］让·艾什诺兹著，
　　　　　　　　　　　　　苏文平译，湖南文艺出版社，2017。
《14》　　　　　　　　　　　［法］让·艾什诺兹著，
　　　　　　　　　　　　　余中先译，湖南文艺出版社，2017。
《拉威尔》　　　　　　　　　［法］让·艾什诺兹著，
　　　　　　　　　　　　　余中先译，湖南文艺出版社，2017。
《胜利》　　　　　　　　　　［英］约瑟夫·康拉德著，
　　　　　　　　　　　　　何明霞、王明娥译，新华出版社，2015。

植物的欲望

路德维希·维特根斯坦　　　（Ludwig Wittgenstein，1889—1951），
　　　　　　　　　　　　　英国籍奥地利哲学家。
米歇尔·维勒贝克　　　　　（Michel Houellebecq，1956— ），法国作家、电影制片人。

| 詹姆斯·伍德 | （James Wood，1965— ），英国文学评论家。 |

相关书目

《地图与疆域》	［法］米歇尔·维勒贝克著，余中先译，人民文学出版社，2012。
《基本粒子》	［法］米歇尔·维勒贝克著，罗国林译，海天出版社，2000。
《私货》	［英］詹姆斯·伍德著，冯小初译，河南大学出版社，2017。
《1Q84》（1—3）	［日］村上春树著，施小炜译，南海出版公司，2010—2011。

六部半

卡尔·奥韦·克瑙斯高	（Karl Ove Knausgård，1968— ），挪威作家。
D. A. 米勒	（D. A. Miller，1948— ），美国文学评论家、电影学者。
詹姆斯·乔伊斯	（James Joyce，1882—1941），爱尔兰作家。
塞缪尔·贝克特	（Samuel Beckett，1906—1989），爱尔兰剧作家、小说家，1969 年获诺贝尔文学奖。
唐·德里罗	（Don DeLillo，1936— ），美国小说家。
瓦尔特·本雅明	（Walter Benjamin，1892—1940），德国哲学家。

相关书目

| 《我的奋斗》（1—5） | ［挪］卡尔·奥韦·克瑙斯高著，林后、康慨、李树波译，广西师范大学出版社。 |
| 《八部半》 | ［美］D. A. 米勒著，韦松译，北京大学出版社，2014。 |

当我们谈论卡佛时，我们在谈论什么

| 亨利·米勒 | （Henry Miller，1891—1980），美国作家。 |
| 苔丝·盖拉赫 | （Tess Gallagher，1943— ），美国诗人。 |

约翰·巴斯	（John Barth，1930— ），美国小说家。
罗伯特·勃朗宁	（Robert Browning，1812—1889），英国诗人、剧作家。
戈登·利什	（Gordon Lish，1934— ），美国小说编辑，作家。
杰克·伦敦	（Jack London，1876—1916），美国作家。

相关书目

《火》	［美］雷德蒙·卡佛著， 孙仲旭译，译林出版社，2012。
《当我们谈论爱情时我们在谈论什么》	
	［美］雷德蒙·卡佛著，小二译，译林出版社，2010。
《大教堂》	［美］雷德蒙·卡佛著，肖铁译，译林出版社，2009。
《旋转木马鏖战记》	［日］村上春树著， 林少华译，上海译文出版社，2009。
《终究悲哀的外国语》	［日］村上春树著， 林少华译，上海译文出版社，2004。

神圣的冷漠

米洛拉德·帕维奇	（Milorad Pavic，1929—2009），塞尔维亚作家。
伊安·杰弗里	（Ian Jeffrey，1942— ），英国艺术史学家。
约瑟夫·苏德克	（Josef Sudek，1896—1976），捷克摄影家。
黛安·阿勃丝	（Diane Arbus，1923—1971），美国摄影家。
米诺·怀特	（Minor White，1908—1976），美国摄影家。
皮特·蒙德里安	（Piet Mondrian，1872—1944），荷兰画家。
罗伯特·布列松	（Roberto Bresson，1901—1999），法国电影导演。
保罗·斯特兰德	（Paul Strand，1890—1976），美国摄影家。
加里·维诺格兰德	（Garry Winogrand，1928—1984），美国摄影家。
威廉·埃格斯顿	（William Eggleston，1939— ），美国摄影家。
海伦·莱维特	（Helen Levitt，1913—2009），美国摄影家。
安德斯·皮德森	（Anders Petersen，1944— ），瑞典摄影家。

相关书目：

《怎样阅读照片》	［英］伊安·杰弗里著，

	毛卫东译,浙江摄影出版社,2014。
《反对阐释》	[美]苏珊·桑塔格著,
	程巍译,上海译文出版社,2003。
《恶棍列传》	[阿]豪·路·博尔赫斯著,
	王永年译,上海译文出版社,2015。
《美洲纳粹文学》	[智]罗贝托·波拉尼奥著,
	赵德明译,上海人民出版社,2014。
《哈扎尔辞典》	[塞]米洛拉德·帕维奇著,
	戴骢、南山、石枕川译,上海译文出版社,1998。

死比爱更冷

艾勒里·奎恩	(Ellery Queen),美国推理家小说组合,
	为曼弗雷德·班宁顿·李(Manfred Bennington Lee,
	1905—1971)和弗雷德里克·丹奈(Frederic Dannay,
	1905—1982)表兄弟二人使用的笔名。
迈克尔·康纳利	(Michael Connelly,1956—),美国侦探小说家。
V. S. 奈保尔	(Vidiadhar Surajprasad Naipaul,1932—2018),
	印度裔英国作家,2001年获诺贝尔文学奖。
雷蒙德·钱德勒	(Raymond Chandler,1888—1959),美国侦探小说家。
詹姆斯·艾尔罗伊	(James Ellroy,1948—),美国犯罪小说家。
詹姆斯·M. 凯恩	(James Mallahan Cain,1892—1997),美国小说家。
达希尔·哈米特	(Samuel Hammett,1894—1961),美国侦探小说家。
埃德蒙·威尔逊	(Edmund Wilson,1895—1972),美国文学评论家。
E. M. 福斯特	(Edward Morgan Forster,1879—1970),英国作家。

相关书目:

《长眠不醒》	[美]雷蒙德·钱德勒著,
	傅惟慈译,新星出版社,2008。
《局外人》	[法]阿尔贝·加缪著,
	柳鸣九译,上海译文出版社,2010。
《邮差总按两次铃》	[美]詹姆斯·M. 凯恩著,
	陈秋美译,译林出版社,2006年。
《黑色电影》	[美]詹姆斯·纳雷摩尔著,

	徐展雄译，广西师范大学出版社，2009。
《双重赔偿》	［美］詹姆斯·M.凯恩著，
	曹小川译，上海译文出版社，2012。
《小说面面观》	［英］E. M.福斯特著，
	冯涛译，人民文学出版社，2009。

菲利普·拉金：事后烟

菲利普·拉金	（Philip Larkin，1922—1985），英国诗人。
阿蒂尔·兰波	（Arthur Rimbaud，1854—1891），法国诗人。
赖内·马利亚·里尔克	（Rainer Maria Rilke，1875—1926），奥地利作家、诗人。
谢默斯·希尼	（Seamus Heaney，1939—2013），
	爱尔兰诗人，1995年获诺贝尔文学奖。
德里克·沃尔科特	（Derek Walcott，1930—2017），
	圣卢西亚诗人、剧作家，1992年获诺贝尔文学奖。
D. H.劳伦斯	（David Herbert Lawrence，1885—1930），英国作家。

相关书目：

《菲利普·拉金诗全集》	［英］菲利普·拉金著，
	阿九译，河南大学出版社，2018。
《高窗》	［英］菲利普·拉金著，
	舒丹丹译，上海人民出版社，2016。
《奥威尔日记》	乔治·奥威尔著，宋金译，上海译文出版社，2020。

保罗·奥斯特笔记簿

玛丽安·菲斯芙尔	（Marianne Faithfull，1946— ），英国歌手、演员。
杰克·凯鲁亚克	（Jack Kerouac，1922—1969），
	美国小说家，代表作为《在路上》。
菲利普·图森	（Jean-Philippe Toussaint，1957— ），比利时法语小说家。
弗朗索瓦-勒内·德·夏多布里昂	
	（François-René de Chateaubriand，1768—1848），

法国作家、政治家。

相关书目

《幻影书》	［美］保罗·奥斯特著， 孔亚雷译，浙江文艺出版书，2007。
《纽约三部曲》	［美］保罗·奥斯特著， 文敏译，浙江文艺出版社，2007。
《密室中的旅行》	［美］保罗·奥斯特著， 文敏译，浙江文艺出版社，2008。
《切罗基》	［法］让·艾什诺兹著， 车槿山译，湖南文艺出版社，2017。
《为什么读经典》	［意］伊塔洛·卡尔维诺著， 黄灿然、李桂蜜译，译林出版社，2012。
《眠》	［日］村上春树著， 林少华译，选自《象的失踪》，漓江出版社，1999。

科恩的诗与歌

莱昂纳德·科恩	(Leonard Cohen, 1934—2016)，加拿大歌手、诗人。
奥拉夫·H. 豪格	(Olav Håkonson Hauge, 1908—1994)， 挪威诗人、园艺家。
欧文·艾伦·金斯伯格	(Irwin Allen Ginsberg, 1926—1997)，美国诗人。
阿道司·赫胥黎	(Aldous Huxley, 1894—1963)，英国作家。
比莉·哈乐黛	(Billie Holiday, 1915—1959)，美国爵士歌手。

相关书目

《渴望之书》	［加］莱昂纳德·科恩著， 孔亚雷、北岛译，上海译文出版社，2011。
《美丽失败者》	［加］莱昂纳德·科恩著， 刘衎衎译，上海译文出版社，2012。
《至爱游戏》	［加］莱昂纳德·科恩著， 刘衎衎译，上海译文出版社，2014。
《我站着，我受得了》	［挪］奥夫拉·H. 豪格著，

	勃克曼、西川、刘白沙译,作家出版社,2009。
《不失者》	孔亚雷著,上海译文出版社,2008。

八十部小说环游地球:艾拉博士的神奇写作

维托尔德·贡布罗维奇	(Witold Gombrowicz,1904—1969),波兰作家。
塞萨尔·艾拉	(Cesar Aira,1949—),阿根廷小说家,
唐纳德·巴塞尔姆	(Donald Barthelme,1931—1989),美国小说家。
托马斯·品钦	(Thomas Pynchon,1937—),美国小说家。
托马斯·曼	(Thomas Mann,1875—1955),德国作家,
	1929 年获得诺贝尔文学奖。
珍妮弗·伊根	(Jennifer Egan,1962—),美国小说家。
塞西尔·泰勒	(Cecil Taylor,1929—2018),美国爵士乐手。
雷蒙·鲁塞尔	(Raymond Roussel,1877—1933),法国作家。
卡洛斯·富恩特斯	(Carlos Fuentes,1928—2012),墨西哥作家。

相关书目:

《音乐大脑》	[阿]塞萨尔·艾拉著,
	孔亚雷译,浙江文艺出版社,2019。
《上帝的茶话会》	[阿]塞萨尔·艾拉著,
	王纯麟译,浙江文艺出版社,2019。
《我如何成为修女》	[阿]塞萨尔·艾拉著,王纯麟译,
	选自《风景画家的片段人生》,浙江文艺出版社,2014。
《艾拉医生的神奇疗法》	[阿]塞萨尔·艾拉著,
	于施洋译,浙江文艺出版社,2019。
《风景画家的片段人生》	[阿]塞萨尔·艾拉著,
	王纯麟译,浙江文艺出版社,2014。
《鬼魂的盛宴》	[阿]塞萨尔·艾拉著,
	于施洋译,浙江文艺出版社,2019。
《文学会议》	[阿]塞萨尔·艾拉著,
	徐泉译,浙江文艺出版社,2021。
《白雪公主》	[美]唐纳德·巴塞尔姆著,
	王伟庆译,南海出版公司,2015。
《万有引力之虹》	[美]托马斯·品钦著,

	张文宇、黄向荣译,译林出版社,2009。
《恶棍来访》	[美]珍妮弗·伊根著,
	张竝译,重庆大学出版社,2012。
《费尔迪杜凯》	[波]维托尔德·贡布罗维奇著,
	易丽君、袁汉镕译,人民文学出版社,2018。

极乐生活指南

约翰·戈特利布·费希特	(Johann Gottlieb Fichte,1762—1814),德国哲学家。
杰夫·戴尔	(Geoff Dyer,1958—),英国作家。
瓦尔特·本雅明	(Walter Benjamin,1892—1940),
	德国哲学家、文学评论家。
雷蒙德·威廉姆斯	(Raymond Williams,1921—1988),英国文学评论家。
约翰·伯格	(John Berger,1926—2017),英国艺术评论家。
威廉·哈兹里特	(William Hazlitt,1778—1830),英国文学评论家。
保罗·索鲁	(Paul Theroux,1941—),美国作家。
乔治·德·基里科	(Giorgio de Chirico,1888—1978),意大利画家。
艾灵顿公爵	(Duke Ellington,1899—1974),美国爵士音乐家。
约翰·厄普代克	(John Updike,1932—2009),美国作家。
乔治·斯坦纳	(George steiner,1929—2020),法裔美国文学评论家。

相关书目:

《一怒之下》	[英]杰夫·戴尔著,叶芽译,浙江文艺出版社,2016。
《然而,很美》	[英]杰夫·戴尔著,
	孔亚雷译,浙江文艺出版社,2013。
《懒人瑜伽》	[英]杰夫·戴尔著,
	陈笑黎译,浙江文艺出版社,2013。
《寻找马洛里》	[英]杰夫·戴尔著,叶芽译,浙江文艺出版社,2013。
《杰夫在威尼斯,死亡在瓦拉纳西》	
	[英]杰夫·戴尔著,俞冰夏译,新星出版社,2013。
《此刻》	[英]杰夫·戴尔著,宋文译,浙江文艺出版社,2017。
《潜行者》	[英]杰夫·戴尔著,
	王睿、袁松译,浙江文艺出版社,2017。
《人类状况百科全书》	[英]杰夫·戴尔著,

	王和玉译,浙江文艺出版社,2021。
《看不见的城市》	[意]伊塔洛·卡尔维诺著,
	张密译,译林出版社,2012。

W. G. 塞巴尔德：作茧自缚

托马斯·伯恩哈德	(Thomas Bernhard, 1931—1989),奥地利作家。
克拉斯诺霍尔卡伊·拉斯洛	
	(Laszlo Krasznahorkai, 1954—),匈牙利小说家、编剧。
托马斯·布朗	(Thomas Browne, 1605—1682),英国博学家、作家。
约翰·弥尔顿	(John Milton, 1608—1674),英国诗人、思想家。
弗拉基米尔·纳博科夫	(Vladimir Nabokov, 1899—1977),俄裔美籍作家。

相关书目：

《移民》	[德]温弗里德·塞巴尔德著,
	刁承俊译,广西师范大学出版社,2019。
《土星之环》	[德]温弗里德·塞巴尔德著,
	闵志荣译,广西师范大学出版社,2020。
《奥斯特利茨》	[德]温弗里德·塞巴尔德著,
	刁承俊译,广西师范大学出版社,2019。

秋日之光

托马斯·莫顿	(Thomas Merton, 1915—1968),美国天主教作家。
保罗·瓦莱里	(Paul Valéry, 1871—1945),法国作家、诗人。
弗兰斯·哈尔斯	(Frans Hals, 约 1580—1666),荷兰画家。
茨维坦·托多罗夫	(Tzvetan Todorov, 1939—2017),
	保加利亚裔法国哲学家。
费尔南多·佩索阿	(Fernando Pessoa, 1888—1935),葡萄牙诗人、作家。
米歇尔·福柯	(Michel Foucault, 1926—1984),法国哲学家。
安托万·德·圣-埃克苏佩里	
	(Antoine de Saint-Exupéry, 1900—1944),法国作家。
菲利普·古雷维奇	(Philip Gourevitch, 1961—),美国作家、记者。

路易－费迪南·塞利纳	（Louis-Ferdinand Céline，1894—1961），法国作家。
保罗·克洛岱尔	（Paul Claudel，1868—1955），法国诗人、剧作家。
欧文·肖	（Irwin Shaw，1913—1984），美国作家。
索尔·贝娄	（Saul Bellow，1915—2005），美国小说家，1976年获诺贝尔文学奖。
裘帕·拉希莉	（Jhumpa Lahiri，1967— ），美国小说家。
理查德·福特	（Richard Ford，1944— ），美国小说家。
格雷厄姆·格林	（Graham Greene，1904—1991），英国作家。

相关书目：

《光年》	［美］詹姆斯·索特著，孔亚雷译，广西师范大学出版社，2018。
《一场游戏 一次消遣》	［美］詹姆斯·索特著，杨向荣译，广西师范大学出版社，2019。
《日常生活颂歌》	［法］茨维坦·托多罗夫著，曹丹红译，华东师范大学出版社，2012。

图书在版编目（CIP）数据

极乐生活指南 / 孔亚雷著 . -- 上海：上海文艺出版社，2022
（单读书系）
ISBN 978-7-5321-8225-1

Ⅰ.①极… Ⅱ.①孔… Ⅲ.①世界文学－文学评论－文集
Ⅳ.① I106-53

中国版本图书馆 CIP 数据核字 (2021) 第 240183 号

发 行 人：毕　胜
责任编辑：肖海鸥
特约编辑：罗丹妮
书籍设计：李政坷
内文制作：李俊红　李政坷

书　　名：极乐生活指南
作　　者：孔亚雷
出　　版：上海世纪出版集团 上海文艺出版社
地　　址：上海市闵行区号景路 159 弄 A 座 2 楼　201101
发　　行：上海文艺出版社发行中心
　　　　　上海市闵行区号景路 159 弄 A 座 2 楼 206 室　201101　www.ewen.co
印　　刷：山东临沂新华印刷物流集团有限责任公司
开　　本：880 × 1230mm　1/32
印　　张：10.75
字　　数：200 千字
印　　次：2022 年 1 月第 1 版　2022 年 1 月第 1 次印刷
Ｉ Ｓ Ｂ Ｎ：978-7-5321-8225-1 / I.6498
定　　价：59.00 元

告读者：如发现印装质量问题，影响阅读，请与出版社发行部门联系调换。